AF273255

Brigitte Nueber

ELVIRA,
die Zirkusreiterin

novum 🔖 pocket

Bibliografische Information
der Deutschen Nationalbibliothek:

Die Deutsche Nationalbibliothek
verzeichnet diese Publikation in der
Deutschen Nationalbibliografie.
Detaillierte bibliografische Daten
sind im Internet über
http://www.d-nb.de abrufbar.

© 2016 novum Verlag

ISBN 978-3-99010-804-8
Umschlagfoto:
George Mayer | Dreamstime.com
Umschlaggestaltung, Layout &
Satz: novum Verlag

Gedruckt in der Europäischen Union
auf umweltfreundlichem, chlor- und
säurefrei gebleichtem Papier.

www.novumverlag.com

1

Am ersten Freitag im Juli, vormittags, bewegte sich ein seltsamer Wagenzug auf der staubigen Landstraße.

Voran schritt würdevoll mit hoch erhobenem Kopf Ali, das weiße Kamel aus einer Wüste in Arabien. Es hatte unter seinem verzierten Sattel, eine Decke aus rotem Samt, die mit Goldstickerei verziert war. Auf ihm saß Simsalabim, der Meisterzauberer, Jongleur und Feuerfresser, gekleidet wie ein reicher Türke und von orientalischer Gelassenheit. Es folgte der andalusische Rappe Achilles, graziös tänzelnd, mit Schaumflocken vor der Kandare. Auf ihm ritt, in einem weißen Seidenkleid, ein Zylinderchen auf dem kupferroten Haar, Donna Elvira, Herzogin von Villarocca. Wo immer sie auftauchte, war sie die schönste Frau in weitem Umkreis und darum die wertvollste Zugkraft des kleinen Zirkus. Hinter Achilles peitschendem Schweif trottete das Lama mit seinem Freund, einem schottischen Ziegenbock. Puck, der putzige Esel aber, war es gewöhnt, alleine und in gebührendem Abstand, nachzulaufen. Sein starker Rücken trug eine süße Last, Dolly das Nummerngirl, in einem Elfenkostüm, aus durchsichtigem, regenbogenfarbenem Tüll. Nach einem großen Abstand puffte und knatterte ein zitronengelb und himmelblau gestrichener Traktor daher und stieß riesige, schwarze Auspuffwolken aus. Mühsam unter Krachen und Knallen schleppte er einen pompösen Wohnwagen hinter sich her. Der war ebenfalls himmelblau gestrichen und in großen, goldenen Lettern war zu lesen: „Elite-Zirkus-Powolny." Diesem fahrenden Palast, der über und über mit Fähnchen und Girlanden reich geschmückt war, folgten die übrigen Wohn-Transport- und Käfigwagen. In zwei Bussen waren die Musiker untergebracht. Einer der Wagen hatte einen Käfig aus starken Eisenstäben, in dem Sultan, der mächtige Berberlöwe und sein Weibchen Lola wohnten. Sultan war ein älterer, sehr weit gereister Herr, der sich über nichts mehr wunderte, und weil er schon so viele Landstraßen Europas gesehen hatte. Er blinzelte in die sonnige Landschaft, gähnte herzhaft und schlug dann mit der Pranke nach einer Schmeißfliege, die seit Stunden sein Begleiter und Quälgeist war. Lebhafter ging es in einem anderen Käfig zu. Dort hausten Charly und Pepita, das Schimpansenpaar. In einer Ecke war ein roter Vorhang angebracht, der einmal vor dem Séparée eines Lokales recht gut ausgesehen hatte. Jetzt brauchte man ihn hier, denn Pepita hatte kürzlich ein Baby bekommen und konnte sich so vor der Welt verstecken. Von Zeit zu Zeit wurde der Vorhang gehoben und die dunklen, traurigen Augen Charlys schauten heraus. Wie weit musste man noch fahren, um endlich anzukommen?

Nein, man war noch nicht vor St. Kunibert. Der knatternde Traktor mit dem Direktionswagen wurde von Herrn Tschok, dem Clown des Zirkus gelenkt. Eine Persönlichkeit, die alles konnte, was ein Wanderzirkus brauchte. Herr Tschok trug einen blauen Overall, aus dessen Taschen Schraubenschlüssel und anderes Werkzeug hervorschaute und eine rote Kappe. Seine sehnigen Hände lagen energisch auf dem großen Lenkrad, wie es sich gehörte. Hinter ihm auf dem Kotschützer des Hinterrades kauerte der Herr Direktor Aurel Powolny. Alleininhaber des Unternehmens und Führer dieser Schicksalskarawane durch alle Klippen und Gefahren ihrer ständigen Wanderschaft.

Der mächtige Mann hatte einen ungeheuren Sombrero auf, der seinem gutmütig, verschmitztem Gesicht, mit den großen blauen Augen, Schatten spendete. Er hätte mit seiner Farbenpracht und Musterung selbst in Mexiko Aufsehen erregt. Um die Hüfte trug er einen breiten Ledergurt, um den ihn jedes Bierwagenpferd beneidete. Daran hing der größte Colt, den je ein Mann mit sich herumgeschleppt hatte. In der Hand hielt er eine Signalscheibe, auf einer Seite grün, auf der anderen rot. Sie war Kommando und Zauberstab, auf deren Wink, jeder parierte.

Es war ein herrlicher Sommermorgen. Die Luft funkelte, die Sicht war klar bis zum Horizont. Die Straße lag friedlich da, ein Band ohne Ende, gesäumt von unzähligen Zwetschkenbäumen. Links und rechts Kornfelder oder grüne Wiesen mit Margeriten und Glockenblumen. Nichts störte diesen Frieden.

Der Zirkus gehörte nicht dazu, er zog durch und störte nur für kurze Zeit das harmonische Bild. Da und dort hielten Schnitter in ihrer Arbeit inne, stützten sich auf ihre Sensen, wandten ihre Köpfe der Straße zu und winkten dem seltsamen Zug mit Händen und Tüchern. Der Zirkus kommt! dachten sie. Das war alle Jahre wieder, der sichere Beweis, dass der Hochsommer begonnen hatte.

Die Zirkusleute winkten zurück: Simsalabim von seinem Kamel, Donna Elvira von ihrem Hengst und Dolly von ihrem Esel. Aus den Fenstern der Wohnwagen schwenkte Kleo, die Schlangendame, Barabas, der stärkste Mann der

7

Welt und die Könige der Luft, Teddy und Freddy Handtücher, was bei der großen Entfernung lustig wirken sollte. Herr Tschok ließ seinen Traktor besonders laut knattern und der Direktor Powolny, schoss aus seinem Colt mehrere Platzpatronen ab.

Hinter einer scharfen Kurve war diese Idylle plötzlich zu Ende. Auf einer Tafel stand „Marktgemeinde Blütendorn." Dahinter gab es eine Reihe von Verbots- und Warnungstafeln, aus denen man sehen konnte, dass man sich einem Bahnübergang, einer Bodenwelle und einer Schule näherte. Deshalb war das Fünfzehnkilometertempo vorgeschrieben. Tschok lenkte Traktor und Anhänger geschickt über den Bahnübergang. Direktor Powolny war abgesprungen, stand am Weg und überzeugte sich davon, dass der gesamte Zirkuszug wohlbehalten die Geleise überquert hatte. Danach und weil man durch Blütendorn fahren musste, nahmen seine Züge einen abweisenden, tief gekränkten, ja feindseligen Ausdruck an. Tschok kannte seinen Chef, sobald man Blütendorn erreichte. Der Grund war erbitterte Feindschaft, die seit einigen Jahren zwischen Direktor Powolny und dem Herrn Bürgermeister bestand. Vorher hatte der Zirkus alle Jahre sein Zelt auf dem Gemeinde Anger aufgeschlagen. Das war unter dem alten, allseits verehrten Bürgermeister gewesen. Der hatte alle Neune gerade sein lassen und die von Powolny, schuldig gebliebenen Platzgebühren und Abgaben in den Rauchfang geschrieben. Der neue Bürgermeister hingegen war von Beruf Buchhalter und verabscheute nichts mehr als offene Rechnungen und Steuerschulden. Er hatte den Zirkus dauernd gemahnt und schließlich sogar pfänden lassen. Dabei war das Zebra und der junge Elefant drauf gegangen, ein Verlust, der

8

Powolny, tief in seiner Berufsehre getroffen hatte. Von dieser Stunde an war Blütendorn aus dem Adressbuch gestrichen. Hier gab es keine Gastspiele mehr. Sollte doch Blütendorn kulturell verkommen. Eines Tages bei den Gemeinderatswahlen werden sich die Bürger schon entscheiden: Zirkus oder Bürgermeister! Seit damals fuhr der Zirkus provokant und ohne anzuhalten durch. Selbst dem ewig durstigen Tschok war es strengstens verboten, sich hier ein Krügel Bier oder seinem Traktor einen Kübel Kühlwasser zu gönnen. Zum Glück war der Ort so klein, dass man aus ihm schon wieder draußen war, ehe man sich richtig ärgern konnte. Die Zirkuskolonne fuhr noch ein paar hundert Meter über das letzte Haus hinaus und hielt dann, einem Wink der Signalscheibe gehorchend, an.

Es war nichtmehr weit nach St.Kunibert, dem Ziel der Fahrt. Schon sah man den Wald, hinter dem das Städtchen in einer Talmulde lag. Die Zirkusleute wunderten sich nicht darüber, dass der Direktor Halt machte. Man kam auf ein Stück der Landstraße, von der vor jeder Wahl versprochen wurde, sie zu erneuern aber nach jeder Wahl vergessen wurde. Wenn im Frühjahr der Schnee schmolz oder im Sommer Gewitter niedergingen, verwandelte sich dieses Straßenstück in Morast. Herrschte aber trockenes, windiges Wetter, zog der Staub in dichten Wolken über die Felder, Wiesen und Gärten, sehr zum Ärger der Bürger, die auf ihren Ruf als liebliche Sommerfrische, großen Wert legten. Bevor man sich in diese Staubwüste wagte, mussten die Käfige der Tiere abgedeckt und die Fenster der Wohnwagen sorgfältig geschlossen werden. Über die Motorhaube des alten Traktors, legte man einen alten Bettvorleger, stopfte sich Watte in die Ohren und band sich Taschentücher über Mund und Nase. Direktor Powolny be-

obachtete dieses Treiben. Er hatte sich eine Froschmann-
brille aufgesetzt, den Sombrero gegen einen Cowboyhut
vertauscht und die untere Gesichtshälfte unter einem
roten Halstuch versteckt. Dann ging er zu den Käfigen,
deren Bewohner unruhig geworden waren. Pepita, die
Affendame schimpfte laut und Charly, zerrte verärgert
an den Gitterstäben. Er fand es ungeheuerlich, ihm die
Aussicht durch Plachen zu versperren und keifte seine
Meinung laut hinaus. Sultan, der Löwe, ließ ein Knurren
und Maulen hören, er hatte schlechte Laune. Er war aufgestanden und lief nun in dem Käfig herum, sodass die
Federn, des alten Fahrzeugs quietschten. Direktor Powolny
ging hin und lugte unter die Plane. „Ruhig, Sultan", sagte
er freundlich. „Leg dich hin und kusch! Bald sind wir
da und dann bekommst du dein Fleischi-Bappi!" Sultan
war augenblicklich still. Er war ein alter, weiser Löwe!
Dass sein Herr, sich um ihn kümmerte, rührte ihn sehr.
Er knurrte noch irgendwas und legte sich dann brav wie
ein Hündchen in sein zerzupftes Stroh.

Inzwischen war alles abgedichtet worden. Die Kolonne
setzte sich in Bewegung und gleich versanken die Räder in
knöchelhohen Staub. Der Traktor knatterte fürchterlich.
Sein böser, schwarzer Rauch mischte sich mit den Staubwolken, welche durch die großen Räder aufgewirbelt wurden.
Die Fahrzeuge hinter ihm konnte man kaum noch sehen.

Am besten hatte es Donna Elvira, die Kunstreiterin. Sie
war mit ihrem Hengst ausgerissen und galoppierte über
die Feldwege, verschwand hinter den Hügeln und tauchte
auf den Höhen wieder auf. Prächtig war die Silhouette
von Ross und Reiterin gegen den blauen Himmel. Sie
war mit ihrem Pferd alleine, das erfüllte sie mit Freude.
Schon seit Jahren konnte sie nicht mehr stundenlang im

Gelände reiten, so notwendig es für sie, besonders aber für den Hengst gewesen wäre. Für beide war die Manege zum Gefängnis geworden, aus dem sich Geist und Beine hinaus sehnten!

Hell aufjauchzend fegte Donna Elvira über die Wiesen, da einen Graben, dort einen Zaun überspringend. Sie spürte die Kräfte ihres schönen Tieres und fühlte, dass es sich auch freute. Inzwischen krochen die Wagen, Windung um Windung die Landstraße entlang. Direktor Powolny lag mehr als er hockte auf dem zitternden Kotflügel, Tschok hatte sich hinter dem Lenkrad verkrochen, und stöhnte vor Durst. Heftig hämmerte der Motor, Fehlzündungen krachten und das Getriebe jaulte wie eine Indianerhorde. Es war eine schauderhafte, quälende, eintönige Fahrt. Am wohlsten fühlte sich das Kamel Ali, denn diese herrliche, mehlig-glühende Landstraße erinnerte, das ewig fröstelnde Tier an die Wüste seiner Kindheit. Jetzt war der höchste Punkt erreicht. Zuerst waren die beiden goldenen Kreuze auf den Türmen der Kirche aufgetaucht, dann schimmerte eine Wiese durch das Wäldchen und bald konnte man die Häuser sehen. Die Qualen waren zu Ende. Auf einmal hatte man festen Boden unter den Füssen. Abermals wurde angehalten und die Entschleierung und Säuberung begann. Donna Elvira war bereits da und stand neben ihrem schnaubenden Achilles. Es wurde lebendig. Man öffnete die Fenster der Wohnwagen, bearbeitete alles mit Tüchern und Wedeln, zog die Planen von den Käfigen, putzte, scheuerte und polierte, so gut es eben ging den Traktor. Bürstete die Beine Alis, des Hengstes und der anderen Tiere und stellte sich endlich in der Reihenfolge auf, die man beim Einzug in den Ort haben wollte.

An der Spitze und ein großes Stück voraus schritt Ali mit dem Meisterzauberer im Sattel. Das geduldige Tier trug jetzt ein Zaumzeug, an dem goldene Glöckchen melodisch bimmelten und auf dem Kopf einen grünen Helm mit vielen Federn – es sah aus wie ein General.

Dann kam, um die Spannung zu erhöhen –, lange nichts, aber endlich: Donna Elvira, die schöne Herzogin von Villaroca. Diese Frau war nicht nur eine aufsehenerregende Erscheinung, sondern auch eine blendende Reiterin. Mit Grazie parierte sie die plötzlichen Bewegungen ihres herrlichen Pferdes, dem das katzenköpfige Pflaster nicht behagte, weil seine empfindlichen Hufe eine so glatte Härte nicht gewohnt waren. Die Reiterin aber gab ihm zu verstehen, dass man von ihm jetzt gutes Benehmen und edle Bewegungen erwartete. Daher tänzelte Achilles, mit hoch erhobenen Vorderbeinen zierlich über alle Schwierigkeiten und er bemühte sich, nicht protestierend hoch zu gehen und seitlich auszubrechen. Hinter diesem Star fuhr langsam ein geschmückter Wagen, auf dem laut spielend das Zirkusorchester saß. Die Töne der Trompeten und Hörner öffneten im Nu die Fenster der Stadt. Man hatte schon längst die Staubwolken auf der Landstraße gesehen und wusste, dass es niemand anderer sein konnte, als der Zirkus, der alle Jahre wieder kam. Die Leute liefen herbei, zuerst die fröhlichen Kinder. Sie bildeten ein Spalier und Tschok, jetzt bunt bemalt, trieb auf seinem Traktor allerhand Späße. Der Direktor hatte wieder seinen Sombrero auf, saß hoch oben auf dem Löwenkäfig und eröffnete aus seinem Colt ein Platzpatronenfeuer.

Man lachte, winkte und rief. Sogar der Herr Apotheker kam aus seinem dunklen Gewölbe, um die von ihm so verehrte Donna Elvira zu sehen. Auf dem Balkon des Rathauses erschien der Bürgermeister mit seinen Gemeinderäten, um den Zirkus an ihm vorbei knattern zu sehen. Auch ihm hatte es die schöne Reiterin angetan, obwohl er die Hoffnungslosigkeit seiner Wünsche einsah. Er konnte dem Zirkus nicht nein sagen, sobald er die Bewilligung zu einem Gastspiel erbat, wenn auch die Rechnung vom Vorjahr noch nicht bezahlt war. Schließlich war man dem Volk, das man regierte, ein wenig Vergnügen schuldig, auch die verehrten Sommergäste sollten sich nicht langweilen.

Donna Elvira wusste um die Sympathie des Bürgermeisters. Sie ließ daher Achilles genau vor dem Balkon dreimal steil aufsteigen und ein Stück auf der Hinterhand gehen. Der Herr Bürgermeister war entzückt, er und seine Gemeinderäte applaudierten begeistert. So einträchtig hatte man die Stadtväter schon lange nicht mehr gesehen.

Die Kinder interessierten sich mehr für das Kamel Ali und Simsalabim, den Meisterzauberer. Der hatte sich in diesem Jahr einen besonders feinen Trick ausgedacht. Von Zeit zu Zeit holte er aus seiner Satteltasche eine Tüte mit Fruchteis und lutschte behaglich an ihr. Plötzlich schlugen aus der Tüte blaue, rote und grüne Flammen empor. Da ließ er die Tüte erschrocken fallen, das Kamel schlug hinten aus, schrie ganz laut und der Zauberer hatte komische Mühe im Sattel zu bleiben. Alle mussten darüber lachen!

So präsentierte sich der Zirkus und zog durch die Stadt, zur großen Festwiese der Gastwirtschaft, „Zum Bock". Dort machten sie in einem großen Halbkreis Halt. Direktor Powolny versorgte seinen Colt, ließ den Sombrero am roten Gurgelband nach hinten fallen und ging auf die

Tür des Gasthauses zu, wo Frau Walburga, die Wirtin, schon auf ihn wartete.

„Gott zum Gruß, edle Witwe!", rief er mit tiefer Stimme. „Wenn sich über den Winter etwas geändert haben sollte, so bitte ich, es mir feierlich mitzuteilen!"

„Nichts hat sich geändert, Herr Direktor!", lachte Frau Walburga.

„Noch immer Witwe? Unbegreiflich! Wo es doch der Traum jedes Mannes sein müsste, „Bockwirt" zu werden. – Also – wir sind wieder da und bitten um die Erlaubnis auf ihrer Wiese unser Zelt aufstellen zu dürfen!"

„Kann ich nein sagen? Wo sie doch so ein dicker Freund von meinem gottseligen Mann waren!"

„Heißen Dank, begehrenswerte Witwe!", rief Powolny. Er knallte mit der Löwenpeitsche und rief gebieterisch: „Ein Hurra! Für die Bockwirtin!"

„Hurra! Hurra! Hurra!", schrien die Artisten.

„Und jetzt Girls and Boys: E la hopp! An die Arbeit!"

2

Einheimische und die Sommergäste liebten die lauen Abendstunden. Dann senkte sich friedliche Stille über das Städtchen und das Tal. Glühwürmchen kamen aus ihren Verstecken hervor und zogen durch die Dämmerung leuchtende Spuren. Kein Wunder also, dass man nach Feierabend lustwandelte, um den Ausklang eines schönen Sommertages zu genießen. Jeden Freitagabend gab es im „Bock" Bratfisch mit Kartoffeln und frischen Milchrahmstrudel. Da heute Freitag war und es Abend wurde, sah man schon einige, so zufällig, den Weg entlang kommen. Sogar der Herr Bürgermeister, zurzeit, fröhlicher Strohwitwer, da sich die Gattin auf Kur befand. Bei ihm waren der Herr Gemeindearzt mit goldenem Kneifer und schütterem, weißen Bart und der Herr Apotheker.

Die drei Honoratioren gingen schweigend nebeneinander und genossen den schönen Abend. Heute war es aber auch besonders schön. Über den dunklen Himmel wanderten rosarote Schäfchenwolken und die Spitzen der Pappeln flimmerten silbrig im letzten Tagesschein. Dr. Rinössel schüttelte seinen Bart, um daraus die schwärmenden Insekten zu entfernen. „Ich höre, dass der Zirkus Powolny wieder da ist", sagte er dann. Aus seiner brüchigen Stimme konnte man nicht entnehmen, ob er sich freut oder nicht. Der Bürgermeister nickte. „Ja er ist wieder da!" „Wovon leben diese Leute?", fragte der Magister, während er einen Mückenschwarm vertrieb, der hier seinen Hochzeitsreigen tanzte." Zirkusartist zu sein, ist ein seltener Beruf!" „Ein Beruf aus Leidenschaft!" bestätigte der Bürgermeister. „Unsereiner kann das kaum verstehen. Ich war noch ein Bub, da ist jeden Sommer derselbe Zirkus Powolny gekommen. Damals gehörte es dem Großvater Powolny. Damals, als ich heiratete, kam er auch jeden Sommer. Direktor war damals der Sohn Powolny." „Heute ist es der Enkel!", ergänzte der Apotheker." Das ist Berufsvererbung, wie sie schon im alten Ägypten vor Jahrtausenden üblich war", meinte der Doktor, auf dessen Schlapphut jetzt ein Nachtfalter saß. „Sie hat sich bis heute nur in ganz wenigen Berufen erhalten, am stärksten wohl unter den Artisten."

Die Herren näherten sich jetzt dem Wirtshaus „Zum Bock", dessen erleuchtete Fenster freundlich winkten. „Und immer, seit ich mich erinnern kann, zeltete der Zirkus, da auf der Festwiese!" Der Bürgermeister blieb stehen und lachte laut heraus. „Gerade als ich so ein halb-wüchsiger Bursche war, da ist beim Zirkus so eine Luft-akrobatin gewesen ... Lolo hat sie geheißen, oder Lili ..., na, egal! Ein prachtvolles, junges Frauenzimmer, in das ich mich total verknallt hatte." „Schöne Sachen hört man da!", sagte der Magister. „Durchbrennen wollte ich mit ihr, aber sie hat nein gesagt. Da bin ich als blinder Passagier mit dem Zirkus fortgezogen. Nach drei Tagen hat mich die Gendarmerie aufgespürt und zu meinem Vater zurück gebracht. – Die Ohrfeigen von damals werde ich nie ver-gessen!" Die Herren lachten. „Apropos – prachtvolles Frauenzimmer!", sagte der Apotheker. „Jetzt hat doch der Zirkus diese Donna Elvira. Ist es wahr, dass sie eine echte Herzogin und spanische Grandin ist?" „Angeblich ja, der Direktor behauptet es!", sagte der Bürgermeister.

„Aber, aber! Artisten haben die unglaublichsten Namen, Künstlernamen, um die Aufmerksamkeit des Publikums auf sich zu lenken", widersprach der Doktor. „Sehr richtig! Wie kann diese Donna Elvira eine spanische Herzogin sein, wo sie doch so gut deutsch spricht?" „Das stimmt!" „Na sehen sie! – man könnte glauben, dass sie aus Brünn oder Prag stammt." „Der Direktor hat angedeutet, dass sie eine sehr merkwürdige und interessante Vergangenheit hat." „Glaube ich gerne", spottete der Doktor. „Wenn eine Frau so hübsch ist ...! ... und noch dazu Zirkusreiterin – kann sie was erzählen!"

Wieder wurde gelacht und man hätte sich gerne noch länger über den Zirkus und besonders über Donna Elvira unterhalten. Aber man war vordem Wirtshaus angekommen, aus dessen offenen Küchenfenster es verlockend nach Bratfisch duftete." Einen Augenblick meine Herren, ich will schauen wie sie heuer das Zelt aufgebaut haben!", sagte der Bürgermeister. Man ging am Gasthaus vorbei, um die Ecke, wo die Festwiese lag. Kein Gasthaus in der ganzen Umgebung hatte eine so große, romantisch gelegene Festwiese wie der Bock-Wirt. Darum wurden alle Sommer und Volksfeste, Versammlungen und Tombolas hier abgehalten. Diese schöne Wiese war auch seit Langem ein Zankapfel in der Gemeinde, denn es sollte über sie die längst geplante Wasserleitung gelegt werden. Vor einigen Jahren stand das Projekt vor der Verwirklichung. Man redete von Enteignung, Zwangsablöse und Ähnlichem, welche der Magistrat gegen ehrlichen Bürgerbesitz auszuhecken fähig war. Darüber ist der Bock-Wirt vor Ärger tot krank geworden. Es war ein lebensgefährliches Attentat gegen einen Wirt! Zum Glück stellte sich heraus, dass es zu kostspielig und unrentabel war. Auch die Wasserqualität entsprach nicht mehr den Bedürfnissen. Der Wasserleitungsplan wurde fallen gelassen. Die Freude darüber – brachte den Bock-Wirt um! Er starb als Sieger über den Magistrat, nachdem er testamentarisch, den Wunsch geäußert hatte, sein Sarg möge dreimal unter Trompetenblasen rund um die Festwiese und erst dann, zur Einsegnung in die Kirche getragen werden. So war der schöne Platz, zur Freude des Städtchens und seiner Bewohner erhalten geblieben. „Aha! So wie jedes Jahr! Genauso, wie immer!" meinte der Bürgermeister. „Warum denn nicht?" „Kasten und Zunftgeist erlauben keine Änderung, was einmal richtig und praktisch war. Nichts ändert sich, alles bleibt beim Alten ... so wie jedes Jahr! Wissen sie meine Herren, Kino und Radio sind recht schöne Sachen. So ein Zirkus aber ist wie ein Stück wirkliches Leben, das jeden Tag um seine Existenz kämpfen muss. Das ist ein schweres Stück Arbeit. Sicher kommt der Direktor wieder bei mir vorbei um Ermäßigung der Abgaben. Ich hoffe, dass sie dafür stimmen werden im Gemeinderat!" „Meinetwegen!" nickte der Doktor „Ihnen zu liebe Herr Bürgermeister und in Würdigung ihrer süßen Erinnerungen an diese Lolo oder Lili. Persönliche Gründe dafür habe ich nicht, denn diese Zirkusleute haben mir noch nie etwas zu verdienen gegeben. Sie heilen ihre exotischen Viecher selber. Auch darin äußert sich ihre Tradition. Schon bei den alten Ägyptern waren die Gaukler ..." „Schon die alten Ägypter haben gerne Bratfisch mit Salat gegessen!" „So ist es, Herr Doktor! – Wenn wir uns nicht beeilen, bekommen wir keinen mehr!" Die drei Herren betraten die Gaststube, wo sie am Stammtisch der Honoratioren mit Hallo, begrüßt wurden. Heute war im Gasthaus Hochbetrieb. Jeder wusste, dass der Zirkus angekommen war. Viele saßen im Gasthaus, weil sich dort die Gelegenheit bot, die Zirkusleute zu sehen und zu hören, was die Galaeröffnungsvorstellung am morgigen Samstag an Sensationen bieten werde. Die Artisten hatten einen schweren Tag hinter sich. In der Nacht und am frühen Morgen war das Zelt abgebaut und verladen worden. Dann hatte man die Fahrt hier her überstehen müssen, wo das Zelt sogleich wieder aufgebaut und zur Vorstellung bereit gemacht worden war. Alle waren müde und hätten sich gerne schlafen gelegt. Aus Tradition und Anstand jedoch kehrte man bei der Wirtin ein, deren nachsichtige Kreide sie, in den nächsten Wochen beanspruchen wollten. Einer nach dem anderen kam herein, gewaschen und gekämmt, seine Müdigkeit hinter einer fröhlichen Maske verbergend. Simsalabim, der Meisterzauberer, Barabas, der immer hungrige, stärkste Mann der Welt, der ewig durstige Clown Tschock, Kleopatra, die gertenschlanke Schlangendame, Teddy und Freddy die Könige der Lüfte, der Stallmeister mit seinen Leuten und die Musiker. Als endlich Donna Elvira, die Kunstreiterin und Dolly, das reizende Nummerngirl, auftauchten, kam vom Tisch der Honoratioren ein lautes ‚ah!!' aus. Einige klatschten in die Hände, andere beeilten sich, die Damen an den Tisch zu bitten. Der Bürgermeister bot Donna Elvira galant seinen Sessel an. Diese dankte huldvoll durch freundliches Nicken ihres, von kupferrotem Haar eingerahmten Kopfes und versprach, sich den Herrn bei einer anderen Gelegenheit zu widmen. Jetzt müsse sie sich aber an den Tisch zu ihren Kollegen setzen. „Wo bleibt der Direktor?", fragte der Clown, traurig auf die Gräten seines Bratfisches schauend, denn er hatte noch Hunger. „Er ist beim

Sultan", antwortete Elvira. „Er glaubt, dass Sultan Zahnweh hat, weil er sich mit der Tatze ständig ins Maul greift." „Welcher von seinen letzten drei Zähnen tut ihm denn weh?" „Das will der Direktor herausfinden." „Wenn ich an die staubige Landstraße zurückdenke, muss ich noch ein drittes Krügel Bier trinken. Könntest du, bitte diesen Luxus auf deine Rechnung nehmen, Elvira?" „Aber ja, ich glaube dir, dass dich der Staub so durstig gemacht hat!" „Du bist eine Perle!", lobte der Clown. Während er ihre Hand tätschelte, schwenkte er sein leeres Glas: „Franz ... Noch ein Krügerl, aber besser einschenken als das letzte!" Die Tür ging auf und durch sie zwängte sich nicht ohne Mühe die imposante Gestalt des Direktors Powolny. Er verneigte sich tief gegen den Tisch der Honoratioren, denn dort saßen die Männer, von deren Wohlwollen er abhängig war. Einige waren Gemeinderäte, andere reiche Geschäftsleute, in deren Läden man kostenlos, die Zirkusplakate aushängen konnte und manchmal Kredite bekam. Diese Persönlichkeiten und ihre Familien kauften auch immer die teuersten Plätze. Dann ging er zum Zirkustisch, wo er sich auf seinen Stammplatz setzte. „Was hat der Sultan? Hat er Zahnweh?", fragte der Clown. „Nix, Zahndiweh!" beruhigte Powolny. „Er hat sich erst nach langem Zureden von mir in den Rachen schauen lassen. Dabei habe ich entdeckt, dass ein Rosshaar in seinem Zahnfleisch steckt!" „Das hat ihn gestört?" „Natürlich! Hab du ein Rosshaar im Maul! Na, ... ich habe es herausgezogen, jetzt ist er zufrieden!" Powolny nahm die Speisekarte in die Hand und schaute geistesabwesend drauf. Alle, die ihn kannten, konnte es nicht verborgen bleiben, dass mit ihm etwas nicht stimmte. „Was soll's denn sein, Herr Direktor?", fragte der Kellner Franz hinter ihm.

„Wie? – Ah so! – Na egal, Hauptsache ist: viel, nahrhaft und billig!" „Die Bratfische sind aus, aber ein Kipfelkoch wär noch da, süß mit vielen Rosinen. Dazu Apfelkompott." „Von mir aus, Kipfelkoch, bringen sie mir zwei Portionen, Franz, ... Aber auf einem Teller, damit es nicht so auffällt." „Jawohl, Herr Direktor!" Franz eilte in die Küche. Powolny zog sein Notizbuch heraus, riss ein Blatt heraus, schrieb ein paar Worte darauf und schob es Donna Elvira über den Tisch zu. Seine Augenbraun zuckten bedeutungsvoll. Elvira nahm den Zettel und las: Der Marques de Arita ist gekommen und will dich sprechen. Er wartet draußen! – Ihre Wangen überzogen sich mit verräterischer Röte. Sie steckte den Zettel in ihr Handtäschchen, stand auf, murmelte ein paar Worte und ging schnell aus der Stube. Keiner wagte es den Direktor nach dem Grund zu fragen. Powolny machte sich hungrig über seine übergroße und überzuckerte Riesenportion Kipfelkoch her und setzte ihr mit seiner Gabel fürchterlich zu. Aber er war nicht ganz bei der Sache, denn er musste an Donna Elvira und den Marques de Arita denken.

3

Der Marques de Arita, ein stattlicher, eleganter Herr von zweiunddreißig Jahren, stand, einen Staubmantel über seinem tadellosen, dunklen Anzug, neben seiner großen, schwarzen Limousine. Die war aber jetzt vom Staub der Landstraße überzogen und eher weiß. Er hatte eine schnelle Fahrt hinter sich, denn er hatte Elvira erst an der letzten bekannten Adresse gesucht und hatte dort erfahren, dass der Zirkus weitergezogen war. Es war nicht das erste Mal, dass er sich auf die Suche gemacht hatte. Es machte ihm aber meist Vergnügen, da er dabei Land und Leute kennenlernte. Er hatte von diesem kleinen Städtchen noch nie etwas gehört, aber es schien hier nett zu sein. Er schaute zur Wirtshaustür, durch die der Direktor verschwunden war. Mit zitternder Hand und um seine Unruhe niederzukämpfen, holte er eine Zigarette hervor, deren Rauch er gierig verschlang. Wie jedes Mal fürchtete er sich auch jetzt vor dem Zusammentreffen mit dieser merkwürdigen Frau. An ihr waren neben vielen Rätseln, am rätselhaftesten die Tatsache, dass sie das armselige, mühevolle Leben einer Zirkusartistin auf sich nahm, wo es doch für so ein Naturwunder, doch viele andere Möglichkeiten gab, dem männlichen Teil der Menschheit Freude zu bereiten. Aber er sehnte, wie jedes Mal, dieses Zusammentreffen mit Ungeduld herbei und suchte jede Gelegenheit, die es ermöglichte. Warum kommt sie nicht? – Jetzt ging die Türe auf und Donna

Elvira kam heraus. Sie ging auf das Auto zu, das mit abgeblendeten Scheinwerfern neben dem Wohnwagen des Direktors parkte. Das Herz des Marques begann heftig zu schlagen. Er nahm den Hut vom Kopf, machte ein paar Schritte vorwärts und verneigte sich tief: „Donna Elvira!" „Willkommen Don Manuel!", rief sie freudig. Er nahm ihre Hand und drückte einen Kuss darauf. Ja ... da war wieder der Geruch ihres Parfüms, dieser eigenartige, betörende Duft, den keine andere Frau, auf der ganzen Welt hatte ... schoss es ihm durch den Kopf. Sogleich wurde er wieder in den Bann dieser Frau gezogen. „Ich bitte um Vergebung, Donna Elvira. Es war nicht möglich früher zu kommen. Ihre Fährte zu finden war nicht leicht." „Ich freue mich immer Sie, zu sehen, zu jeder Zeit. – Gibt es etwas Neues?" „Es ist heute Früh ein Brief und später ein Telegramm von Don Basilios für Sie gekommen. Ich habe mich sofort auf den Weg gemacht, um ihnen die Post heute noch zu bringen." „Herzlichen Dank Marques, für Ihre Mühe!" „Ich bin jederzeit Ihr Diener, Herzogin!" „Kommen Sie bitte in meinen Wagen. Ich möchte wissen, was Don Basilio mir mitzuteilen hat. – Aber warten Sie einen Augenblick, bis ich Licht gemacht habe!" Sie stieg über die Holztreppe hinauf, öffnete die Tür und verschwand im Inneren. Ein Streichhölzchen flammte auf, Glas klirrte, dann verbreitete eine Petroleumlampe ihren rötlichen Schein. „So ..., jetzt dürfen Sie hereinkommen, Marques!", rief sie. „Sie müssen sich mit dieser traurigen Beleuchtung zufrieden geben. Stoßen Sie sich nicht am Türrahmen! Ihr spanischen Aristokraten seid ja nicht gewöhnt, euch zu bücken!" „Doch!", erwiderte der Marques galant, „aber wir tun es nur, wenn das Herz es befiehlt!" Er trat ein und schloss die Türe hinter sich. Er betrachtete die Einrichtung des Zirkuswagens, obwohl er sie schon von früheren Besuchen kannte. So also lebt Donna Elvira, Herzogin von Villarocca, Angehörige eines der edelsten und ältesten Geschlechter Spaniens! In einem kleinen, engen Zirkuswagen, unter erschütternden Verhältnissen einer Einsamen und Heimatlosen. „Setzen Sie sich! – Was möchten Sie trinken: Martini oder Cherry-Brandy? Das ist alles, was ich ihnen anbieten kann." „Bitte Martini!" Sie öffnete das Türchen neben dem schmalen Bett und holte eine Flasche hervor. „Ich habe leider keine passenden Gläser – bitte schenken Sie sich ein! Dann geben Sie mir die Post. Ich möchte wissen, was der gute, alte Doktor mir zu sagen hat!" „Hier bitte, das Telegramm dürfte wichtiger sein!" Elvira las und lächelte. „Don Basilio teilt mir das angeblich letzte Wort meines Stiefsohnes Enrique mit. – Lesen Sie selbst. Der Marques nahm das Telegramm und hielt es in den Schein der Lampe. – Ergebnis letzter Verhandlungen mit Doktor Ventosa, las er, Don Enriques letztes Wort: eineinhalb Millionen Pesetas – Stopp – Erkläre bei Ablehnung weitere Verhandlungen für zwecklos – Stopp – rate dringend Annahme – Stopp – Doktor Basilio Garcia. Der Marques legte das Blatt auf das Klapptischchen und schaute in Elviras entschlossene Augen. „Ein hohes Angebot, wenn man bedenkt, dass Don Enrique zuerst nur dreihunderttausend Pesetas bezahlen wollte. Werden Sie nun endlich annehmen?"

„Nein, ich denke nicht daran!" Hoheitsvoll, die Hände elegant im Schoß ineinander gelegt, saß diese schöne Frau auf ihrem schäbigen Hocker. Das schwache Licht der Petroleumlampe hüllte sie ein. Der Marques de Arita seufzte. Er bewunderte ihre Hartnäckigkeit, obwohl sie ihm unbegreiflich war. Sie haderte mit ihrem Stiefsohn seit drei Jahren und machte diesem stolzen Mann das Leben schwer. Jetzt bot er eineinhalb Millionen Pesetas für nichts weiter als die Verpflichtung Donna Elviras, seiner Stiefmutter, im Zirkus nicht unter dem Namen einer Herzogin von Villarocca aufzutreten. Das war ein kleines Vermögen, mit dem man sich ein behagliches Leben machen konnte. Dieses junge, wunderschöne, ach so rätselhafte Weib aber wies es in einem schäbigen Zirkuswagen bei Petroleumlampe lächelnd zurück. „Also nicht! – Welche Antwort soll ich an Don Basilio nach Madrid senden?" Elvira überlegte nicht lange. „Notieren Sie, Don Manuel: Drei Millionen und keinen Pesetas weniger – Stopp – Donna Elvira … Haben Sie das?" „Ich habe es, aber ich verstehe es nicht. Nie wird dieser geizige Don Enrique drei Millionen bezahlen." „Das ändert nichts an der Tatsache, dass er es nicht billiger haben kann. Stecken Sie ihr Notizbuch ein und reden wir von anderen Dingen"

„Vor allem erlauben Sie, Donna Elvira", sagte er flehend, „dass ich Ihre Hände küsse. Seit Wochen habe ich darauf gewartet, Sie wieder zu sehen. Sie wissen, dass ich mich nicht in Ihr Leben drängen will. Aber ich muss Sie immer wieder fragen: Warum geben Sie diesen seltsamen Beruf nicht auf? Ist das ein Leben für Sie? Macht es Ihnen denn Freude, keine Heimat zu haben, nicht einmal ein Heim, hier alles zu entbehren und wissen aber, dass Sie jenseits der Pyrenäen als vermögende Frau angenehm leben könnten?" Elvira überließ dem jungen Mann gerne ihre Hände. „Genug, Don Manuel!", sagte sie endlich, da er sie nicht loslassen wollte. „Sie sind mir ein lieber und treuer Freund und ich bin sehr froh darüber, Sie in meiner Nähe zu wissen. Nach Don Basilio kennen Sie am besten meine Vergangenheit und Gegenwart. Aber

Sie wissen nicht alles und können mich daher nicht vollkommen verstehen. Sie fragen mich immer wieder, warum ich meinen Beruf nicht aufgebe. Ich tue das darum nicht, weil gerade dieser von Ihnen als seltsam genannter Beruf mir die Möglichkeit gibt, ein Versprechen zu erfüllen, das mir heilig ist." „Ich habe das Gefühl, dass ihre Hände gebunden sind. Ich kenne die Fesseln nicht, aber es tut mir weh!" „Ja ... sie sind gebunden", nickte Elvira", aber ich hoffe nicht mehr lange. Ich selber habe mir diese Fesseln angelegt und nur ich alleine kann sie sprengen." Sie schwiegen. Im Wohnwagen stand die Luft heiß und dick. Elvira hatte die kleinen Fenster absichtlich geschlossen, weil sie sicher vor Lauschern sein wollte. Sie kannte die Neugier ihrer Kollegen und das Interesse des Direktors Powolny an ihrer Beziehung zu dem Marques. „Mein Beruf ist gar nicht so seltsam, wie es Ihnen und vielen anderen Menschen scheint. Er gehört zu den wenigen, die glücklich machen können!"

Direktor Powolny hatte seine riesige Portion gegessen und ein Glas Wein getrunken. Wo Elvira nur blieb? Gerne hätte er gewusst, was dieser Marques, der hin und wieder auftauchte und dann wieder verschwand, von ihr schon wieder wollte. Ja, es war sehr gut, so eine schöne, attraktive Zirkusreiterin zu haben. Eine echt hilfsbereite Kollegin, die noch dazu eine echte spanische Herzogin war. Dass Elvira aber so lange mit dem Marques sprach, ohne ihren Direktor ins Geheimnis einzuweihen, kam ihm spanischer als spanisch vor. Er stand auf, ging durch die Hintertür hinaus, schlich durch den Garten und späte durch die Sonnenblumen nach Elviras Wagen. Die Fensterläden waren geschlossen aber trotzdem schimmerte etwas Licht heraus. „Aha!", raunte er. Das war eine Feststellung, sonst nichts. Er tastete sich um das finstere Zirkuszelt herum. Er stieß an einige Gegenstände, die dort lagen, kam aber dann doch, nicht ohne Schwierigkeiten hinter Elviras Wohnwagen an. Er setzte sich schnaufend auf eine Kiste.

„Es muss auch Menschen mit seltsamen Berufen geben", hörte er Elvira sagen. „Manchmal aber wählt der Beruf den Menschen aus!" Das ist war, dachte Powolny. Sie ist ein gescheites Frauenzimmer! Wie viele Burschen träumen davon Rauchfangkehrer zu werden oder Kapitän auf einem Schiff. Dann werden sie Buchhalter in einer Damenwäschefabrik oder Hofrat im Finanzministerium. „Entscheidend sind die Umstände! Je toller sie sich ver-ketten, desto abenteuerlicher wird das Leben. Darum gibt es neben anderen Berufen, auch den der Zirkus-reiterin. Er ist so liebenswert wie jeder andere, ehrliche Beruf, vielleicht noch liebenswerter, weil man unter sich, das warme Leben eines Pferdes fühlt und nicht das tote Holz eines Bürosessels." Das hat sie schön gesagt, nickte Powolny. Aber ich möchte nicht ihre Philosophie, sondern ihr Geheimnis wissen. Wieder legte er sein Ohr an das Holz der Wagenwand. „Die Männer von heute wissen ja gar nicht, was man ihnen angetan hat, als man ihnen das Pferd wegnahm und die Bürosessel unterschob", sagte Elvira. „Ja, das ist wahr. Man hat uns Männer um ein herrliches Gefühl ärmer gemacht. Ich fange an Sie zu ver-stehen! Sie denken edel und kühn, sie bekennen sich zu der herrlichen Freiheit, die die Menschen auf den Rücken der Pferde hatten!" „Alles Geschmackssache. Ich finde, das Hufgeklapper schöner klingt als Motorenlärm und ein Pferdestall besser riecht als eine Garage."Powolny hörte den Marques fröhlich auflachen. Um über Gerüche und Geräusche informiert zu werden, ist dieser Grande über alle diese staubigen Landstraßen zu uns gekommen? Dachte er ärgerlich. Dann wurde es wieder still und man hörte nur leise Gläser klirren. „Mich hat der Beruf gewählt und das ist mein Schicksal", sagte sie. „Schon mein Großvater war Hufschmied bei der alten Armee. Mein Vater diente als Oberstallmeister in Böhmen, wo man die Pferde für den kaiserlichen Marstall züchtete. Dort, in diesem kleinen Dorf bei Pardubitz, bin ich als ehrliche Kratochwil geboren." Das weiß ich sowieso! Dachte Powolny. Aber, warum erzählt sie das dem Marques?

„Ihr Taufname ist doch Elvira", warf Don Manuel ein. „Ist dieser Name in Böhmen gebräuchlich?" „Nein, aber bei uns Kratochwils gehört der Name zur Familientradition." „Ein so ausgesprochen spanischer Name ... Das ist doch merkwürdig." „Ich werde es Ihnen erklären, Don Manuel: Ein Kaiser von Österreich hat einem König von Spanien einen Lipizzanerhengst zum Geschenk gemacht. Wann das war, weiß ich nicht. Ein Kratochwil, der Hofbereiter war, musste den Hengst begleiten und dem König vorführen. Bei dieser Gelegenheit hat er eine Spanierin, namens Elvira kennengelernt, geheiratet und mit nach Hause gebracht. Das war meine Ur- oder Ururgroßmutter. Nach ihr heißen die Mädchen, bei den Kratochwil gerne Elvira." Der Marques war begeistert. „Da haben wir es! Damit ist alles erklärt. Das spanische Blut ist stark und hat sie nach Spanien zurückgelockt." „Unsinn! Mein spanisches Blut ist längst verdunstet und von der Moldau ausgewaschen worden. Ich bin schon eine echte Kratochwil und unter Pferden aufgewachsen. Wir haben immer viel Pferdeverstand gehabt, den hab ich mitbekommen. Schon mit sieben Jahren war ich ein Reitphänomen. Als ich vierzehn war, hat mich der Zirkus geholt, mein Vater hat mich gehen lassen." „Und Sie haben es nie bereut? Glauben sie nicht, dass es ein aussterbender Beruf ist?" „Aussterbender Beruf!", murmelte Powolny hinter dem Wagen. „Eine Frechheit so etwas zu fragen. Hoffentlich bleibt ihm die Elvira die Antwort nicht schuldig." Die aber dachte nach. „Ich verstehe, was Sie meinen. Vielleicht ist es ein aussterbender Beruf. Ich glaube aber nicht, dass man die Reitkunst, die eine unendliche Mühe von Mensch und Pferd ist, so leicht aufgeben wird.Es wird immer Bewunderer geben. Ich weiß natürlich, dass das Publikum neue Sensationen möchte: das rasende Motorrad in der Gitterkugel, der Todesschuss aus der Atomkanone oder der Saxophonvirtuose als Froschmann ..." Das ist gut! Nickte der Direktor. Das mit dem Froschmann muss ich mir merken. Drinnen lachte man. Plötzlich wurde genau über dem Lauscher, ein Fensterchen geöffnet. Powolwy kroch lautlos im Schatten fort und schlich in das Stallzelt, dessen Bewohner ihn gleich begrüßten. Achilles scharrte artig, dem rechten Vorderhuf, Ali erhob sich und schnaubte zärtlich, das Schimpansenpärchen stieß leise Pfiffe aus. „Ist recht!", lobte der Direktor. „Heute ist Ruhetag ... morgen haben wir Eröffnungsvorstellung." Er verließ den Stall und ging zu den Raubtieren nebenan. Der Löwe hob seinen großen Kopf und wandte sich dem Eintretenden zu. Um die Stalllaterne tanzte ein Mückenschwarm. Powolny setzte sich auf die wackelige Bank vor dem Löwenkäfig. Er steckte den Arm durch die Stäbe und zauste Sultans Mähne. Er war sehr nachdenklich geworden. Erfahren habe ich nichts, ging es ihm durch den Kopf. Nicht das kleinste Geheimnis haben die beiden miteinander. Schämen muss ich mich, weil ich gehorcht habe. Die Elvira ist doch ein richtiger

Zirkusmensch, so wie ich. O Gott! O Gott! Wenn diese Sorgen nur nicht wären, dieses Fortwursteln, von Ort zu Ort, dieses langsame Sterben, nichts war von dem Elite-Zirkus geblieben. Die Angst, dass es eines Tages aus sein würde, weil es einfach nicht mehr weiter geht. „Ja, mein lieber Sultan", redete er halblaut vor sich hin, „auch wenn ich deinen großen Kopf hätte, würde mir nichts gescheites einfallen." Sultan schüttelte den Kopf, als wollte er sagen: Nein, nein ... selbst dann könnte dir nichts einfallen, mein lieber Direktor. Dann ließ er sich am anderen Ohr kraulen, das ihn auch juckte.

Inzwischen wurde man im Wohnwagen wieder ernst. „Können Sie bis morgen bleiben, Don Manuel?", erkundigte sie sich. „Ich will den Brief von Don Basilios in Ruhe lesen. Vielleicht enthält der eine Mitteilung, die auch sie interessiert." „Ich bleibe gerne", nickte der Marques. „Morgen ist Eröffnungsvorstellung. Ich möchte Sie endlich wieder einmal reiten sehen." „Dann gute Nacht für heute! Meine Kollegen werden schon im „Bock" auf mich warten." – Wo logieren Sie? „Keine Ahnung, ich war noch nie hier!" „Empfehlenswert ist der Gasthof neben dem Rathaus am Hauptplatz. Dort werden Sie gut aufgehoben sein." Der Marques knöpfte seinen Mantel zu und nahm den Hut in die Hand. „Wann darf ich Sie wiedersehen?", fragte er gespannt. „Kommen Sie morgen um elf. Da bin ich mit meiner Morgenarbeit fertig und wir können dann einen Spaziergang machen!" Er war überaus glücklich. „Einen Spaziergang haben wir noch nie gemacht, Elvira." „Eben drum! Umso schöner wird es sein, Don Manuel. – Nein ... nicht jetzt und nicht hier!" So wehrte sie seinen schüchternen Versuch ab, sie zu küssen. „Wir sind erwachsene Menschen und wollen nicht naschen wie

Kinder. Kennen Sie den Wappenspruch der Villaroccas nicht? „Nein", sagte er beschämt zurückweichend. „ALLES ODER NICHTS" – was halten Sie davon?" „Ein stolzer spanischer Spruch, erlauben Sie mir, dass ich ihn auch zu dem Meinen, mache?"

4

Den Menschen als Marionette des Schicksals und gefügiges Werkzeug übersinnlicher Kräfte hinzustellen, heißt die Freiheit seines Willens zu leugnen und ihm die Möglichkeit zu nehmen frei zu wählen. Aber wie vieles im Leben, ist die menschliche Willensfreiheit eine relative Sache. Wer kann leugnen, dass das Bett, in dem ein Mensch geboren wurde, die Erziehung, die er hatte, die Menschen, mit denen er lebte, kurz, das, was man Lebensumstände nennt, auf sein Schicksal einwirken?

Als Beispiel dafür konnte man das Mädchen Elvira Kratochwil aus Kladrub in Böhmen nehmen.

Elvira war noch nicht zwei Jahre alt, da fand sie der Vater im Stall, zwischen den Beinen eines temperamentvollen Hengstes mit Strohhalmen spielen. Was wissen die besten Pferdekenner vom Seelenleben eines Hengstes? – So gut, wie nichts! Der Hengst verstand, dass sich ein winziges Etwas, vermutlich ein Menschenbaby, unter seinem Bauch verkrochen hatte. Er stand steif und still, schaute über seine gewölbte Brust hinunter und schob ganz sachte seine Hufe immer weiter auseinander, um dieses Etwas nicht zu verletzen. Als man Klein-Elvira hervorgeholt hatte, schrie sie jämmerlich: „Ich will zum Pferdchen! Ich will zu dem lieben Pferdchen!" Der Vater setzte sie auf den glänzenden Rücken des berühmten Zuchthengstes, dem eine ganze Reihe preisgekrönter Söhne und Töchter ihr Leben verdankten. Da machten sich bereits die

Lebensumstände bemerkbar: das weltberühmte Gestüt, Ställe, Pferde, Reitbahnen, Sättel und Hürden. Es wäre unsinnig gewesen, dieses Pferdemädchen von ihren geliebten Freunden fernhalten zu wollen. Elvira kannte das arabische Sprichwort: „Das größte Glück der Erde, liegt auf dem Rücken der Pferde!" noch nicht, aber sie fühlte es. Ihr Vater merkte das mit Stolz. Die Kratochwils lebten seit Generationen, mit Pferden und für Pferde. Man hatte sie überall hingeholt, wo es Gestüte, Marställe und Reitschulen gab, denn sie verstanden von den edlen Pferden mehr, als von den Menschen. Es ist nämlich so: Wer sich viel und eingehend mit Tieren beschäftigt, beginnt an Menschen zu zweifeln. Benützen die doch ihre höhere Intelligenz hauptsächlich dazu, falsch, gemein und brutal zu sein. Darum war für sie alles, was mit Pferden zu tun hatte, schön und natürlich. Warum sollte gerade Elvira aus der Art schlagen? Eines Tages und ganz zufällig sah einer des „Circo-favoloso", Elvira reiten. Gleich benützte er das nächste Stück Papier dazu, mit dem Vater einen Vertrag zu machen. Er nahm die Vierzehnjährige mit und versprach, sie zur Kunstreiterin ausbilden zu lassen. Der Vater war gerne darauf eingegangen, denn er glaubte, dass damit Elviras Glück gemacht war. Was konnte hier in Kladrub aus ihr werden? Nicht einmal Stallbursche oder Bereiter, das waren nur Männer.

„Bleib brav, Elvira!", sagte er beim Abschied. „Stürze nicht oft und stürze geschickt, wenn es schon sein muss, damit du dir nichts brichst. Schreib eine Postkarte, wenn du dazu kommst!" Er wischte sich nach Elviras Abschiedskuss eine Träne weg, aber er war nicht traurig. Sie ging von den schönen Pferden Kladrubs, zu den schönen des „Circo-favoloso." Dort ging sie durch eine harte Schule.

Die besten Reitlehrer der Welt knallten nach ihr mit der Peitschenspitze. Jeden Abend durfte sie hervorragende Kunstreiterinnen beobachten. Sie lernte alle Pferde-rassen, ihre Eigentümlichkeiten und ihre Pflege kennen und wurde so ein vollkommener Zirkusmensch.

Im Verlauf weniger Jahre reiste sie durch Europa von Stambul bis Lissabon und von Messina bis Drontheim. Sie lernte, wunderbar leicht viele Sprachen und lernte andere Sitten kennen.Sie liebte das Artistenleben, fühlte sich glücklich, wie sich ein schönes, gesundes und tüchtiges Mädchen von neunzehn Jahren nur fühlen kann. Sie glaubte, dass es immer so fortgehen wird. Das war ein Irrtum. Eines Tages sprang das Schicksal – sozusagen aus der Loge Nr. 1 – wie ein Tiger auf sie zu.

Es war Frühling in Madrid und der Zirkus hatte sein großes Zelt in der Stierkampfarena auf der Piazza de la Vista Alegre aufgebaut. Eines Abends saß in der Loge Nr. 1, Don Ramon, der sechzehnte Herzog von Villarocca, mit seinem Rechtsanwalt Dr. Basilio Garcia und seinem Leibarzt, die seine alten, vertrauten Freunde waren. Don Ramon, eine der bekanntesten Persönlichkeiten Madrids und der vermögendste Hocharistokrat Spaniens, liebte den Zirkus, schon seit seiner Kindheit. Er versäumte es nie, jeden Zirkus zu besuchen, der in Madrid war. Als Verehrer schöner Frauen und Bewunderer edler Pferde war es für ihn selbstverständlich. Er selber besaß ein Ge-stüt und einen siegreichen Rennstall. Auch an diesem Abend schlug unter seinem Frackhemd ein spanisches Herz: ritterlich – edel, tollkühn, das Herz eines perfekten Mannes, in dem neben Stolz, auch die Rachsucht hauste.

Der Herzog hatte bisher die Vorstellung über sich er-gehen lassen. Löwen hin, Tiger her! Er wartete auf die

Pferde und auf die Frauen. Da sprengte ein wundervoller, arabischer Hengst in die Manege und auf ihm saß ein junges Mädchen. „Wer ist das?", fragte er. Don Basilio schaute ins Programm." Nummer fünf", flüsterte er, „Donna Elvira auf dem dreijährigen Lipizzaner Medolino." „Nicht Übel!" nickte Don Ramon. Doktor Campillo erlaubte sich zu bemerken: „Prächtige Anatomie!" „Wessen Anatomie meinst du, Julio?" „Wäre ich Tierarzt, meinte ich die ... Andere", sagte der Doktor. Interessiert schauten die drei Männer zu der jungen Kunstreiterin. Diese führte die schwierigsten Figuren der spanischen Schule vor und erntete dafür tosenden Applaus. Man tobte begeistert. Die Damen warfen Blumen, die sie aus ihren Haaren zupften in die Manege, die Herren ihre Taschentücher, Krawatten, Handschuhe und Hüte.

Der Herzog von Villarocca hatte bisher keine Hand gerührt. Jetzt applaudierte er so heftig, dass die Nähte seiner weißen Glace-Handschuhe platzten. Er beugte sich zu Dr. Basilio und raunte: „Ich will wissen, wer sie ist. Mit allen Details! Verstehst Du?" Don Basilio verstand! Er begab sich in die Direktion und kam bald in die Loge zurück. „Dieses Mädchen ist eine gewisse Elvira Kratochwil aus Kladrub, in Böhmen. Sie ist neunzehn Jahre alt, sehr gescheit und anständig, denn sie hat, wie der Direktor vermutet, bisher ohne jedes Aufsehen erst drei Liebhaber gehabt!" „Ausgezeichnet!", lobte der Herzog. „Diese Elvira Kra... oder wie immer, werde ich heiraten. Was hältst du davon, Basilio?" „Eine wunderbare Idee!" bestätigte der Rechtsanwalt. „Eine bessere Entscheidung könntest du gar nicht treffen. Hier ist genau das, was wir uns vorgestellt haben. – Soll ich weitere Schritte unternehmen?" „Ja", sagte Don Ramon gelassen. „Hier ist mein Schlüsselbund. Fahre nach Hause, nimm das kleinere, der beiden Brillanten-Colliers aus dem Tresor und bringe es her. Achte aber darauf, dass es dir unterwegs nicht gestohlen wird, denn es hat mich seinerzeit dreihunderttausend Pesetas gekostet und ist seitdem im Wert gestiegen. Auf der Tafel wünsche ich diskreten Blumenschmuck. Du weißt, dass ich Orchideen bevorzuge." „Sonst noch was?" „Das ist vorläufig alles", entschied der Herzog. Er schaute wieder in die Manege, wo es außer den drei berühmtesten Clowns Europas nichts Bemerkenswertes zu sehen gab. Wie immer man über spanische Granden denken mag, der Herzog von Villarocca zeigte, dass er schnell und treffsicher zu disponieren verstand.

Elvira staunte nicht wenig, als ihr ein eleganter Herr – es war Don Basilio – eine Visitenkarte mit eingeprägter Krone überreichte, auf der in kraftvoller Männerschrift zu lesen stand: „Don Ramon, Herzog von Villarocca, gibt sich die Ehre, Donna Elvira zu einem Souper, mit drei ehrenwerten Herren einzuladen."

Als sie das gelesen hatte, lachte sie. Einladungen dieser Art war sie gewöhnt. In jedem Land machte es den reichen Rosinen oder Orangenhändlern Freude, Zirkus- oder Varieté-Künstlerinnen zum Souper zu bitten. Meist folgte dann der Antrag, gegen einen ordentlichen Scheck, Zärtlichkeiten auszutauschen. „Kann dieser Herr nicht ohne mich Nachtmahl essen?", fragte sie. Don Basilio schaute verdutzt. „Wissen Sie, Donna Elvira, wer der Herzog ist?", fragte er. „Nein!", lachte sie mit der Naivität ihrer neunzehn Jahre, „aber ich kann es mir denken, sonst würde er mich nicht ins „Ritz" einladen." „Wie? Dann muss ich Sie bitten, mit mir zu ihrem Direktor, zu kommen, um es aufzuklären!" Dieser Vorschlag beeindruckte sie. Der Direktor geriet außer sich, als er die Visitenkarte sah. „Diese Einladung müssen Sie annehmen, liebes Kind", rief er. „Der Herzog ist einer der ersten Granden Spaniens, Multimillionär, ein berühmter Reiter und Pferdezüchter. Warum fürchten Sie sich? Sie haben es mit einem Kavalier zu tun, der mindestens drei Mal so alt ist wie Sie. Freuen Sie sich, dass Sie ihm aufgefallen sind!" Der Herzog hatte Pferde, das gefiel ihr. Die Kolleginnen redeten ihr noch mehr zu als der Direktor. Also ließ sie sich von Don Basilio ins „Ritz" bringen, einem der sieben Luxushotels Madrids. Das Séparée, in das man sie führte, war der prächtigste Raum, den sie je gesehen hatte. Man empfing sie dort, wie eine Königin. Die großartige Erscheinung und seine ritterliche Art waren ihr gleich sympathisch. Don Ramon sagte einige nette Worte über ihre Reitkunst, stellte Don Basilio und Don Julio als seine besten Freunde vor und sagte dann: „Was wollen Sie trinken ... und was essen, Donna Elvira. Nennen Sie ihr Lieblingsgericht und Sie werden es bekommen."Na, warte! Dachte Elvira und sie wünschte sich – Powidlknödel. Von dieser Speise hatte keiner der Herren je gehört. Elvira musste daher den unaussprechlichen Namen auf ein Blatt Papier schreiben, welches der überaus vornehme Kellner würdevoll in die Küche trug.Elvira hatte Pech, beziehungsweise Glück, denn der Küchenchef des „Ritz" war Jaro Wantoch. Er hatte jahrelang als Koch, im Hotel Sacher, gearbeitet und war ein würdiger Sohn Brünns geblieben. Nach zwanzig Minuten wurden Powidlknödel serviert, wie Elviras Mutter sie daheim nicht besser hätte machen können. Inzwischen war eine seltsame Unterhaltung geführt worden. Don Ramon hatte vor Elvira das Etui mit dem Brillanten-

Collier gestellt und es geöffnet. Sie könne dieses unschätzbare Juwel unter gewissen Bedingungen, welche man ihr, nach den Powidlknödel sagen werde, behalten. Sie könnte es dann als ihr Eigentum betrachten.

Wer Powidlknödel unter solchem Zwang und in derartiger Spannung essen soll, dem schmecken sie nicht. Also doch die übliche Tour! Dachte Elvira. Nur sind es diesmal keine Schecks, keine Kartons mit Strümpfen oder Pelzmäntelchen, die man als Köder an die Angel hing, sondern Brillanten. Von diesen Überlegungen ließ sie sich aber nicht stören. Sie hatte schon lange keine Powidlknödel gegessen und außerdem schmeckten sie ihr. Zwischen den Bissen schaute sie nach dem Collier, aus dem es unter dem Kronleuchter, feurig aufblitzte. Das war das nobelste Geschenk, das man ihr bisher angeboten hatte. Aber unter welchen Bedingungen konnte sie es bekommen? Nach dem Essen gab es Champagner und nun sagte der Herzog: „Meine beiden Freunde haben es übernommen ihnen zu sagen, warum wir Sie hergebeten haben. Ich bitte die Herren, dies mit besonderer Wärme zu tun. Die Gründe nämlich, die mich zu dieser Einladung veranlassten, haben sich in diesen reizenden Stunden absolut verhärtet. Ich bin von Ihnen, entzückt und glaube, dass mich heute Abend mein guter Stern in die Arena geführt hat. – Ich gehe, während meine Freunde mit Ihnen reden, in die Bar hinüber." Er verneigte sich und ging. Alles war wie ein unwirklicher Traum! Kaum war der Herzog durch die Türe gegangen, erhob sich Don Basilio von seinem Stuhl. Er begann über den kostbaren Teppich auf und ab zu gehen, die Hände auf dem Rücken, die Stirn gefurcht und die Lippen verkniffen. „Diese Aufgabe ist ungewöhnlich", sagte er endlich. „In meiner langen Praxis als Rechtsanwalt und Syndikus hoher Adelsfamilien weiß ich kein Beispiel." Elvira schwieg und hörte. Der Champagner hatte ihre Lebensgeister geweckt. Nichts entging ihr! Auch Dr. Campillo sagte nichts. Er strich über seinen schönen, schwarzen Bart, holte die Flasche aus dem Eiskübel und schaute, ob sich noch ein Rest darinnen befände. Don Basilio wand sich wie ein Wurm. Er holte weit aus, als gäbe es, vor Gericht ein Plädoyer auf Leben und Tod zu halten. Schließlich verstrickte er sich im Stammbaum des Hauses der Villarocca, der bis auf Roland, den Helden von Roncevalle, zurück zuführen war, so hoffnungslos, dass Dr. Campillo sagte: „Kürzer, Don Basilio, kürzer! Jetzt bist du erst bei Karl dem Fünften und dem Bau des Eskorial angelangt. Du bist schon alt und musst dich beeilen!" „Nun gut, dann werde ich kurz und bündig sagen, was seine Hoheit, der Herzog, sich von Ihnen erbitten möchte."

„Heraus damit", rief Elvira. „Ist es denn etwas Grausliches?" „Durchaus nicht, seine Hoheit, bittet Sie, durch uns, seinen besten Freunden, seine Gemahlin zu werden!" Jetzt war es heraus. Er wischte über seine schweißnasse Stirne. Dr. Campillo biss mit seinen weißen Zähnen die Spitze einer Zigarre ab: „So ist es! Sie müssen sich sofort, oder doch sehr bald entscheiden."

Elvira saß wie gelähmt auf ihrem Stuhl und starrte die Männer an. „Ich verstehe, dass dieser Antrag Sie überrascht", ergriff Don Basilio wieder das Wort. „Die ungewöhnliche Werbung Seiner Hoheit, hat ungewöhnliche Gründe, die ich Ihnen momentan nicht erklären kann. Sie selbst aber haben gehört, dass der Herzog für Sie Zuneigung hat, was durchaus verständlich ist und von uns begrüßt wird. Als Kronjurist des Hauses Villarocca kann

ich Sie über folgendes unterrichten: Der Herzog ist zwei-
undsechzig Jahre alt und seit zwanzig Jahren Witwer.
Er besitzt aus erster Ehe drei Söhne und vier Töchter,
alle längst erwachsen und verheiratet. Sein Privatvermögen, das, wie ich ausdrücklich betonen möchte, mit
dem Familienvermögen, nichts zu tun hat, wird auf sechzig
bis achtzig Millionen Pesetas geschätzt. Der Herr Herzog
ist Grande erster Klasse, seine Familie zählt zu den fünf
vornehmsten Spaniens. Als seine Gattin werden Sie eine
der ersten Damen des Landes sein. Der Herr Herzog be-
absichtigt, Sie, in einem Ehevertrag finanziell sicher zu
stellen und Sie außerdem testamentarisch zu seiner Universalerbin einzusetzen. Das ist die juristische Seite. –
Jetzt, Du Julio, rede als Hausarzt." Dr. Campillo nahm
die Zigarre zwischen die Finger und sagte: „Zweiund-
sechzig ist für einen Mann seines Schlages kein Alter.
Er ist vollkommen gesund, athletischer Körperbau, in
jeder Beziehung leistungsfähig wie ein junger Mann,
ein ausgezeichneter Reiter, Schwimmer, Autofahrer
und Segler. Späte aber gesunde Nachkommenschaft ist
von ihm durchaus zu erwarten. Er ist aus einem lang-
lebigen Geschlecht, ... sie pflegen um die Neunzig herum zu sterben." „Bist Du fertig? Don Ramon kommt
nicht eher aus der Bar zurück, ehe ich ihm ein Zeichen
gegeben habe. Dieses Zeichen besteht am besten darin,
dass Sie, Donna Elvira, dieses Collier zum Zeichen ihrer
Zustimmung um den Hals legen." Jetzt erwachte Elvira
aus ihrer Starre. Sie lachte so herzlich heraus, wie es alle
Mädchen an ihrer Stelle gemacht hätten. „Ich weiß doch
gar nicht, ob diese Brillanten echt sind", rief sie. „Ich werde
sie morgen von einem Schätzmeister begutachten lassen."
Sie klappte das Etui zu und schob es in ihre Handtasche.

„Sagen Sie bitte dem Herzog, er möge bis morgen Geduld haben. Dann können wir weiterreden!" Die Herren waren sprachlos über die Frechheit dieser jungen, hübschen Person. Aber sie halfen ihr in den Mantel und brachten sie zum Zirkus zurück.

Als Don Ramon, bei seinem zehnten Glas in der Hotelbar, den Bericht entgegen nahm, war er zufrieden. „Ich bin ein Frauenkenner und habe mich auch diesmal nicht getäuscht. Wenn es ein Weib gibt, das zum Werkzeug meiner Rache werden kann, dann ist es diese Elvira Kra ... oder wie immer sie heißt. Nur ein Bedenken habe ich noch, meine Freunde." „Welches?"

„Was mache ich, wenn ich mich in dieses entzückende Kind verliebe?"

5

Zu Elviras größter Überraschung waren die haselnuss-
großen Brillanten des herzoglichen Colliers tatsächlich
echt. Das wurde ihr in drastischer Weise bestätigt.

Elvira besaß in solchen Dingen einige Erfahrung.
Sie hatte, so jung sie war, den Männern, besonders aber
deren Schmuckstücken, zu misstrauen gelernt. Außerdem
hatte sie ja Kolleginnen, die oft zu ihr gesagt hatten:
„Elvira, Liebling, sei nicht blöd! Du bist so naiv wie ein
Waisenmädchen und weißt nicht, wie viel du wert bist.
Mach dich teuer.Die Männer sind dumme Böcke und
mögen billige Frauen nicht. Wenn wir so hübsch wären
wie du und deine Figur hätten, ... Hui! ... wir wären für
jeden unbezahlbar, ... wenn er kein Millionär ist." Ja, so
redeten die Kolleginnen und fügten noch dazu: „Traue
keinem Schein, außer dem Trauschein! Schon gar nicht
den Juwelen, die man dir in Buketts steckt. Geh zum
Juwelier und lass sie schätzen!" Das war ein guter Rat
und Elvira befolgte ihn. Sie ging zu dem vornehmsten
Juwelier von Madrid und machte dort das Etui auf. Der
Juwelier staunte nicht schlecht, diese Kostbarkeit aus dem
billigen Handtäschchen einer Ausländerin auftauchen
zu sehen. Er kannte dieses Collier sehr genau, denn er
war seit Jahrzehnten der Leibjuwelier des Herzogs und
hatte das Geschmeide zwecks Restaurierung mehrmals
in Händen gehabt. Von diesem, aus der Werkstätte eines
berühmten Goldschmiedes, gab es kein Duplikat. Das

wusste er ganz genau. Elvira wurde mit schmeichelhafter Höflichkeit gebeten, in einem der roten Samt-Fauteuils Platz zu nehmen und etwas Geduld zu haben. Es müsse jeder einzelne, der einhundertsechsundzwanzig erlesene Steine, sorgfältig geprüft werden. Irgendwo hinten im Laden wurde telefoniert, aber sie verstand nicht, was man redete. Plötzlich kamen zwei Polizisten von der Straße herein. Sie wurde aufgefordert, mit aufs Kommissariat zu kommen. Der Juwelier, tat sehr bestürzt, ging aber gerne mit, das Etui mit den Brillanten in der Brusttasche. Dort wollte man erfahren, wie die Kunstreiterin aus dem Zirkus, in den Besitz dieses kostbaren Familienschmucks gekommen ist. „Der Herr Herzog wollte ihn mir schenken, aber ich habe nicht geglaubt, dass er echt ist. Darum habe ich ihn schätzen lassen!" Der Polizeikommissar lachte höhnisch. Eine solche Naivität konnte nur eine ganz große Juwelendiebin vorspiegeln. Mochten die Weibergeschichten des Herzogs auch viel Geld kosten, ein solcher Narr, dafür diesen Schmuck her zu geben, war er sicher nicht. Er freute sich, einen so guten Fang gemacht zu haben, worüber seine Polizeibehörde überaus entzückt sein würde. Er ließ Elvira in eine große Zelle zu Zigeunerinnen, Halbweltdamen und Diebinnen sperren. Danach rief er im Palazzo Villarocca an, aber es meldete sich nur der Haushofmeister. Ob seine Hoheit, bestohlen worden sei? Davon wisse er nichts! Eine Frauensperson sei im Besitz eines besonders wertvollen Schmuckstückes aus dem Besitz des Herzogs gewesen, aber bereits verhaftet und eingesperrt. Der Haushofmeister zuckte mit den Schultern ... dazu könne er keine Stellung nehmen. Seine Hoheit befindet sich auf einer Fasanenjagd und die Rückkehr sei unbestimmt. Der Kommissar staunte, wie gelassen man eine so wichtige Sache im Palazzo nahm, und bat sofort verständigt zu werden, wenn der Herzog wieder da ist. Don Ramon blieb lange auf der Jagd bei seinen Freunden. Elvira saß in der Zelle und ließ sich die Leidensgeschichten ihrer Zellengenossinnen erzählen. Eine alte Zigeunerin las aus ihren Handlinien-Reichtum und eine glänzende Zukunft.

Nach sechs Uhr abends machte die Zirkusdirektion die Abgängigkeitsanzeige. Sie telefonierte von Kommissariat zu Kommissariat und erfuhr endlich, dass eine gewisse Elvira Kratochwil unter dem dringenden Verdacht eines Diebstahls verhaftet worden sei und der Zirkus nicht damit rechnen konnte, sie bald wieder zu sehen. Daraufhin wurde sie Knall und Fall entlassen. Man strich ihre Nummer aus dem ohnehin reichhaltigen Programm.

Zum Glück sprach gegen Abend Don Basilio im Palazzo vor, um zu fragen, ob der Herzog von der Jagd schon zurück sei. Das war nicht der Fall. Der Haushofmeister erinnerte sich jedoch an den Anruf der Polizei und erwähnte die Sache der Kuriosität halber. Don Basilio erblasste, begriff den Zusammenhang und eilte davon. Man kannte den berühmten Anwalt des Herzogs nur zu gut.

„Wo Ist Elvira Kratochwil?", schrie Don Basilio. „Im Arrest!", antwortete der Kommissar, großes Lob erwartend. „Was?", tobte Don Basilio. „Sie haben es gewagt, die Braut seiner Hoheit, in den Arrest zu werfen?" Der Kommissar war nicht sehr groß, aber so klein wie jetzt hatte er sich noch nie gefühlt. Elvira wurde sofort geholt und Don Basilio überschüttete sie mit tausend Entschuldigungen. „Wie spät ist es?", fragte Elvira. „Fünf Minuten nach sieben." „Um halb acht fängt die Vorstellung an", rief das Mädchen, „wenn ich zu spät komme, ziehen sie mir etwas von der Gage ab!" Don Basilio übernahm die Verantwortung. Ließ sich Elvira und das Brillantcollier ausfolgen und man sauste zum Zirkus, in dem die Musik schon heftig spielte. Elvira schlüpfte – noch in Gegenwart Don Basilios – der darüber entzückt war – in ihr Flitterkostüm und stürmte in den Stall. Dort trat ihr der Direktor in den Weg. „Was", schrie er, „Sie wagen es, zu uns zurückzukommen? Bestimmt sind Sie ausgebrochen und die Polizei verhaftet Sie in der Manege. Sie sind entlassen! Verschwinden Sie oder ich hole die Polizei selber!" Don Basilio stand daneben. Er hätte das Missverständnis mit wenigen Worten aufklären können. Aber er war seinem Herrn und Freund ergeben. Daher machte er nichts. „Warum weinen Sie?", fragte er. „Der Herr Direktor weiß nicht, was er redet. Werfen Sie den Flitter weg und kommen Sie mit mir." „Wohin denn?", wollte sie wissen. „In den Palazzo Villarocca."

Elvira schlüpfte – zum nochmaligen Entzücken ihres Beschützers – aus dem Flitterkleidchen und zog ihr bescheidenes Kleid an. Dann fuhren sie durch die herrlich beleuchteten, nächtlichen Straßen von Madrid.

Don Ramon kam spät zurück. Er hatte eine gute Jagd gehabt und fühlte sich jung und vergnügt wie ein Jüngling. Elviras Missgeschick erregte ihn so sehr, dass er gleich das Bedürfnis hatte, bittere Rache zu nehmen. Hätte er nur dreihundert Jahre früher gelebt, der Juwelier, der Kommissar und der Zirkusdirektor wären auf seinen Befehl hin, grausam ermordet worden. In dieser lächerlichen, humanen Zeit aber, wo die Gesetze auch für Herzöge galten, blieb ihm nichts anderes über, als das entzückende Kind im Namen dieser drei Schandflecke der Nation, um Verzeihung zu bitten.

„Ich war noch nie im Arrest", gestand sie. „Es war sehr interessant. Hauptsache, sie sind ein echter Herzog und die Brillanten sind auch echt. – Hier bitte, sind sie zurück!" „Wie", rief Don Ramon, von Elviras Natürlichkeit bezaubert, „Sie wollen diesen Schmuck nicht behalten?" „Das schon", meinte sie nachdenklich. „Aber wieso? Wenn er mir gehörte, würde ich fortwährend verhaftet werden."

„Solange Sie Kra... oder so ähnlich heißen", lachte er, „nicht aber wenn Sie die siebzehnte Herzogin von Villarocca sind!" „Siebzehn ist eine Unglückszahl!" Don Basilio, der still, lächelnd dabei stand wandte ein: „Die Unglückszahl des Hauses Villarocca ist die Drei. Das Gleiche gilt für alle Zahlen, die sich durch drei, teilen lassen. Das ist kein Aberglaube, sondern historisch fundiert. Der dritte Herzog starb an Gift, das ihm wahrscheinlich die böse Familie Arita gegeben hatte. Der sechste Herzog starb als Vizekönig von Indien in jungen Jahren an einem Tropenfieber, der neunte Herzog verwickelte sich in eine Verschwörung und verlor den Kopf nicht ganz freiwillig, der zwölfte Herzog ... Don Ramon räusperte sich. „Nun ja, über den zwölften Herzog redet man nicht gerne. Ich wollte nur beweisen das die Siebzehn, keine Unglückszahl ist." „Da fällt mir ein Stein vom Herzen", meinte sie. „Mein Zirkus hat mich fristlos entlassen. Ich muss jetzt gehen und mir eine Unterkunft suchen." Don Ramon war so sprachlos, dass er nichts erwidern konnte. Don Basilio aber sagte: „Wir sind schuld an ihrem Unglück. Deshalb sind Sie Gast in diesem Haus, bis alles wieder gut gemacht ist. Natürlich müssen Sie hier wohnen!" „Ja, ist denn Platz für mich?" „Wissen Sie, wie viele Zimmer dieses Palazzo hat? Achtundsechzig Zimmer. Das ist eine Zahl, die nicht durch drei teilbar ist. Darunter befinden sich zwanzig, die jederzeit für Gäste bereit sind. Sie sind alle verschieden tapeziert und möbliert, in allen Farben gehalten, sodass niemand, der drinnen wohnt, sich unbehaglich fühlt. Ich bin überzeugt", er warf dem Herzog einen Blick zu –, „dass Hoheit sich glücklich schätzen würde, Ihnen, ein Appartement zur Verfügung stellen zu dürfen." „Selbstverständlich!" bestätigte der. Sie überlegte einen Augenblick und sagte: „Bitte, für diese Nacht könnte ich ja hier bleiben, falls es Ihnen keine Umstände macht!" „Nicht die Geringsten!" Der Herzog läutete mit einem Glöckchen und der Haushofmeister kam herein. „Diese Dame ist mein Gast! Befehlen Sie Joana, sich sofort bei Donna Elvira als Zofe zu melden. Unterrichten Sie das Personal und sagen Sie dem Chauffeur, dass er ab morgen früh mit seinem Wagen, Donna Elvira zur Verfügung steht." „Sehr wohl, Hoheit!" dienerte der Haushofmeister. Ein diskreter Seitenblick streifte den Gegenstand dieser Anordnung. „In welchem Appartement wird Ihre Exzellenza wohnen?" „Was meinst du, Basilio?" „Die Camera Tiepolo, dürfte richtig sein!" „Ausgezeichnet! Du bist ein Mann, der Perlen zu fassen versteht. – Ernesto … Donna Elvira wohnt in der Camera Tiepolo. – Wie wünschen sofort zu essen, denn ich glaube, wir sind alle recht hungrig!" Mit väterlicher Zärtlichkeit bemühten, sie sich um das reizende Kind, das aus ihrem Verschulden einen so aufregenden Tag hinter sich hatte. Bei Tisch musste sie ihre Erlebnisse haargenau erzählen. Don Ramon lauschte ihren Worten aufmerksam. Wieder hatte sich seine Frauen- und Menschenkenntnis bestätigt. Dieses schöne und gesunde Mädchen war ein seltener Edelstein, dem nur die Fassung fehlte. Sein altes, über mancher Liebe zerbrochenes Herz, warf die dicke Kruste sinnlicher Verruchtheit ab. Darunter kam ein junges, ganz neues Herz hervor, fähig, die reinsten und zärtlichsten Gefühle zu spüren. „Dann, im Arrest, war es recht lustig", erzählte sie, durch den feurigen Wein animiert. „Mit mir waren noch sechs Frauen eingesperrt. Sie hatten keine Zigaretten mehr und machten einen Riesenlärm. Der Comisario befahl, welche zu besorgen. Aber sie hatten die Streichhölzer vergessen. Eine alte Zigeunerin kreischte fortwährend: „Comisario! Comisario! Womit soll ich meine Pitillo anzünden, wenn ich keine Cerillas habe?" Don Ramon und Don Basilio lachten schallend. „Ja", erzählte sie weiter, „die alte Zigeunerin wollte durchaus meine Hand haben, um daraus zu lesen." „Was hat sie prophezeit?" „Langes Leben, Reichtum und große Karriere! Das mit der Karriere ist schon eingetreten, man hat mich aus dem Zirkus hinaus geworfen!" „Bleibt noch Reichtum und langes Leben!", sagte Don Basilio. Don Ramon aber fragte ernst: „Haben Sie sich gefürchtet? Haben Sie Angst gehabt, dass man Sie vor Gericht stellen wird?" „Nein!" sie schüttelte ihren Kopf mit dem prachtvollen, Kupferrotem Haar. „Weder gefürchtet noch Angst gehabt. „Die Brillanten waren echt, dass wusste ich jetzt. Wenn die Brillanten echt sind, wird auch der Herzog echt sein, dachte ich. Ein echter Herzog wird ein armes Mädchen, wie ich es bin, nicht im Stich lassen. Pass auf, redete ich mir zu, der Herzog holt dich sicher aus dem Gefängnis, auch wenn die Sache gestern im „Ritz" nur ein Spaß war. Don Ramon nahm ihre Hand und küsste sie. „Erlauben Sie, liebes Kind, dass ich dazu eine Bemerkung mache. Sie kennen mich erst vierundzwanzig Stunden und wissen von mir sehr wenig. Ich bin ein Mann, der im Leben zwei

Dinge über alles schätzt: die Arbeit und das Vergnügen! Ich bin kein Parasit der menschlichen Gesellschaft, wie Sie vielleicht glauben. Ich habe in meinem Leben viel und hart gearbeitet. Das kommt im spanischen Hochadel nicht oft vor. Aber ich habe mich auch vergnügt, und zwar nicht zu knapp. Niemals aber habe ich mit Frauen ungebührliche Späße getrieben. Ich habe Ehrfurcht vor den Frauen als Spenderinnen des Lebens und bin dankbar für die Freuden, die viele mir bereitet haben. Glauben Sie mir, ich habe mir mit der Einladung keinen Spaß erlauben wollen." So ernsthaft und ehrlich hatte noch kein Mann mit ihr geredet. Sie verstand zwar nicht, warum dieser attraktive, spanische Herzog es tat, aber sie glaubte ihm jedes Wort. „Entschuldigen Sie, wenn ich geglaubt habe, dass es ein Spaß war. Jetzt glaube ich es nicht mehr!" „Das macht mich glücklich", sagte er. „Meine beiden Freunde haben gestern eine Frage an Sie gestellt. Die Antwort darauf sind Sie schuldig geblieben. Heute ist es mir peinlich, eine Sache, an der auch Herzen beteiligt sind, so geschäftsmäßig eingeleitet zu haben. Ich habe den Eindruck, dass sie nichts gegen Ihre Überzeugung und Gefühl tun würden. Daher muss ich mich auch für diese Tölpelhaftigkeit entschuldigen. – Mein Antrag, so unverständlich er Ihnen auch scheinen mag, bleibt aufrecht. Ich bitte Sie jetzt persönlich und vor Doktor Basilio als Zeuge, meine Frau zu werden. Überlegen Sie, ... ich dränge Sie nicht! Die Stunde, in der Sie Ja, sagen, wird eine glückliche, für mich sein!"

Dass die Welt verrückt war, das hatte Sie schon mitbekommen –, aber so verrückt! Dagegen waren alle Romane, die sie bisher gelesen hatte, phantasielose Schulaufsätze. Der Haushofmeister begleitete sie zum Eingang der Camera Tiepolo, wo sich ein zierliches Mädchen mit einem tiefen Knicks als Zofe Joana vorstellte. Die ist herzig, dachte Elvira, mit der werde ich gut auskommen. Wie aber staunte sie über das Appartement, in dem sie wohnen sollte. Die Camera Tiepolo, war nach dem berühmten, venezianischen Rokokomaler Giovanni Battista Tiepolo, der nach Madrid gekommen war und dort 1770 starb. Kurz vor seinem Tod, hatte er noch die Ehre gehabt, einige Zimmer im Palazzo mit farbenprächtigen Fresken zu schmücken. Ein Traum! Es gab einen Spiegelsalon, ein lauschiges Boudoir mit anschließendem Schlafzimmer und einen, schamhaft hinter einer Tapetentür verborgenen Baderaum, mit amethystfarbenen Kacheln und smaragdgrünem Glas. Die Camera war bisher nur von hohen und höchsten weiblichen Gästen des Herzogs bewohnt worden. Das wusste Elvira natürlich nicht. Joana war damit beschäftigt der neuen Herrin ein herrliches Schaumbad vorzubereiten. Elvira kam die Sache höchst spanisch vor. Sie misstraute allen Dingen, die zu ihrer eigenen bescheidenen Erscheinung nicht passten. Zu ihr einer hinausgeworfenen Zirkusreiterin. Aber nach dem herrlichen Bad schlummerte sie zufrieden in dem weichen Himmelbett.

Don Ramon hatte, um die ungerechtfertigte Entlassung zu rächen, am frühen Morgen seine Stammloge im Zirkus kündigen lassen. Das war für dieses Unternehmen ein Schlag, der sich auch auf die Übrigen, von der Madrider Hocharistokratie gebuchten Logen, ungünstig auswirken konnte. Deshalb sprach der Direktor, in Frack und Zylinder im Palazzo vor, um sich zu entschuldigen und um die Entlassung feierlich zurückzunehmen. Dann erschien noch der Polizeipräsident, um das tölpelhafte Vorgehen des Comisario zu entschuldigen und der beleidigten Dame Genugtuung anzubieten. Das alles konnte nicht unbemerkt bleiben. Nun hatte dieser unglückliche Polizeikommissar bereits geplaudert und einem befreundeten Journalisten alles erzählt von dieser sensationellen Affäre. In einem großen Madrider Morgenblatt konnte man lesen, dass eine Zirkusartistin, sich auf bisher noch nicht aufgeklärte Weise, ein wertvolles Stück aus dem berühmten Familienschmuck des Herzogs angeeignet habe und deshalb verhaftet worden sei. Die übrigen Zeitungen bemächtigten sich der Sensation. Auch die Auslandspresse berichtete, weil die Herzöge von Villarocca mit so ziemlich allen regierenden Königshäusern Europas verwandt oder verschwägert waren. Die spanischen Zeitungsleser aber wollten alles, was mit Don Ramon zusammenhing, wissen. Jeder kannte den interessanten und vielseitigen Mann. War er doch Großindustrieller, Sportsmann, Kunstmäzen, Sammler, Sozialreformer, Republikaner und Gegner der Bourbonen, konservativ in manchen und fortschrittlich in anderen Dingen, Casanova und Don Quixote in einer Person, kurz einer der sonderlichsten Sonderlinge des an Sonderlingen so reichen Spaniens. Vor allem aber war er ein Mann, der stets wusste, was er tat. Darum machte er alles gründlich.

Zuerst zwang er die Zeitungen unter Androhung erbarmungsloser Klagen, zu berichtigen, dass Signorina Elvira nicht Zirkusartistin, sondern ehemalige Zirkusartistin sei. Weiters, dass sie sich das erwähnte Brillantcollier nicht auf ungeklärte Weise angeeignet hatte, sondern von ihm, dem Herzog, zum Geschenk bekommen habe. Dann beauftragte er Don Basilio, Donna Elvira zu einer schicklichen Stunde in ihrem Appartement aufzusuchen, um dort in seinem Namen eine Erklärung abzugeben. Angesichts der verworrenen Verhältnisse wusste dieser nicht, welche Stunde schicklich war. Er ließ durch den Haushofmeister, bei der Zofe fragen, ob Donna Elvira noch schlafe und ob sie bereit sei, ihn um 11 Uhr, zu empfangen.

Elvira hatte gut geschlafen. Sie wollte sich einen schönen Vormittag machen und das wurde von Joana unterstützt. Sie kam mit einem Servierwagen an, auf dem sich ein duftendes Frühstück befand. Kristallschalen voll Marmelade, Bonbonnieren und mehrere Karaffen mit Likören. Jetzt war sie ganz wach und wusste, dass sie nicht geträumt hatte. Sie lag unter der weichen Daunendecke, sah über sich die bunten Figuren an den Wänden, leerte das Kännchen mit Schokolade bis auf den Grund, verspeiste die Biskuits und probierte dann die Liköre, einen nach dem anderen. „Es ist half Elf, Exzellenza!", mahnte die Zofe. „Um elf will Don Basilio kommen!" Er kam pünktlich. Kaum war sie aus dem Bad gestiegen und hatte ihr bescheidenes Kleidchen, angezogen. Da ihr Don Basilio sehr sympathisch war, zögerte sie nicht ihn zu empfangen. Es gibt überall auf der Welt, Leute, denen man sogleich vertraut. Im Gegensatz zu jenen, denen man nicht im Wald begegnen möchte. Ihm vertraute sie, dem alten Advokaten. Auf seiner Stirne standen Klugheit, Wohlwollen und Treue, aber auch Schlauheit und Verschlagenheit. Er mochte manchmal vielleicht eine kleine Gaunerei machen, aber niemals eine Gemeinheit begehen. Das ist nämlich ein großer Unterschied.

Don Basilio kam lächelnd herein und ließ sich gerne mit Likör und Zigaretten bewirten. Zuerst aber erkundigte er sich, ob sie gut geschlafen hätte und auch nicht den kleinsten Grund zu irgendeiner Beschwerde habe. „Ich habe gut geschlafen und alles war großartig. Ich bin direkt froh, dass mich der Zirkus hinausgeworfen hat." „Wenn Sie es wünschen, können Sie heute Abend, wieder reiten", sagte er. Elvira staunte, „Wieso?" „Weil der Direktor bei Don Ramon war, um sich zu entschuldigen und die Entlassung zurück zu nehmen." „Geschieht ihm recht! Was hat Don Ramon dazu gesagt?" „Der Herr Herzog kann über Ihre Entschlüsse nicht verfügen. Er hat dem Direktor allerdings zu verstehen gegeben, dass er es nicht sein wird, der Ihnen zuredet! Wissen Sie, Sie sind der Mensch, über den man heute in Madrid am meisten reden wird. Sie stehen nämlich in der Zeitung! Deshalb musste ich Ihre Ruhe, so früh am Morgen, auf Wunsch des Herzogs stören." „Ich stehe in der Zeitung?" „Ja, Don Ramon ist empört. Beruhigen Sie sich, morgen wird alles widerrufen werden." Don Basilio erzählte, zu welchen Gerüchten die Indiskretion des Polizeikommissars geführt hatte. Don Ramon steht auf dem Standpunkt, dass er verpflichtet ist, Ihre Ehre zu retten. Das geeignete Mittel dazu scheint ihm, sofortige Verlobung mit ihnen und baldige Hochzeit."

Er machte eine Pause, um ihre Gelegenheit für eine Antwort zu geben. Sie sagte aber nichts, sondern errötete und starrte ihn ratlos an. „Wenn Sie es gestatten, so möchte ich sagen, dass ich Ihr ergebener Diener bin, den nichts glücklicher machen würde, als Ihr Glück. Das aus zwei Gründen: erstens, weil ich selber ... trotz meiner grauen Haare ..., für Sie aufrichtige Zuneigung empfinde, zweitens, weil mich der Auftrag meines Herrn und Freundes, dazu verpflichtet." „Aber" – so fügte er hinzu – „ich würde Ihnen sofort davon abraten, bestünde auch nur die geringste Gefahr. Zum Glück vereinen sich meine Gefühle der Verehrung für Sie, mit dem Wunsch, Ihnen als zukünftige Herzogin von Villarocca ergebenst dienen zu dürfen." Er nippte an seinem Likör und sagte, jetzt nicht mehr steif und förmlich, sondern in vertrautem Tonfall: „Seien Sie gescheit, Mädchen! Wissen Sie, welches Glück ihnen in den Schoß fällt? Nein, Sie wissen es nicht, darum will ich es sagen –, ein zweites Mal passiert Ihnen so etwas nicht!"

„Ich bin gewiss nicht besonders gescheit, aber ich bin auch nicht ganz dumm. Wie kommt ein so hoher Herr dazu, mir einen Heiratsantrag zu machen?" Don Basilio seufzte, denn er hatte diese Frage erwartet. „Es gibt in unserer jämmerlichen Zeit, nur mehr wenige Lebenskünstler. Wer weiß heute noch, dass die Kunst, das Leben harmonisch und freudvoll zu gestalten, die wichtigste, edelste aber auch schwierigste aller Künste ist? Don Ramon ist einer der letzten Lebenskünstler!" „Er hat viel Geld", sagte sie. „Auch wenn er weniger Geld hätte oder gar keins, wäre er ein Lebenskünstler. Im Grunde hat Lebenskunst mit Geld wenig zu tun. Ich bin überzeugt, dass er als Ziegenhirte in der Sierra Guardarrama genau so glücklich wäre, wie als Herzog und vielfacher Millionär." „Damit ist meine Frage nicht beantwortet!" „Doch!", rief der alte Herr. „Wenn ein Mann die Möglichkeit hat, Sie zu seiner Frau zu machen und er täte es nicht, dann wäre er doch kein Lebenskünstler. – Aber Sie haben natürlich recht, Mädchen. Darum will ich Ihnen verraten, dass der Herzog schon immer ein Liebhaber edler Pferde, ein Freund schöner Frauen und Verfechter süßer Rache war." „Pferde und Frauen verstehe ich, das von der Rache aber nicht." „Weil Sie keine Spanierin sind. In Spanien zählt das Gefühl, süße Rache nehmen zu können, zu den herrlichsten aller Gefühle." „Darum will der Herzog mich heiraten?", fragte sie lachend. „So ist es!" bestätigte Don Basilio tot ernst. „Gestern war es noch so. Indes scheint der Herzog, wie ich erkennen konnte, eine tiefe Zuneigung zu Ihnen zu haben. Er hätte sonst nicht einen berühmten Maler kommen lassen, um von ihnen ein Bild malen zu lassen." „Ich ... Soll gemalt werden?" rief sie. „Der Meister ist schon eingetroffen und hat seine Staffelei aufgestellt. Er wartet, bis Sie ihm die erste Sitzung gewähren!" Sollten die Überraschungen denn gar kein Ende nehmen? Elvira war in ihrem Zirkusleben, in der Welt herumgekommen und wusste, dass Reichtum, Männer zum Leichtsinn verführt. In Ankara wollte sich ihretwegen ein vermögender Teppichhändler einer Abmagerungskur unterziehen. In Rom schossen ein Conte und ein Marques mit Pistolen aufeinander, in München hatte ihr ein bekannter Filmregisseur eine kurze Ehe versprochen. Bisher hatte sie über solche Kapriolen gelacht. Diesmal wollte es ihr nicht recht gelingen. Welches Mädchen wird nicht ernst und nachdenklich, wenn sich ihr ein Herzog wie ein Bärenfell zu Füßen legt?

Zuerst gewährte sie dem Maler eine erste Sitzung. Dann fuhr sie im herzoglichen Auto zum Zirkus, wo sie ihre Pferde und Kolleginnen besuchte, um dort Trost und Rat zu finden. Die neuerlichen Entschuldigungen des Direktors nahm sie höflich entgegen. Als ihre Kolleginnen hörten, was geschehen war, gerieten sie komplett aus dem Häuschen. Gute Ratschläge, neiderfüllte Fragen und süß-saure Gratulationen ergossen sich über sie. „Sei nicht dumm, greif zu!" drängte man. „Auch wenn er sich nach einem viertel Jahr von dir scheiden lässt, zahlt es sich aus, denn so, wie du jetzt zu ihm kommst, kann er dich nicht wieder gehen lassen." Bei ihrer Rückkehr in den Palazzo wusste sie, dass es für sie nichts Eiligeres geben konnte, als siebzehnte Herzogin von Villarocca zu werden. Sie teilte ihren Entschluss Don Basilio mit, worauf der Herzog persönlich erschien, vor ihr das stolze Knie beugte und ihre Hände mit Küssen bedeckte. Am Abend fand ein intimes Verlobungsessen statt, an dem außer Don Basilio und Dr. Campillo, nur noch einige Freunde Don Ramons teilnahmen. Ein betagter General und ein Monsignore, der noch immer hoffte, Erzbischof von Madrid zu werden. An diesem Abend lernte Elvira ihren zukünftigen Gemahl aufrichtig schätzen. Er war ein Weltmann von Format, ein Gesellschafter, bei dem man nicht müde wurde ihm zuzuhören und gewiss ein Liebhaber, der über primitive Zärtlichkeiten, weit hinaus, zu erfüllender Erotik vorgestoßen war. Da musste sie an ihren Vater denken, der in dieser Nacht vielleicht gerade die Ställe inspizierte, kalte, dreckige Röhrenstiefel an den Beinen, die Reitpeitsche in der Hand und bereit, ein Donnerwetter über jeden nicht sogleich weggekehrten Pferdeapfel loszulassen. Als der Diener zum dritten Mal mit einer verchromten Spritze hereinkam, um die Luft mit einem Sprühregen von Pinienduft zu erfrischen, war ihre Rührung sehr groß, über diesen Kontrast. Beim Champagner endlich legte Don Ramon ihr das Brillanten-Collier um den Hals und er erlaubte sich, ihre Stirne zu küssen. Da brach Elvira an seiner breiten Brust, in hemmungsloses Schluchzen aus. Die Gäste schrieben das, den in Strömen geflossenen Champagner zu. Alleine Don Ramon ahnte, dass sie andere Gründe hatte. Zu Hause übergab man sie ihrer Zofe. Das gefühlvolle Mädchen ent-kleidete ihre verwirrte Herrin zärtlicher, als das ein Liebhaber hätte machen können. Dann als Elvira, auf ihrem seidenen Bett lag, erlaubte sich Joana, ihren Leib von der Stirne bis zu den Zehen mit Küssen zu bedecken. „Was machst du, Joana?", rief Elvira, „Schickt sich das unter Frauen?" „Vielleicht schickt es sich nicht, Exzellenza", bekannte Joana demütig. „Aber es ist bei uns Sitte, dass die Zofe den Leib der Herrin küssen darf, damit auch sie, etwas von ihrer Seligkeit hat!" „Meinetwegen", nickte Elvira, „werde teilhaftig. Wie kann ich wissen, dass du so ein bescheidenes Mädchen bist!"

6

Es war Elvira verheimlicht worden, welchen Skandal ihre Hochzeit mit dem Herzog hervorgerufen hatte. Das Haus Villarocca war uralt und aufgebläht vor Stolz. Wie viele der alten iberischen Adelsgeschlechter führte es seine Abstammung auf Rodrigo Diaz von Bibar zurück, den Nationalhelden, den man den Cid nannte und auf den Feldherrn Sancho II. von Kastilien, der sich 1094 durch einen Handstreich zum Herrn von Valencia gemacht hatte. Diese legendäre Abstammung ließ sich durch Heraldiker einigermaßen nachweisen. Den Villaroccas aber war es zu wenig, älter als die Habsburger, die Hohenzollern und Wittelsbacher zu sein. Sie selbst nannten ihren Ahnherrn Roland, den Helden aus der Karolinischen Sage, der – ein Neffe Karls des Großen – gegen die Übermacht des Maurenkönigs Marsilie 778 bei Roncesvalles, in den Pyrenäen in einem gigantischen Kampf getötet wurde. Vorher aber, so berichtete die Legende der Villaroccas, soll dieser Roland mit einem Mädchen einen Sohn gezeugt haben, der auf der Flucht in einem Felsennest geboren wurde. Darum nannte er sich dann Villarocca. Nur schwer soll es ihm gelungen sein, seine Abstammung nachzuweisen und seine Ansprüche durchzusetzen. Endlich wurde er anerkannt und stieg schnell empor. Deshalb kamen seine Nachkommen um die Mitte des dreizehnten Jahrhunderts unter die Granden der ersten Klasse – das waren die, mit vielen Vorrechten ausgestatteten,

Vornehmsten des Adels. Sie trugen nun bald siebenhundert Jahre den Herzogtitel. Kein Wunder, dass sie
von den zierlichen Balkonen ihrer Palazzi und den Zinnen
ihrer Schlösser auf alle anderen Leute graziös hinunter-
spuckten. Bis zur Abdankung König Alfonso XIII. von
Bourbon, im Jahre 1931 gab es in Spanien hundertneun-
zehn Granden erster Klasse. Den Villaroccas aber waren
nur drei oder vier Familien ebenbürtig und selbst das,
mit Vorbehalt. Sie hatten das Vorrecht, sich zu bedecken,
ehe sie die erste Frage, die der König an sie richtete, be-
antworteten – während die Granden der zweiten Klasse
das erst bei der dritten Frage tun durften. Sie konnten
unbeschränkt viele Vornamen tragen – während den
Granden zweiter Klasse nur vierundzwanzig gestattet
waren – ja, sie hatten sogar das seltene Privileg, ihre
Dienerschaft rote Strümpfe tragen zu lassen, was eigentlich nur den Dienern des königlichen Haushalts gestattet
war. Aber sie waren im Hinblick auf Roland und den Cid
so maßlos Stolz, dass ihnen selbst das alles zu wenig war.
Oft hatten sie gegen Habsburger und Bourbonen ge-
kämpft und dafür bitter büßen müssen. Aber es waren
auch ihre Verdienste als Feldherrn, Admiräle, Statthalter
und Bischöfe groß und ihre Taten gingen ruhmreich in die
Geschichte ein. Kurz, sie hatten immer durch absonder-
liches Verhalten von sich reden gemacht. Sie neigten zu
Extremen und schlugen sich tollkühn durchs Leben für
die unsinnigsten Dinge. Liebten nichts mehr als blutige
Fehden, wüste Raufereien und mörderische Rache. Nur
unglaubliche Fruchtbarkeit rettete ihr Geschlecht vor
vollständiger Ausrottung. Auch Don Ramon hatte für
die Erhaltung seines Hauses beizeiten und nicht ohne
Erfolg gesorgt. Er hatte drei Söhne und vier Töchter,

alle erwachsen, verheiratet und mit Kindern gesegnet. In diese zahlreiche, stolze und habgierige Sippe, schlug die Nachricht, dass der verwitwete Herr des Hauses sich abermals, und zwar mit einer blutjungen, ausländischen Zirkusreiterin zu vermählen gedachte, wie eine Bombe ein. Zuerst war man vor Schreck gelähmt, dann aber regte sich das Bedürfnis, den Wahnsinn des Vaters zu verhindern. Die drei Söhne und vier Töchter erschienen, angeführt von dem ältesten Sohn, Prinz Don Enrique und hielten dem Vater die skandalöse Unsinnigkeit, seiner Absicht vor Augen. Darauf hatte Don Ramon nur gewartet und es wurde für ihn eine schöne Stunde. Er sei als Chef des Hauses und vermögender Mann frei in seinen Entscheidungen, erklärte er der verdutzten Sippe. Er fühle sich jung und kräftig, sei sowohl des Alleineseins, wie den ausschweifenden Liebesabenteuern müde, und habe das verständliche Bedürfnis, seine letzten zwei bis drei Jahrzehnte an der Seite einer liebenden und fürsorglichen Gattin zu verbringen. Im Übrigen könne er es sich leisten, auch ohne Zustimmung der Familie zu heiraten, wenn er wolle. Das alles konnten Don Enrique und sein Anhang nicht bestreiten, denn das war die Tatsache. „Durch meine Heirat wird das Familienvermögen nicht angetastet", erklärte er. „Kein Pesetas, der Euch gehört, wird euch weggenommen. Ich beabsichtige nämlich, meine Ehe, aus meinem Privatvermögen zu finanzieren, das mir alleine gehört, weil ich es mir alleine verdient habe!" Aber gerade das, war es, worüber sich die Prinzen und Prinzessinnen so tief beunruhigten. Sie alle hatten insgeheim gehofft, das ungeheure Privatvermögen ihres Vaters einmal ohne Schwierigkeiten zu erben. Wie nun, wenn die zweite Ehe – was bei der bekannten Potenz, durchaus möglich war – mit Kindern gesegnet würde? In diesem Fall würde es diesen Bälgern zufallen und auch das Familienvermögen, würde bis zu ihrer Großjährigkeit, ihnen und der Witwe zur Verfügung stehen. Das wäre eine Katastrophe, die noch niemals vorgekommen war. „Papa", sagte Don Enrique, während er innerlich schäumte, „mache diese Zirkusreiterin zu deiner Geliebten, wie du es vorher schon mit anderen Frauen gemacht hast. Wir sind bereit, dem Mädchen nach deinem Ableben eine Abfertigung zu bezahlen." „Für eine solche Frechheit hätte ich dich früher geohrfeigt! Heute begnüge ich mich mit der Feststellung, dass du mit vierzig Jahren, der gleiche üble Bursche bist, der du mit vierzehn warst!" „Aber Papa!" beschwichtigte Donna Katerina, die älteste Tochter, „Enrique bemüht sich um das Ansehen unseres Namens." „In seinem Alter habe ich mich um das Ansehen unseres Namens, durch Arbeit in Dienste des Landes und der Nation bemüht. Enrique aber schläft bei Tag und spielt in der Nacht Karten. Ihm möchte ich nach meinem Tode nicht die Fürsorge für den letzten Stallburschen anvertraut wissen, geschweige denn für eine Geliebte. Ich werde diese, von euch so verachtete Zirkusreiterin, nicht zu meiner Geliebten, sondern zu meiner rechtmäßigen Gemahlin machen. Ich möchte von diesem prächtigen Weib einen oder mehrere Söhne haben, damit unser altes Geschlecht wieder etwas Mumm in die Knochen kriegt und endlich wieder gescheitere Gesichter um mich sehe, als die Euren!" Die Kinder zogen ab und er frohlockte. Er war kein König Lear, der sich von seinen Kindern in die Heide schicken und zum Narren machen ließ. Dorthin zu kommen, wo er heute stand, war ihm nicht leicht gefallen. Er war durch seinen strengen, konservativen Vater, in jungen Jahren zu einer Heirat mit einer Prinzessin aus dem Hause Osuna gezwungen worden. Diese Ehe wurde ihm zur peinlichen Gewohnheit, weil sie alles unerfüllt ließ, was ihr einen tieferen Sinn hätte geben können. Wahrscheinlich empfand seine Frau, Donna Anna, ebenso. Aber auch sie war zum Gehorsam erzogen, der niemanden mehr erniedrigen kann, als eine Frau. Diese Vernunftehe dauerte zwanzig Jahre und war durchaus harmonisch. Das verdankte sie der Ein- und Rücksicht der beiden Partner, die bald übereinkamen, einander nicht allzu oft zu belästigen. Man lebte gemeinsam, nebeneinander her. Der Herzog hatte seine Geliebten, die Herzogin ihre Kinder und Liebhaber. Donna Anna kannte die stattliche Zahl seiner illegitimen Sprösslinge.Don Ramon war davon überzeugt, dass nur sein ältester Sohn Enrique und die beiden Töchter Katerina und Isabella von ihm waren. Aber er anerkannte auch die Anderen, ja, sie gefielen ihm sogar besser, obwohl er sie alle miteinander nicht leiden konnte.

Es ist schlimm für einen Vater, von den eigenen Kindern, auf die er seine Hoffnung gesetzt hatte, enttäuscht zu sein. Er war sehr enttäuscht, denn er merkte, dass sein Nachwuchs in die üblen Gepflogenheiten, in den für Spanien so verhängnisvollen, großartigen Lebensstil zurückkehrte, den zu überwinden er selber kräftig mitgeholfen hatte. Das traf leider auch auf seine Schwiegersöhne zu. Die Gatten seiner Töchter verabscheute er tief, denn sie waren in seinen Augen Mitgiftjäger und Tagediebe, die, aufgestachelt von ihren habgierigen Frauen, der lieben Frau von Pilar, dicke Kerzen stifteten, um des Schwiegervaters – also seinen – Tod zu beschleunigen. Besonders schmerzte es ihn aber, dass ihn von seinem ältesten Sohn Enrique, der einmal Chef des Hauses werden sollte, ein Abgrund trennte. Sie hatten grundverschiedene Charaktere und waren sich auch äußerlich sehr unähnlich. Sie hatten gegensätzliche Weltanschauungen und standen daher auch politisch in schärfstem Gegensatz. Don Ramon hatte lange im Ausland, besonders in England, gelebt, wo er auch die Universität besuchte, und dort demokratische Ideen in sich aufgenommen hatte. Es fiel ihm daher nicht schwer, zu erkennen, dass das seit 1701 in Spanien regierende unglückliche Geschlecht der Bourbonen Schuld an der Lotterwirtschaft im Lande war. Denken und handeln, war für ihn schon damals eins. Er sagte sich öffentlich von den Bourbonen los, ohrfeigte einen Prinzen, der ihn zur Rede stellte, entzog sich seiner Verhaftung nur durch eilige Flucht nach Frankreich. Dort veröffentlichte er sensationelle Schriften, in denen er behauptete, dass es für Spanien nur zwei Möglichkeiten gebe, ein moderner Staat zu werden: entweder einen Habsburger auf den Thron oder die Republik auszurufen. Spanien war noch im ersten Viertel des Zwanzigsten Jahrhunderts ein feudaler Staat. Die Hälfte des Bodens befand sich im Besitz einiger Großgrundbesitzer und der Kirche, während Millionen Bauern bitteren Mangel litten, arme Pächter oder gar noch halbe Leibeigene waren. Als er aus dem Ausland heimkehrte, erkannte er diese Kontraste. Im Prado und Escorial, in den Kathedralen und Adelspalästen häuften sich Schätze.Neunundfünfzig Prozent der Bevölkerung konnten weder lesen noch schreiben. Neben mächtig aufblühenden Industrien verkümmerten weite Gebiete durch armselig betriebene Landwirtschaften. Während in grandiosen Parks tausende Brunnen, Millionen Liter Wasser verschleuderten, verdursteten die Mancha und andere Landstriche. Neben dunkelsten Aberglauben herrschte die naivste Kirchengläubigkeit. Er war überzeugt, dass die Leidenschaftlichkeit der spanischen Politik und die Neigung der Bevölkerung zu Exzessen, zu Revolution und Bürgerkrieg führen würden. An diesen fürchterlichen Katastrophen wollte er nicht mitschuldig sein. Darum machte er tausende seiner Landarbeiter zu freien Pächtern, verschenkte Land an arme Gemeinden, baute in den Dörfern, deren Herr und Patron er war, Schulen und Spitäler. Ließ über hunderte Kilometer elektrischen Strom leiten, Bewässerungskanäle graben und Pumpwerke aufstellen. Aus sandigen Einöden wurden plötzlich üppige Felder. Dies machte den Herzog in den Augen seiner Standesgenossen sehr verdächtig. Wie sollten einhundertachtzehn Granden erster Klasse, ihre Faulheit und soziale Rückständigkeit entschuldigen, wenn der hundertneunzehnte, so ein Beispiel gab? Wie sehr er aber aus der Art geschlagen war, erkannte man erst richtig, als im April 1931 die Diktatur Primo de Riveras zusammenbrach und der letzte Bourbone Alfonso XIII. das Land verlassen musste. Er weinte ihm keine Träne nach, sondern stellte sich der neuen Regierung zur Verfügung und unterstützte den Präsidenten Azana bei dessen sozialer Bodenreform. Das bedeutete den völligen Bruch zwischen Don Ramon, seinem ältesten Sohn und den übrigen Villaroccas. Don Enrique ging ins Lager des Kronpräsidenten Don Juan von Bourbon über. Der Vater wurde überall als Abtrünniger, Verräter und Opportunist verschrien, obwohl er nichts weiter als ein kluger Mann von hoher Bildung und weiser Voraussicht war. Er weigerte sich, als 1936 der Bürgerkrieg ausbrach, das rote Gebiet zu verlassen und in das nationale Francos zu flüchten. Er blieb in Madrid und man krümmte ihm kein Haar, obwohl er sich dagegen wehrte, der Leitstern der spanischen Revolution zu werden. Er blieb auch, als Madrid im April 1938 vor Franco kapitulierte. Die Aristokraten drängten darauf, dass dem „roten Herzog „der Prozess gemacht werde. Damals benahm sich Don Enrique feig und schäbig. Zuerst überzeugte er sich davon, dass alle Besitztümer der Familie in Madrid noch vorhanden waren, rührte aber keinen Finger für seinen Vater, der verhaftet worden war und sich in der Gewalt der „Falange" befand. Schon bald hatte er sich im Palazzo als Herzog in spe eingenistet. – Da erschien ganz unerwartet der Herr Papa, um ihn eigenhändig hinauszuwerfen. Franco war nicht geneigt, den Aristokraten zuliebe, in denen er eine Gefahr für seine Selbstherrschaft sah, einen Mann wie den Herzog zu opfern. Er wusste genau, dass dieser eine Mann wertvoller war, als eine ganze Fuhre von aristokratischen Ohrenbläsern und entließ ihn unter höflichen Entschuldigungen. Don Ramon ging, wie wenn nichts geschehen wäre, an seine unterbrochene Arbeit. Er räumte die Zerstörungen, die an seinem Besitz durch den Bürgerkrieg entstanden waren, wieder auf. Brachte seine Industrien und Fabriken wieder in Schwung und gründete weitere. Darunter eine Glasfabrik und eine Schiffswerft. Mit besonderem Eifer rief er die internationale Handelsgesellschaft „Mediterrana" ins Leben, deren Aufgabe es sein sollte, den Export von spanischen Waren, nach Europa, zu steigern.An dieser Gesellschaft beteiligten sich auch einige jüngere Aristokraten, die so modern dachten wie er, mit ihrem Kapital. Große Freude bereitete es ihm, dass Francos Bestreben, die Bodenreform des Präsidenten Azana rückgängig zu machen, an seinem großen Grundbesitz scheiterte. Seine Schenkungen, Verkäufe und Verpachtungen waren absolut rechtskräftig und konnten nicht aufgehoben werden. Er war nie ein Parteipolitiker gewesen, hatte aber so viel Einfluss auf Franco, um Spanien aus dem Zweiten Weltkrieg herauszuhalten. Er konnte aber die Rückkehr der Monarchie nicht verhindern, weil er davon nichts Gutes, für das Land erwartete.

Trotz all dieser Umstände war er ein Grandseigneur und Lebenskünstler geblieben. Ein Herkules an Geist und Leib, der seinem Leben Sinn und Freude zu geben verstand. Er hatte in seinem Leben viel geleistet, er hätte sich befriedigt zur Ruhe setzen und seinen Liebhabereien nachgehen können. Die Anfeindungen, die er sich gefallen lassen musste, besonders das Verhalten seiner Familie gaben ihm noch eine Aufgabe –, aber die Zeit wurde immer knapper. Es verlangte ihn, sich zu revanchieren, an seine Gegnern, Verleumdern und Verächtern, elegante und süße Rache zu nehmen. Hier schlugen selbst in diesem modernen Mann die alten Villaroccas durch, denen Degen, Dolch und Gift stets unentbehrliche Requisiten gewesen waren.Viele Nächte hindurch saß Don Ramon, mit seinem besten Freund Don Basilio in der sogenannten Sternwarte beim Rotwein und beide grübelten darüber nach, wie das Heldenleben des sechzehnten Herzogs, durch einen letzten genialen Streich seine Krönung erhalten könnte. In einer warmen Julinacht, endlich, nickte Don Basilio dreimal mit seinem Kopf und sagte: „Ich wüsste etwas, Ramon, was deinem heißen Herz ein kühlendes Bad sein könnte!" „Was ist es?" Der Advokat zögerte. „Ich weiß nicht, wie ich es sagen soll, denn mir selber erscheint es ungeheuerlich!" „Sag es, ungeheuerlich ist nur der Tod, denn er hindert uns am Weiterleben!" „Du müsstest noch einmal heiraten!" „Wie?" „Ja, ... Noch einmal heiraten und wenn möglich einen Sohn bekommen!" „Warum sollte das nicht möglich sein?", meinte der beleidigt. „Du weiß doch, dass der kleine Carlos, den ich von der Florentina habe, im August erst sechs Jahre alt wird!" „Sechs Jahre, beziehungsweise sieben, sind eine lange Zeit", belehrte ihn der Advokat. In unserem Alter schwinden gewisse Fähigkeiten, schmerzlos und ohne dass wir es merken. Wie es auch ist ... vor allem müsstest du noch einmal heiraten!" Don Ramon stand auf, ging durch den Raum, nahm das Fernrohr und richtete es auf die Venus. „Noch einmal heiraten?", überlegte er dann. „Als meine gute Anna gestorben war, schwor ich mir nie wieder ein Weib zu heiraten, weil die nicht geheirateten Weiber bequemer, treuer und nicht so kostspielig sind. Aber ... du hast recht! Wer könnte mich hindern, noch einmal zu heiraten?" „Niemand!", rief Don Basilio. „Darin sehe ich die Revanche, nach der du suchst!" Der Herzog hob sein Glas und betrachtete den rubinroten Schimmer gegen das Kerzenlicht. „Einverstanden! ... Aber wen? ... Wen soll ich heiraten? Du weißt, dass ich die Damen aus den großen Häusern Alba, Meduna, Osuna und so weiter, ... verabscheue. Jede von ihnen würde auf die lächerliche, alte, spanische Hofhaltung bestehen, die ich „Gott lob" abgeschafft habe. Ich will wie ein Bürger leben, wie ein vernünftiger Mensch, ... das weiß Du doch!" Don Basilio lächelte schlau: „Ich habe kein Wort davon gesagt, dass du standesgemäß und ebenbürtig heiraten sollst. Du müsstest das Gegenteil tun. ... Verstehst Du nicht, wie ich das meine?" „Nein, erkläre es mir!" „Du warst ein Leben lang ein Mensch ohne Vorurteile, schon als wir auf der

Universität waren ... Du der Prinz und ich der Bauern-
sohn aus den Bergen. Erinnere dich an das erstaunte Gesicht des Professors, als du auf dem Standpunkt warst,
dass der Begriff Adel nicht nur eine Klasse der Gesellschaft bedeutet, sondern eine Geisteshaltung ist, die
jedermann, selbst der ärmste Bauer oder Taglöhner, besitzen kann." „Ja, o ich erinnere mich! Der Professor rief
mich dann in sein Zimmer und machte mir schwere Vor-
würfe ... Wie kann ein Prinz solche Ansichten haben?"
rief er mit hochrotem Kopf. „Damit sägen Sie den Ast ab,
auf dem Sie selber sitzen." „Dieser Ast ist morsch, Herr
Professor!" Die Freunde lachten fröhlich. „Du hast deinen
Standesgenossen manchmal einen Streich gespielt. Spiel
ihnen auch noch diesen, es wird dein bester sein!" „Du
meinst, dass ich zum Beispiel die Florentina, mit der ich
den kleinen Carlos habe, heiraten soll ... oder die Witwe
auf meinem Jagdschlösschen, deren Kinder ebenfalls zu-
verlässig von mir sind?" „Nein", widersprach Don Basilio,
„das meine ich nicht. Ein Herzog heiratet nicht die Mütter
seiner illegalen Kinder: er sorgt für sie großzügig, aber
er heiratet sie nicht!" „Viellicht ist auch das, ein Vor-
urteil!" „Aber es wäre geschmacklos, es darf nicht den
Eindruck erwecken, als wolltest du alte Seitensprünge,
reuevoll legalisieren. Nein, Du müsstest es aus Liebe und
Leidenschaft tun, mit der Begründung, dass deine zweite
Jugend angebrochen ist und besser genützt werden soll
als die erste." Don Ramon schüttelte sich vor Lachen.
„Du bist ein Teufel!", rief er. „Fast glaube ich, Du hasst,
meine Familie mehr als ich!" „Ich bin ein Bauer. Nichts
liegt tiefer in meinem Blut, als der Hass gegen unsere
Peiniger. Noch mein Großvater musste im Sommer einen
Teich nächtelang mit Ketten schlagen, damit das Quaken

der Frösche den Schlaf seines Gutsherrn nicht störte: Don Ramon schaute noch einmal durch das Fernrohr, aber statt der Venus sah er nur ein kleines Sternchen. „Aus Liebe und Leidenschaft?", raunte er dabei. „Aus Liebe und Leidenschaft habe ich so manche Dummheit gemacht, aber noch nie geheiratet!" „Diesen Eindruck soll es ja nur nach außen machen. Je größer die Sensation, desto vollkommener deine Rache. In unserer Zeit heiratet ein alternder Herzog und vielfacher Millionär zum zweiten Mal, einen Filmstar aus Hollywood, eine Stewardess oder ein Revuegirl. Das entspricht den erotischen Grundsätzen unserer Tage und wirkt überaus mondän. – Stell Dir das Gesicht von Deinem Sohn vor, wenn er einem platinblonden Vamp als seiner herzoglichen Stiefmutter, die Hand küssen muss?" Don Basilios, teuflische Idee ließen Don Ramon nicht mehr los. Er konnte nicht schlafen und wanderte durch die mondhellen Säle, Zimmer und Korridore seines Palazzos. Er führte laute Selbstgespräche, die dann und wann durch Knurren und Lachen unterbrochen wurden. Er ging an Gemälden, Gobelins und Möbel von unschätzbarem Wert vorbei, ohne ihnen – wie sonst – freundliche Blicke zu zuwerfen. Er beachtete die kunstvollen Marmorfiguren in ihren Nischen nicht, fühlte kaum die weichen Teppiche, über die er ging. Endlich drehte er in einem Saal, dem schönsten Raum des Palazzos die Lichter der drei riesigen Kristallluster an. In diesem Saal hatten die Herzöge die Besuche ihrer Könige empfangen, beim Jahreswechsel, die Glückwünsche ihrer Verwandten und Freunde entgegengenommen und die Verbeugungen der Beamten, Diener und Bauern huldvoll zur Kenntnis genommen. Seine Pracht war im Laufe der Jahrhunderte etwas verblasst, war aber deshalb noch eindrucksvoller. An den Wänden rundum hingen die Bilder der Ahnen. Beginnend mit Ritter Roland und dem Cid. Das letzte der stattlichen Reihe war er selber. Im Gegensatz zu seinen Vorfahren hatte er sich nicht in Uniform oder steifer Hofgala malen lassen, sondern im englischen Reitdress, die Sportmütze auf dem damals noch schwarz gelockten Haar. Eine Gerte in der Hand und neben sich seinen Lieblingshund. Dieses Bild hatte schon vor dreißig Jahren Erstaunen erregt, denn es demonstrierte den Einbruch, einer neuen, respektlose Zeit in dieses Panoptikum der Ahnengalerie. Er lächelte sein Bild an. Wenn er doch nur wieder so jung und kraftvoll währe. Leider war das nicht möglich und man musste zufrieden sein, ein so gesundes Alter zu haben. Er schaute auch noch zu Donna Anna hinauf, die ihn zum siebenfachen Vater und vergnügten Witwer gemacht hatte. Eine schöne, gescheite Frau, der man nichts Schlechtes ins Grab nachsagen konnte. Wenn man diese Bilder etwas zusammenrückte, blieb noch Platz für eine siebzehnte Herzogin, dachte er. Ja, … Hier könnte er hängen, der platinblonde Vamp des teuflischen Basilio, mochten doch die anderen Ahnenbilder vor Schreck auch aus dem Rahmen fallen.

Im Morgengrauen fuhr er zu seinem Reitstall und ließ sich dort seinen Fuchs, Storm satteln. Als die Sonne hinter den Bergen hervor kam,war der Reiter schon weit oben in den grünen Tälern. Am späten Nachmittag, kam er erfrischt und überzeugt von seiner Kraft und Gesundheit zurück. Am Abend besuchte er mit seinen Freunden die Eröffnungsvorstellung des Zirkus.

Dort sah er die junge Zirkusreiterin Elvira auf ihrem Lipizzaner Medolino!

7

Es sollte eine stille Hochzeit werden! „Für Aufsehen brauchen wir nicht zu sorgen, Liebste. Es wird größer sein, als uns lieb ist!"

Die Trauung wurde in einer Seitenkapelle der Kathedrale San Francisco el Grande von jenem alten Monsignore vorgenommen, der schon beim Verlobungssouper dabei gewesen war. Die Trauzeugen waren der alte General und Dr. Campilo, der Leibarzt. Vorher war der von Don Basilio mit größter Genauigkeit aufgesetzte Heiratsvertrag unterschrieben worden, in dem Don Ramon seine Gattin Elvira, zur gleichberechtigten Mitbesitzerin seines Privatvermögens erklärt hatte, sie und die aus der Ehe hervorgehenden Kinder als Universalerben einsetzte. Nachher fand ein Dinner statt, zu dem die Trauzeugen, der Stallmeister, der Verwalter, der Generaldirektor und leitende Beamte der Unternehmen und einige Freunde des Herzogs geladen waren. Don Ramon schwamm im Glück wie ein Jüngling, dem die Entdeckung eines Geheimnisses winkt. Er führte seine junge, wunderschöne Herzogin in den Salon, in dessen Mitte eine kleine, aber von Kostbarkeiten strotzende Hochzeitstafel aufgestellt war. Darauf ein Salzfass aus massivem Gold, silberne Kerzenleuchter, die einst Zeugen bedeutender Ereignisse waren und Bestecke, die schon in den Mündern spanischer Könige gesteckt hatten. Donna Elvira, die alle gleich bezaubert hatte, freute sich mehr über die Blumen, mit denen die Tafel geschmückt worden war. Von dem Augenblick an, da sie dem Herzog ihr Jawort gegeben hatte, war es ihr fester Wille, das zu werden, wozu er sie ausgesucht hatte. Nie war Elvira schöner gewesen, als an diesem Tag. Drei Wochen hatten genügt, sie reif und selbstbewusst zu machen. Das Leben schaukelt die Menschen, wie der Rücken der Pferde, die Reiter. Worauf es ankam, waren der richtige Sitz und die tadellose Haltung. Elvira saß richtig und bemühte sich um tadellose Haltung. Unter den kostbaren Spitzen ihres Brautkleides fühlte sich auch ihr Herz zufrieden und glücklich. Lange war es einsam gewesen, ohne Liebe. Sie hatte wie eine Waise gelebt, die keinen Anspruch auf Fürsorge hatte. Zum ersten Mal, seit sie ihr Elternhaus verlassen hatte, bot sich ihr nun die Gelegenheit, einem Menschen mehr zu sein als eine Kollegin, oder eine kurze Nummer im Vergnügungsprogramm. Sie war entschlossen, diese Gelegenheit nicht zu versäumen. Aufrichtig wandte sie ihr Vertrauen dem Gatten zu, sie gab sich in seine Hände! Das Dinner verlief in heiterer Harmonie und es wurde spät, ehe die zufriedenen Gäste sich erhoben, um die Neuvermählten endlich alleine zu lassen. Als sich als letzter Don Basilio entfernt hatte, sagte Don Ramon: „Es ist beinahe acht Uhr und wir waren heute noch keine Stunde alleine. Darf ich Dir, Liebste, einen Vorschlag machen? – Wir ziehen die Kleider normaler Menschen an und treffen uns dann. Ich wünsche mir eine Autofahrt, ... wir beide ganz alleine. Eine Reise durch die Bars von Madrid!" Sie war einverstanden. Man traf einander und unterschied sich nun nicht mehr von den anderen Menschen, die ein Auto und etwas Geld in der Tasche haben. Ramon hatte sein kleinstes Auto ausgesucht, ein

Kabriolett. Elvira saß neben ihm und genoss die schnelle Fahrt. Manchmal schaute sie auf Ramons Hände, die leicht und sicher auf dem Lenkrad lagen. Sie fand, dass es schöne, empfindsame Hände waren. Auf der Piazza de la Vista Alegre war er langsamer gefahren, als ob er anhalten wollte.Dort war der Zirkus. Ein breiter Lichtstrahl zeigte in den Himmel und abgerissene Takte rauschender Musik klangen herüber. „Wollen wir in den Zirkus gehen, Liebste?" Sie schüttelte energisch den Kopf. „Bitte nicht, Ramon! Es passt nicht ... gerade heute!" Sie drehte sich zu ihm und ihre Haare streichelten seine Wange. Schon gab er Gas! Lange Zeit redeten sie nicht miteinander. Ganz unvermittelt sagte sie: „Ich bin glücklich, Ramon! Vielleicht möchtest du das hören, darum sage ich es dir!" Er griff nach ihrer Hand und führte sie an seine Lippen. „Ich danke Dir, es verdoppelt mein eigenes Glück!" „O, Ramon", flüsterte sie", du warst gewiss immer in deinem Leben glücklich, oder wenigstens sehr oft, ... aber ich" ... „Liebste, ich habe gefunden, dass Glück nichts anderes ist, als der Ruhezustand der Seele, diese seltenen Augenblicke, wo sie nichts befürchtet und nichts wünscht!" „Ja, das ist wahr!", hauchte sie. „Um dieses Glück zu bekommen, braucht man keine großen Ereignisse. Ich glaube, dass ein Landstreicher, der sich einmal satt gegessen hat und im kühlen Schatten eines Baumes schläft, vollkommen glücklich sein kann." Elvira lachte: „So ein Landstreicher bin ich ..." „Aber so habe ich das doch nicht gemeint!" „... und du, bist mein Baum! Der Landstreicher weiß nicht, wann er davon gejagt wird. Auch ich weiß das nicht ... und doch sind wir beide glücklich." Diese Bemerkung seiner jungen Frau bedrückte ihn. Er wendete seinen Wagen und fuhr zurück. „Zwischen mir und dir, meine liebe, süße Elvira, gibt es erst ein Ahnen, aber noch kein Wissen.Wir müssen erst einander kennenlernen, damit wir verstehen!" „Was wir heute gemacht haben, wird manchem unverständlich sein. Ich zum Beispiel verstehe dich nicht und du wirst mich nicht verstehen." „Wir sind einander manche Aufklärung schuldig", gab er zu. „Ich möchte keine dramatischen Aussprachen, sondern sie im Verlauf unseres Beisammenseins klären." „Nur eines möchte ich dir schon jetzt sagen, ich bin zufrieden, wenn ich dein Baum sein und dir Schatten spenden darf! Von dir aber erwarte ich mehr, als das zufrieden hinzunehmen." „Was verlangst du von mir?" „Das du dir jederzeit bewusst bist, die siebzehnte Herzogin von Villarocca zu sein, meine Gattin, die einmal … weil es so im Lauf der Dinge liegt, … meine Witwe sein wird!" „Wie kannst du so was sagen, Ramon?", rief sie entsetzt. Sie konnte sich nicht vorstellen, diesen Mann, dessen Gattin sie erst zwölf Stunden war, jemals zu verlieren. Don Ramon lachte laut. „Ich habe nicht gesagt heute oder morgen, Liebling, … ich habe gesagt – einmal!" Schnell lenkte er den Wagen zurück! Auf den breiten Hauptstraßen war es taghell. Beleuchtete Springbrunnen, strahlende Schaufenster und tausende Lichterketten tauchten Madrid in märchenhafte Farben. Vor den Kaffees und Restaurants saßen fröhliche Menschen. Blumenverkäuferinnen mit vollen Körben wanderten von Lokal zu Lokal. Überall hörte man Musik. Die Melodien der Mandolinen umschmeichelten die Stadt und verliehen ihr, überschäumende Lebensfreude. Der Herzog parkte seinen Wagen in einer stillen Ecke der Altstadt. „Das ist die älteste Gegend der Stadt", sagte er. „Nachts ist es hier besonders hübsch, da bin ich oft stundenlang herumgewandert. Es freut mich, dass du heute bei mir bist! Du hast doch nichts dagegen, wenn ich dir die alten Häuser mit ihren Erkern und Balkonen, vergitterten Fenstern und Dachterrassen, im Mondlicht zeige?" „O nein, Liebster. Zeige mir alles was du liebst, damit auch ich es kennen und lieben lerne!" Er nahm sie bei der Hand und so gingen sie durch die alten Gassen, von denen einige schmal und düster wie Schluchten waren. Dann kamen sie plötzlich auf bizarre, mondhelle Plätze, die oft sehr klein waren. Plötzlich blieb er stehen und zog sie ganz dicht an sich und schaute ihr tief in die Augen. „Lass sehen!", bat er. „Ist es war, bist du meine Frau Elvira? Bin ich nicht mehr allein? Habe ich jemanden, der verpflichtet ist, mir überallhin zu folgen und mich nicht zu verlassen, bis der Tod uns scheidet?" Elvira sah in seinen Augen etwas feucht schimmern. „Ja, es ist war, Ramon!", nickte sie, „Auch wenn es dir neu und ungewohnt ist. Du hast es so gewollt, nun ist es geschehen und du musst dich damit abfinden!" „Verzeihe mir, dass ich so schnell und rücksichtslos war. Es gab dafür zwei Gründe: Meine Gewohnheit, mir das zu nehmen was ich haben will und die wenige Zeit, die mir noch bleibt, mich daran zu erfreuen. Sage mir sofort, was du denkst, liebstes Mädchen. Findest du es nicht seltsam, dass ich dich durch die nächtliche Altstadt führe, statt, was wohl jeder andere gemacht hätte, dich ins Brautbett zu schleppen!" „Im Gegenteil! Ich finde das großartig von dir und du brauchst dich deswegen nicht zu entschuldigen. Ein Brautbett muss man sich wünschen und dann bereiten. Es muss nicht heute und nicht morgen sein." „So ist es! Ich bin ein großer Egoist, ich will alles, deinen Körper und die Seele ... vor allem aber die Seele, denn sie ist unverkäuflich und man muss sie geschenkt bekommen." Sie gingen weiter und nach einer langen Zeit des Nachdenkens, sagte er: „Du bist zwar meine Frau, aber ich betrachte mich nicht als deinen Eigentümer. Ich bitte dich um deine Freundschaft, aus der sich alles von selbst ergeben wird."

„Ich glaube, dass du mich weder aus Liebe noch aus Leidenschaft geheiratet hast", sagte sie. Der Herzog stutzte, denn es war noch nicht lange her, dass Don Basilio diese Worte gebraucht hatte. „Warum dann, Liebste?" „Ich weiß es nicht. – Ich warte, bis du es mir sagst." „Kann ein Mann glücklicher sein als ich?", rief er laut. „Ich habe nicht nur eine junge und schöne, sondern auch eine kluge Frau. Immer habe ich mir gewünscht, eine erregende, romantische, abenteuerliche Ehe zu führen, die mehr ist als eine Formalität. Noch nie habe ich eine Frau gefunden, die das verstanden hat, obwohl es doch so klar und einfach ist. Das phantasieloseste ist die Ehe! Noch immer ist sie eine banale Angelegenheit von tragischer Langeweile.Mag auch Liebe sie gestiftet haben – stirbt sie! Lästige Gewohnheiten, geheuchelte Zuneigung, Widerwille und Abneigung treiben zur Flucht. – Oft habe ich mich gefragt, ob das so sein muss und warum das so ist?" „Hast du nie daran gedacht, ob es nicht die Lebensumstände sind, welche eine Ehe so problematisch macht?" „Es gibt Menschen, die in den besten Verhältnissen leben und doch die schlechtesten Ehen führen. Glaube nicht, dass nur Bauern und Arbeiter ihre Frauen prügeln … Das machen auch Bürger und Edelleute, nur tun sie es heimlich. Nirgends kann Hass tiefer und wilder sein, als unter Eheleuten." „Wenn du das alles weißt, warum hast du noch einmal geheiratet?" „Weil ich noch einen Wunsch habe. Vielleicht, weil ich wissen will, ob sich die Fehler der Jugend, im Alter vermeiden lassen!" – Sie gingen in ein

Kabarett, wo man die besten Tänzerinnen Spaniens sehen und den feurigsten Wein trinken konnte. Das Erscheinen des Paares wurde sofort bemerkt und kommentiert. Jeder in Madrid und besonders die Besucher der Nachtlokale kannten Don Ramon. Seine Hochzeit war heute das Gespräch der Stadt. Das gierige Interesse der Menschen wandte sich der jungen Herzogin zu. Wie ein Lauffeuer verbreitete sich die Nachricht, dass der Herzog und seine Neuvermählte, in einer Loge Platz genommen hätten. Alle Gäste drehten ihre Köpfe hin, die Kellner vergaßen zu servieren, die Künstlerinnen lugten durch den Spalt im Vorhang, um zu sehen, welche prachtvollen Kleider von dem Weib, des größten Lebemannes Madrids, getragen wurden. Der Direktor eilte aus seinem Büro herbei, um die exzellenten Gäste zu begrüßen. Der Herzog nahm dieses Interesse mit versteinertem Gesicht zur Kenntnis. Er dankte freundlich den vielen Gratulationen, die ihm zuflogen, zeigte aber deutlich, dass er nicht gestört werden wollte, und widmete sich galant seiner Gattin. Auch Elvira war ganz unbefangen. Sie war ja viele Leute um sich gewöhnt und verstand es ausgezeichnet sie zu ignorieren.

Nach zwanzig Minuten brach man auf, um ins „Casablanca" zu gehen. Dann besuchte man das „Marocco" und die „Fontoria". Überall waren sie die Sensation. Endlich fuhr man mit dem Taxi in die „Bar Anita" ein intimes Lokal, das zu den nächtlichen Lieblingsschlupfwinkeln Don Ramons zählte. „Es war grässlich, Elvira", stöhnte er, als man dort in einem molligen Winkel saß und Limonade trank. „Aber es hat sein müssen. Die Leute wollten dich sehen, Liebste. Die Neugierde bringt sie um. Morgen weiß die ganze Stadt, alles über dich!" Er lachte zufrieden und streichelte ihre Hand. „Am meisten wird man sich darüber wundern, dass ich meine junge, schöne Frau an die Stätte meines Junggesellenlebens führe. Denn weißt du, ein Mann, der zwanzig Jahre lang Witwer ist, fühlt sich durchaus als Junggeselle und richtet sein Leben danach." „Warum nicht, man muss sich dann wie ein entlassener Sträfling fühlen, der endlich wieder hingehen kann, wohin er will." Diese Bemerkung gefiel Don Ramon so gut, dass er zum Erstaunen der wenigen späten Gäste laut auflachte. „Du bist prachtvoll, Liebste", flüsterte er dann. „Wie froh bin ich, dass du es bist, die mich ins Zuchthaus, der Ehe zurückgebracht hat. Ich hoffe, dass es ein fideles Zuchthaus werden wird, eine jener modernen und humanen Anstalten, wo den Sträflingen Ausgang gewährt wird ..." „... Wenn sie brav wieder nach Hause kommen!" „Das werde ich immer gerne tun, weil ich doch jetzt wieder ein zu Hause habe und nicht ein Haus, in dem ich wohne. Hätte ich eine von den großen Damen geheiratet, säße ich jetzt nicht hier, sondern vermutlich im Zug nach Monte Carlo oder im Luxusdampfer nach Kopenhagen. Wir beide können auf eine Hochzeitsreise verzichten, denn wir sind so viel gereist, dass wir froh sind, wenn sich der Boden unter uns nicht bewegt." „Ach ja", seufzte Elvira. „Ich reise gerne, ... aber oft habe ich mir ein sesshaftes Leben gewünscht. Ich möchte endlich einen Kleiderschrank haben, nicht immer einen Koffer." „In einen Schrank geht auch mehr hinein. – Schau hinaus, ... Es wird Tag. Du bist sicher müde und willst schlafen!" „O nein, gar nicht! Ich war nach Mitternacht etwas müde, jetzt bin ich aber ganz munter. Ich könnte sofort an die Morgenarbeit gehen!" „Ausgezeichnet! Ich weiß, was wir jetzt machen!" Mit einem Taxi fuhr man zum abgestellten Kabriolett und dann ging es zurück zum Palazzo. Der aus dem Schlaf gerissene Diener wunderte sich darüber, das herzogliche Paar so spät – oder so früh und in heiterster Laune nach Hause kommen zu sehen. „Nein, Pablo, lass den Wagen draußen, wir brauchen ihn sofort wieder!" Das kann ja heiter werden, dachte der Diener, wenn die neue Herzogin auch so ein Nachtfalter ist, wie der Herzog. Gähnend stand er neben der offenen Tür, bis das Paar herunter kam, das Cabrio bestieg und wegsauste. Pablo traute seinen Augen nicht. Die Frau trug Stiefel, Reithosen und auf dem Kopf eine freche Mütze wie ein Straßenjunge. Sie soll ja eine Artistin gewesen sein. Aber schön war sie, wie die Madonna und um ihre Figur musste sie jeder beneiden. Pablo schloss die Tür, kroch wieder ins Bett zu Rosita, die von der Störung gar nichts bemerkt hatte. Wenn ich ein Herzog wäre, überlegte er dabei, könnte eine Frau nicht so schön sein, dass ich um fünf Uhr früh mit ihr reiten ginge. – Wieder fuhr man aus der Stadt hinaus, an der „Bar Anita" vorbei, die jetzt geschlossen war, zu den herzoglichen Ställen.

Dort waren Pferde und Menschen Frühaufsteher. Niemand wunderte sich, Don Ramon zu dieser Stunde hier zu sehen, denn es geschah oft. Der Herzog versammelte das Personal um sich und stellte es Elvira vor. Hier war der einzige Ort, wo man sich freute, dass sie eine „Artista" war und von Pferden etwas verstand. Jeder durfte ihr die Hand küssen und dann führte man sie durch die Stallungen. Elvira genoss die vertraute Umgebung. Alles war moderner und größer als in Kladrub. Auch hier gab es die üblichen Mitbewohner der Pferdeställe, eine Schar entzückender Katzen und mehrere schwarze Lämmer, die man hielt, um die Pferde zum Fressen zu ermuntern. Am lustigsten aber war ein Schwarm von Wellensittichen. Das hatte sie in noch keinem Stall gesehen. Die munteren Plauderer hatten an den Wänden ihre Nistkästen und fühlten sich hier zu Hause. Sofort ließen sich einige Freche auf ihrer Schulter nieder, andere trippelten auf den Rücken der Pferde herum, kletterten an den Schweifen hoch, wie auf Lianen oder hüpften laut kreischend auf den Rändern der Futterkrippen herum. Vor den Katzen hatten sie keine Angst und die machten ihnen auch nichts. Don Ramon war stolz, dass seiner Frau, alles so gut gefiel.

„Hoheit", meldete der Verwalter freudig, „vor einer Stunde ist Thetis, Fohlen glücklich gekommen. Es ist ein Rappenhengst und versucht schon aufzustehen." Sofort lief Elvira in den Stutenstall und schon kniete sie neben dem kleinen, drolligen Wesen, das ganz erstaunt in die Welt schaute.

„Ich möchte dir diesen kleinen Andalusier schenken!", sagte Ramon. „Er soll mir gehören, dieser liebe kleine Bursche?" Elvira war außer sich vor Freude und nur die Leute, die da standen, hinderten sie, dem Gatten an die Brust zu fliegen. „Ja ... du sollst ihn an dich gewöhnen und ihn erziehen, wie es dir gefällt. – Für den heurigen Jahrgang ist das A dran, nicht wahr, Herr Verwalter?" „Jawohl, Hoheit!" „Denn du musst ihn auch taufen. Wie soll er denn heißen?" Den Kopf des Fohlens an ihre Brust gedrückt, schaute sie auf. „Er soll den Namen eines Helden haben ... den Namen eines Helden, den man bewundert und geliebt hat ..." „Aber er muss mit A beginnen." „Dann soll er Achilles heißen!" Don Ramon strahlte. „Wusstest du, dass Achilles ein Sohn der Thetis war ... genau so, wie dieser kleine Achilles!" „Nein ... das wusste ich nicht." Sie staunte: „Es ist ein Zufall, dass ich es so richtig getroffen habe." „Ein sehr, sehr hübscher Zufall, Liebste, in dem ich ein gutes Omen für unser künftiges Pferdeglück sehe. – Wie steht es, Don Ricardo … ist unser Tee schon fertig?" Für den Verwalter war es eine große Ehre, dass der Herzog und seine Frau bei ihm frühstückten. Inzwischen wurde Storm gesattelt und für die Herzogin die graziöse Stute Flora. „Galopp!", rief Don Ramon, „wir müssen uns und die Tiere warm machen." So galoppierten sie durch den jungen Tag. Er, der sich so oft an weiblichen Körpern entzückt und viele Reiterinnen bewundert hatte, bewunderte heute seine Frau, in dem Wissen, dass es das letzte Mal in seinem Leben war, denn er wünschte sich diese Frau und keine andere mehr. Als Elvira nach langem Ritt vor der bescheidenen Taverne des Vater Augustin aus dem Sattel sprang, glänzten ihre Augen. „Hungrig, Liebste?" „Und wie!" Man ging in den dunklen Gastraum und setzte sich müde neben den offenen Herd. „Höre, Vater Augustin!", rief der Herzog. „Wir sind arme Landstreicher, die seit Tagen nichts gegessen und getrunken haben. Auch unsere beiden Esel draußen hungern und dürsten. Habe die Gnade, diesem Übel abzuhelfen. Unsere liebe Frau von Pilar wird es dir vergelten!" „Möge sie mir täglich solche Gäste senden, Don Ramon!", dienerte der Wirt. „Und solche Esel, wie diese beiden draußen. Meine Taverne ist bescheiden und nur für Landstreicher und Esel gut genug. Ich tue, was ich kann und werde das sofort zeigen." „Bringe ein Frühstück, ein Mittagessen und ein Abendbrot zugleich. Wir wollen deine Taverne berühmt machen, indem wir und hier zu Tode essen." Der Wirt rannte lachend fort. „Kennt er dich?" „Er ist uralt und kennt hier jeden. Ich war sechzehn Jahre alt, als er mir und dem ersten Mädchen, das ich liebte, Unterschlupf gab. Er hat oben ein paar nette Zimmerchen!" „Sag, du Lieber ... wo kennt man dich nicht?" „Im Himmel und bei den Bourbonen!" antwortete er prompt. Jetzt entschuldige mich einen Augenblick, ich schaue nach Storm und Flora.

Ein hübsches, molliges Mädchen kam mit einer großen Holzschüssel herein, in der ein prächtiges Stück Fleisch lag. Eilig wurde es auf den Bratenspieß gesteckt und dann füllte sich der Raum mit dem Duft schmorenden Fleisches. Vater Augustin selber brachte eine dicke Flasche mit langem, dünnen Hals, aus dem er kunstvoll wie ein Zauberer, feine Strahlen roten Weines in die Gläser laufen ließ. Don Ramon kam wieder herein und schnupperte erfreut. „Nun, mein liebster Liebling, ist es hier nicht hübsch?" „Viel hübscher als gestern in der Taverne." „Aber auch besser und billiger. Landstreicher und Liebende brauchen Kapellen wie diese, wo man inbrünstig zum Leben betet und den Wein so billig bekommt, wie Weihwasser in der Kirche. – Ach, wenn ich zurück denke ..."

„Denk nicht zurück, Ramon, vorwärts, vorwärts, heißt es doch im Cid oder irgendwo in euren Romanzen. Denke vorwärts und vergiss nicht, dass du jetzt eine junge Frau hast, die deiner alten Vergangenheit auf die Finger schaut." „Du bist entzückend!", flüsterte er. „Wie schade, dass wir nie alleine sind und ich dir nicht ausführlich sagen kann, wie sehr du mich bezauberst. Was die Vergangenheit betrifft, ist sie wichtig für jeden Mann, der seine Gegenwart gestalten will. Wolltest du einen Mann ohne Vergangenheit haben?" „Nein, für so einen armseligen Tropf könnte ich mich nicht begeistern." „Siehst du! Immer habe ich geahnt, dass ich eines Tages dir begegnen würde. Das ist der Grund, warum ich mir eine

Vergangenheit beschaffen musste." Jetzt stellte Vater Augustin eine Holzplatte auf den Tisch, auf der ein Berg knuspriger Fleischstücke lag, von denen würziger Saft tropfte. Das Mädchen brachte ein Brot, in dem ein Messer steckte und eine Riesenschüssel voll Salat, der mit einem Dutzend hart gekochter Eier garniert war. „Das reicht für zehn Waisenkinder", bemerkte der Wirt. „Ich weiß, dass der Herr Herzog keine Umstände liebt, wenn er als Landstreicher auf einem Esel, durch die Gegend streift und sich dabei die ältesten und hässlichsten Mädchen zur Begleitung nimmt. – Ich wäre auch nie auf die Idee gekommen, mit wem ich die Ehre habe, wenn ich nicht gestern diesen Steckbrief in der Zeitung gesehen hätte." Er holte unter dem Schurz ein zerknülltes Blatt hervor, auf dem sich das Bild von Don Ramon neben einem lockeren Aushängefoto, Donna Elviras vom Zirkus unter der Überschrift: „Ein ungleiches Paar / Herzog heiratet Artistin" befand. „Rahme dir diesen Steckbrief ein und hänge ihn hier an die Wand, wo wir jetzt sitzen. – Jetzt lass uns aber essen, alter Spitzbube und Zeitungsschnüffler." Der Alte schlurfte kichernd, das Blatt wie einen Schatz in seinem Schurz versteckend davon. So schön war die erste, mit der er herkam, nicht, dachte er, denn er hatte jenes brillante Gedächtnis, das alte Leute oft für weit zurückliegende Dinge haben. „Hier gibt es weder Essbesteck noch Servietten", sagte Don Ramon, mit den Fingern in den Fleischberg greifend. „Dieses Messer ist sicher das Einzige im Haus. Damit werden reisende ermordet, Briefe geöffnet und Schweine beschnitten. Du siehst, wie abgenützt es ist." „O, du kannst mir den Appetit nicht verderben „, rief Elvira, herrliche Bissen zwischen ihre weißen Zähne schiebend." Au! Jetzt ist mir ein Ei ausgerutscht und hinunter gefallen. Jetzt liegt es unter der Bank." „Lass es liegen, gewiss kommt eine Henne herein und will es ausbrüten." So gut hatten sich beide schon lange nicht unterhalten. Man dachte weder an die zehn verspotteten Waisenkinder noch an die ungerechte Verteilung der Lebensmittel in Spanien. Glückliche Menschen sind unsoziale Menschen. Das muss so sein, weil sie sonst ja nicht glücklich sein könnten. Das kuriose Mahl dauerte sehr lange. Bis in den späten Nachmittag hinein. Man aß, solange man konnte, gähnte und streckte sich, redete oder schwieg und schaute in die Glut des Herdes. Es war ein komischer Tag ... der zweite Tag einer abenteuerlichen Ehe, die vorläufig alles konsumierte, nur nicht sich selbst.

8

Auf einmal sagte Elvira: „Was hältst du von meiner Idee, hier in der Taverne zu übernachten?" „Deine Idee, ist sehr gut, Liebste, aber die Betten sind schlecht!", meinte er. „Noch vor zwanzig Jahren war ich ein Romantiker. Meine Gewohnheiten sind die, eines alten, bequemen Mannes. Bringen wir uns nicht um ein Vergnügen, dass wir daheim genießen können. Ich kenne hier die Badewanne. Sie ist aus oxidiertem Zinkblech und hundert Mal gelötet." „Wir haben ja auch mit den Fingern gegessen." „Das ist etwas anderes und das äußerste Zugeständnis, das wir den Sitten unserer Vorfahren machen wollen. Reiten wir nach Hause. Du hast so vieles noch nicht gesehen, was mir gehört. Meine Münzen und Briefmarkensammlung, die Bibliothek, den finsteren Keller, wo einer meiner Ahnen den Maler Greco vor der Inquisition versteckt hielt und wo dieser Meister mit einem Kerzenleuchter auf dem Kopf mehrere seiner berühmten Bilder malte ... dann meine Galerie schöner Frauen ...!" „Die willst du mir zeigen?" „Warum nicht? Sie gehört zu der Vergangenheit, die ich mir deinetwegen zulegen musste. Ich will kein Geheimnis vor dir haben und hoffe, dass du mir alles entschuldigst, was ich in meinem Leben ohne deine Zustimmung angestellt habe. – Ich werde dir sogar sagen, wie viele Kinder ich habe, die keine Prinzen von Villarocca sind!" Elvira lachte, aber plötzlich wurde sie ernst. Draußen bei den Pferden fragte sie leise: „Willst du es mir gar nicht sagen?" „Was?" „Warum du mich geheiratet hast!" Der Herzog war ein bisschen ratlos. „Deine Frage kann ich nicht mit einem Satz beantworten", seinen Arm leicht um ihre Hüfte legend. „Die Gründe sind nämlich, täglich andere. Zuerst, als ich dich im Zirkus sah, hatte ich einen Grund, den ich dir nur nach und nach, während der vielen Tage unserer Ehe erklären kann. Zwei Tage später hast du mir sehr gut gefallen, am dritten Tag war ich in dich vernarrt. Dich anzusehen, in deiner Gesellschaft zu sein, mit dir zu plaudern, bereitet mir großes Vergnügen. Nun ... und heute habe ich den Grund aller Gründe, aus dem ein Mann eine Frau heiratet!" „Welcher ist das?" sie schaute fragend in seine Augen. „Der dümmste und zugleich der Gescheiteste", gestand der Herzog. „Aber auch der einfachste: Ich habe dich herzlich lieb gewonnen und möchte nicht mehr ohne dich sein!" Er sagte es so echt und schlicht, dass sie ganz ergriffen war. „Du bist ein wunderbarer Mann!", flüsterte sie. Ich bin noch jung und habe noch nichts erlebt. Du bist der erste über den ich ernsthaft nachdenke." Der Herzog nahm Elviras Hand, streifte den Handschuh ab und küsste sie. „Tu das nicht", warnte er. „Wer denkt, macht Entdeckungen, die ihn oft enttäuschen. Wer nur fühlt, kann glücklich werden und es lange bleiben!" „Ich fühle auch und das ist es, was mich zu Denken zwingt. Ich glaube, dass auch ich dich lieb gewonnen habe. Aber in bin froh, dass ich dich als deine Frau lieben darf. Wäre es nicht klüger gewesen, du hättest mich nur, zu deiner Geliebten gemacht?" „Das Wort nur muss ich in diesem Zusammenhang ablehnen. Vielen Männern ist die Geliebte mehr als die Frau. Dass eine Frau nur die Geliebte eines Mannes ist, drückt die soziale oder moralische Bewertung aus, aber nicht die Gefühle.

Mein eigener Sohn hat mir den Vorschlag gemacht, dich nur zu meiner Geliebten zu machen. Diese Frechheit ist gerächt, indem ich dich zu meiner Herzogin gemacht habe." Er ließ die Reitgerte durch die Luft sausen. „Du bist es jetzt, mit allen rechtlichen und gesellschaftlichen Konsequenzen. Aber du bist es auch, aus der Liebe meines Herzens – o, du meine liebste, süße, einzige, Elvira!" Er wagte es nicht, mehr zu gebrauchen als leidenschaftliche Worte. Sie fühlte sich überwältigt von diesem Mann, in dessen Arme sie stürzen wollte. Vielleicht ist es ein Traum oder ein Märchen, dachte sie. Was immer es war, es erfüllte sie, es war mehr, als eine Zirkusreiterin und Tochter eines einfachen Mannes, als ihr Lebensglück, beanspruchen durfte. „Du hast heute Nacht, als wir durch die Stadt gingen gesagt, dass du dich nicht wie mein Eigentümer fühlst." „Ja ... das habe ich gesagt." „Ich will aber dein Eigentum sein, Ramon, ... ich will besessen werden, wie jede Frau. Damit sie das Gefühl verliert, in dieser Welt ein wertloses Ding zu sein, nach dem sich niemand bückt. Verstehst du, wie ich das meine?" Plötzlich schlang sie ihre Arme um seinen Hals und küsste ihn heiß und feucht auf den Mund. Es war der erste Kuss, den er von ihr bekam und er empfand ihn als großes Geschenk. Nebeneinander in flottem Trab beseelt von der Eile, schnell heim zu kommen und dort alleine zu sein. Man aß, trank Kaffee, plauderte und ließ den schönen aber anstrengenden Tag in ruhiger Feierabendstimmung ausklingen. Dann machten sie einen Rundgang durch die am wenigsten benützten Gemächer. Gruselnd betrat Elvira den, tiefen, aus rohen Steinen gebauten Kellerraum, in dem der Überlieferung nach, El Greco monatelang gehaust und gemalt hatte, während ihn oben die Diener der Heiligen Inquisition eifrig suchten. Noch immer stand die Staffelei da, gegen die er seine Leinwand gelehnt hatte und der dreibeinige Schemel, auf dem er gesessen war. Die junge Frau war froh, als man wieder hinaufstieg. „Hier, Liebste, hatte ich den Einfall", erklärte er im Turmzimmer, „noch einmal zu heiraten. Hier habe ich nach der Venus geschaut, ohne zu ahnen, dass sie im Zirkus auf einem Lipizzaner reitet!" „Kann ich sie sehen, die Venus?" Don Ramon schaute auf die Uhr. „Um diese Zeit nicht, da versteckt sie sich. Du wirst aber noch Gelegenheit dazu bekommen, denn dieses Zimmer ist mein Refugium und ich hoffe, dass wir noch oft hier sitzen und den Kosmos bestaunen werden!" „Ach Ramon um wie viel geräumiger ist dein Palast, als mein Zirkuswagen", seufzte sie an seinem Arm. „In der Weite, verliert sich die Seele", antwortete er, „die Enge, hütet sie." Sie gingen über eine lange Wendeltreppe hinunter in eine Galerie. Sie verband das Herrenzimmer mit dem Jagdzimmer und mündete in den Privaträumen des jeweiligen Herzogs. „Wir Villaroccas haben immer das Leben genossen. Wir haben unsere Jugend genossen, den Wein, die Freuden der Tafel, die Jagd, das Reiten und die Kunst." Er deutete da und dort auf einen Gobelin oder eine Plastik. Das Sammeln der Kunstwerke war Ausdruck der Lebensfreude. Darüber habe ich viel nachgedacht und glaube, dass es richtig war." „Ich verstehe nichts von diesen Dingen, aber ich habe in jeder Stadt die Kirchen und Museen besucht." „Die Wissenschaft, die Technik, die Volkswirtschaft und die Politik unterliegen fortwährender Änderungen. Was wir heute für wahr halten, erkennen wir morgen als Irrtum und Lüge. Allein die Kunst ist wahr und darum ewig. Betrachte den wunderbaren Kopf der Nofretete, den Apollo von Belvedere oder die Sixtinische Madonna des Raphael. Vertiefe dich in Homer, Sophokles, Horatius oder Dante und du wirst finden, dass sie eines gemeinsam haben, die Wärme des menschlichen Atems, die Liebe zur Schönheit und den Glauben an eine höhere Berufung der Menschen. Manchmal glaube ich, dass wir verzweifeln müssten, wenn es die Kunst nicht gäbe. Sie hat uns, besonders hier in Spanien über grausamste Zeiten geholfen. Darum spielt es auch keine Rolle, warum ein Kunstwerk entstanden ist: ich meine Prachtliebe, Eitelkeit und Sinnlichkeit. – Ich werde dir jetzt etwas zeigen, was bisher nur wenige Menschen gesehen haben. Ich glaube sogar, dass du die erste Herzogin bist, der das gezeigt wird. „Da bin ich aber neugierig!" „Einem der früheren Villaroccas, ein toller Bursche, kam auf die ungewöhnliche Idee, seine Geliebte, ein französisches Fräulein namens Blanche, porträtieren zu lassen. Vermutlich kam es meinem Ahnen darauf an der Inquisition, welche die Darstellung des Nackten, als Ketzerei erklärt hatte, ein Schnippchen zu schlagen. Auch Künstler lockt das Verbotene, sie tun es umso lieber, je besser es bezahlt wird. Also malte ein Künstler die Geliebte, so nackt, als es nur möglich ist. Er hatte große Freude mit diesem Kunstwerk, aber er wusste nicht, wo er es vor den Augen der Inquisition und – der eigenen Gattin aufbewahren sollte. Endlich ließ er sich in dieser Galerie eine doppelte Wand einbauen, die schon mehrmals erneuert und modernisiert worden ist, zuletzt von mir. Don Ramon drückte auf einen verborgenen Knopf. Die mit einem Gobelin bespannte Wand verschwand nach oben und gab dahinter eine Wand frei, die mit gut einem Dutzend großer Gemälde behängt war. Auf allen waren prächtige Frauenkörper hüllenlos und in verführerischen Stellungen abgebildet. „Nein, so was!", rief sie erschrocken, „das ist ja ein „Sesam, öffne dich! ... aber eins mit Jugendverbot." „So ist es!" lachte der Herzog. „Hier siehst du, das Fräulein Blanche, ein mageres Mädchen. Dieses Gemälde ist, obwohl wir den Maler nicht kennen, sehr wertvoll, denn es ist eines der ersten Aktbilder, vielleicht überhaupt das erste, seit der Antike." „Der guten Blanche tut kein Knochen mehr weh", meinte sie nachdenklich. „Bestimmt nicht. Aber es wurde bei den Herzögen Tradition, ihre Geliebten nackt malen zu lassen und in diese Galerie zu hängen!" „Es muss aber auch tugendsame unter euch gegeben haben, denn es sind nicht mehr Bilder als Herzöge!" „Großer Irrtum!" Lachte er. „Wir waren nicht tugendhaft aber wählerisch. Einer hat ein Dutzend Geliebte malen lassen, aber nur der Favoritin die Ehre dieses Platzes gegönnt. Besonders bemerkenswert ist dieses Bild. Es stellt Donna Eufrasia dar, die langjährige Geliebte meines Vaters. Längst war sie tot, als mein Vater sich mit achtzig Jahren in ein Kind verliebte, das ihn an Eufrasia erinnerte, die engelsschöne Tochter unseres Gärtners. Natürlich hätte er auch sie, Josefa, malen lassen müssen. Aber er war ungemein geizig und wollte sich das Geld für so ein großes Bild sparen. So fand er einen Malschüler, der ihm für zehn Duros, das Gesicht der Eufrasia mit dem der Josefa übermalte. Er hat es gut gemacht, man bemerkt es kaum. Elvira betrachtete das merkwürdige Zeugnis verwirrter Sinne. „Das kindliche Gesicht Josefas, passt nicht zu dem reifen Körper Eufrasias", urteilte sie. „So ist es! Diese Kuriosität offenbart eine seltsame männliche Eigenschaft: Wenn wir das Gesicht lieben, nehmen wir auch den Körper hin- und umgekehrt. Mein Vater war zufrieden, das geliebte Gesicht der jungen Josefa auf dem unvergessenen Körper Eufrasias zu sehen. Es kostete nicht viel, aber der Effekt war ein doppelter." Seine Hand tastete nach dem geheimen Knopf. „Halt! Hier ist noch ein Bild, das ich mir ansehen möchte." „Das letzte, der Reihe! – Glaube nicht, dass ich es dir vorenthalten wollte. Es ist von geringer künstlerischer Qualität. Der Maler hat mich enttäuscht, vielleicht war er ein Weiberfeind! Wer kann heute noch einen Frauenakt malen?" „Wen stellt es dar?", fragte sie vorsichtig, während sie den grob gespachtelten Akt einer schwarzhaarigen, dunkelhäutigen Frau reiferen Alters betrachtete. „Signora Julia, ... Eine Frau, die mich lange zu fesseln vermochte und der ich dafür den großen Blumenladen in der Galla de Alcala eingerichtet habe. Sie ist maurischer Abkunft und war einmal das schönste Mädchen in Madrid. – Ich habe mit ihr einen entzückenden Sohn, den kleinen Carlos. Sie hätte eine große Freude, wenn wir sie besuchten. „Schließe diesen „Sesam!" befahl Elvira. Ein wenig später fragte sie: „Wirst du mich auch so malen lassen?" „Nein", rief er entrüstet, „selbst wenn ein Künstler es umsonst malen würde. Merke dir, mein Kind: die Geliebten hängen hinter der falschen Wand, die Frauen aber, in der Ahnengalerie!" Als er die komische Wirkung dieser Worte auf Elvira sah, fügte er hinzu: „Du bist sicher die erste Frau in diesem Haus, der ein Platz hier und dort gebührt!" „Willst du raten, wohin du mich hängen sollst." „Ja, ... lass mich raten, Liebste." Er begleitete sie bis zur Türe ihrer Gemächer. Fragend schaute er in ihre Augen. „Vorläufig gute Nacht!", raunte sie schalkhaft. – In einer Stunde erwarte ich dich!"

9

Elvira verbrachte diese Stunde im duftenden Schaumbad, das Joana ihr bereitet hatte. Sie fragte sich, wann dieser Mann so banal werden würde, wie die meisten anderen Männer es früher oder später werden. Denn wenn nicht heute dann niemals! Noch immer war die Verwirrung, in welche die spanische Romanze sie gestürzt hatte, nicht völlig gelöst. Dass alles, was bisher geschehen war, seine Richtigkeit hatte, konnte nicht bezweifelt werden. Der Herzog war ein Herzog. Der alte Monsignore hatte sicher seine Priesterweihen empfangen und auch die Trauzeugen waren ehrenwerte Herren. Ganz Madrid wusste davon. Sogar Vater Augustin, hatte den „Steckbrief" in der Zeitung gefunden. Auffallend war jedoch, dass die Hochzeit unter dem Ausschluss der Öffentlichkeit und völlig ignoriert von der herzoglichen Familie stattgefunden hatte. Von ähnlichen Fällen hatte sie schon gehört. Sie sah ein, dass eine geborene Kratochwil für die Villaroccas kein Grund zum Jubeln war. Ein Mann von so hohem Rang aber, der es sich leisten konnte, eine Kratochwil zu heiraten, musste wissen, was er tat und konnte auf Beifall verzichten.

Elvira ließ sich von Joana ihr schönstes Spitzennegligé anziehen und verbarg es unter einem seidenen Schlafrock, dessen Ränder mit Schwanenflaum gesäumt waren. „Geh schlafen, Joana!", sagte sie dann. „Ich brauche dich nicht mehr. Schleich nicht auf dem Gang herum, um zu horchen.""O, nein Frau Herzogin!", versicherte das Mädchen. „Ich horche nie, denn ich kann mir in der Fantasie alles viel schöner vorstellen!" Sie warf ihrer Herrin einen glühenden Blick zu, küsste ihr die Hand und lief kichernd davon. Es fehlten noch ein paar Minuten bis zur vereinbarten Zeit. Sie überlegte, welche Pose eine wartende Braut einnehmen sollte. Sich an das Erkerfenster stellen, sich an den Kamin setzen oder sich mit einem französischen Roman kokett auf das Sofa legen? Das alles kam ihr unnötig vor und würde Ramon nur zum Lachen bringen. Es wäre unsinnig gewesen für ihn lebende Bilder zu stellen. Also setzte sie sich vor den Spiegel und bürstete noch einmal ihr Haar. Es klopfte leise. Im Spiegel sah sie, wie die Türe sich langsam öffnete und Don Ramon herein kam. Er trug einen Schlafrock aus altem, schweren Brokat, der ihm ein würdiges Aussehen gab. Sein linker Arm umklammerte einen Eiskübel, in dem zwei Champagnerflaschen steckten, in der anderen Hand hielt er einen großen, vierarmigen Silberleuchter mit brennenden Kerzen. Aus seinen Taschen lugten zwei Stängelgläser hervor. Sein Gesicht strahlte vor Heiterkeit. Er verbeugte sich vor ihr, wobei ein Eisstückchen aus dem Kübel auf den Teppich fiel. Er blies die Kerzen aus und sagte dann: „Hier bin ich, Liebste. Komm ich zu früh?" „O, nein Ramon ... Aber warum mit diesem schweren Leuchter?" „Das werde ich dir sofort erklären", lachte er, sie zart umarmend. „Ich huldige damit einer Tradition, in der ein gewisser Sinn liegt. Früher nämlich forderte das Zeremoniell, dass die Herzöge von Villarocca, wenn sie nachts zu ihren Frauen gingen, in der einen Hand diesen silbernen Kandelaber und in der anderen ein bloßes Schwert trugen." „Warum?" „Um zu zeigen, dass sie sich auf einem ehrbaren Weg befinden,

93

den sie mit dem Schwert zu schützen bereit waren." „Was trugen sie, wenn sie zu ihren Geliebten gingen?" „Vermutlich einen Dolch und einen Beutel voll Goldstücke", meinte der Herzog. „Manchmal auch eine schwarze Maske vor dem Gesicht und den von der Polizei verbotenen breitrandigen Räuberhut mit der Habichtfeder. – Ich will nicht gänzlich mit dem alten Zeremoniell brechen, darum habe ich den Kerzenleuchter mitgebracht. Aber an Stelle des Schwertes Champagner." „Das ist fein!" Er öffnete eine Flasche und goss ein. Nachdem sie einander zugetrunken hatten, zündete er sich eine Zigarre an. Er ging, die Zigarre zwischen den Fingern, auf den Balkon und schaute in die Finsternis hinaus. „Wir beide haben viel zu tun! Einsame Freude ist eine traurige Sache. Man braucht einen Kameraden, der begreift, warum man ergriffen ist. Warum bin ich nicht zwanzig Jahre jünger, oder wenigstens zehn? Es klang wie ein schmerzlicher Schrei. „Diesen Don Basilio soll der Teufel holen!" „Warum denn, er ist so ein lieber, netter Mensch." „Viel zu lieb und zu nett. Er hat mich auf diese Idee gebracht, noch einmal zu heiraten und mich dadurch aus einem Zustand aufgeschreckt, der mir endgültig schien. Dieser Schurke, dieser Kuppler, dieser hinkende Teufel!" „Bereust du es, mich geheiratet zu haben?" „Aber, Elvira, liebstes, bestes Kind, wie könnte ich es je bereuen? Was ich bereue, ist, dass ich mein Lebensöl bis auf einen kleinen Rest verbrannt habe, ohne dir damit zu leuchten. Mein Leben lang habe ich nach einer köstlichen Frucht gesucht, aber nur Gurken gefunden. Ich habe meinen Durst mit schalem Wasser gelöscht, weil ich die reine Quelle nicht entdeckt habe. Oft habe ich geglaubt, ein glücklicher Mensch zu sein. Aber ich war ein armer getäuschter Tropf, ein eitler Egoist, der alles für sich haben wollte, aber nichts von dem Geheimnis der Gefühle wusste. Elvira ging zu ihrem Mann und schmiegte sich an ihn: „Ich verstehe dich!" „O, wenn du das könntest!", raunte er. „Unser Haus hat einen merkwürdigen Wahlspruch, der auf den ersten Villarocca, jenen Rolands Sohn zurückgehen soll. Als der König seine Dienste zu gering belohnen wollte, soll er stolz gesagt haben: „Alles oder nichts!" Jedem Sohn unseres Hauses hat man diese Devise eingebläut. So waren wir der Meinung, dass Anmaßung die einzige für uns, passende Haltung sei. Auch mich hat man das gelehrt und ich habe es lange geglaubt." Nachdenklich sagte Elvira: „Alles was ich mit dir erlebt habe, bestätigt, dass du auch noch heute an euren Wappenspruch glaubst. Du hast mich aus meinem Zirkuswagen geholt, du hast mir die Schränke mit Kleidern gefüllt, ohne mich zu fragen, ob sie mir gefallen, du hast mich zu deiner Frau gemacht, obwohl du doch wissen musstest, dass dein stürmisches Werben mich um den Verstand gebracht hat!" „Ja", bestätigte er, beinahe verzweifelt, „das alles habe ich getan. Verzeihe es mir. Endlich habe ich in dir die Frau gefunden, die ich wirklich liebe. Immer habe ich Angst gehabt, dass das eines Tages geschehen könnte. Verstehst du, dass ein Mann, sich vor der Liebe fürchten kann?" „Von einem Mann wie du, verstehe ich es!" „Diese Liebe ist schrecklich, weil sie mich im reifen Alter überfallen hat, wo man sich schämen muss, zu empfinden, wie ein Jüngling. Sie ist so neu und wunderbar, so einzigartig, dass mich die Frage quält, warum sie mir so spät geschenkt worden ist."

„Sei still Ramon!", flüsterte sie. Sie zog den Mann zu sich auf das Sofa nieder und streichelte seine grauen Haare. Er hatte seine Wange an ihren Busen gedrückt.

Plötzlich begann sie zu weinen. Erst leise, dann heftig und ungehemmt. Sie weinte vor Glück! Noch nie war ein Mensch zu ihr so gut gewesen, wie dieser alternde Grande, mit seiner feurigen Seele eines Helden. Noch nie hatte ein Mann sie verstanden! Don Ramon holte aus seiner Tasche ein Tuch hervor und gab es ihr. „Weißt du", sagte er dabei, „auch jetzt denke ich an „Alles oder nichts", aber nicht als ein Gebot, sondern als ein Wunsch. Ich weiß, dass ich dich wirklich liebe, weil ich vor dir so schüchtern bin, wie noch nie vor einer Frau, weil ich nicht weiß, wie ich dich gewinnen könnte. – Was soll ich tun, mein ein-zig geliebter, süßer Engel?"Die junge Herzogin hatte aufgehört zu weinen. Sie nahm die Hände des Mannes und küsste sie zärtlich. „Lösch bitte das Licht aus." In der plötzlichen Dunkelheit sahen sie sich kaum. Sie war lautlos zu ihm gegangen, sie waren einander sehr nah. Nach einem langen Kuss hob er sie auf und trug sie zu dem weichen Himmelbett. „Liebe mich, Ramon!" ...

Am Morgen erwachten sie durch das Läuten der Glocken von Santa Barbara. Sie lagen eng umschlungen und horchten. „Bist du wach, Liebste?" „Ja!" ihr warmer Atem berührte ihn zart. „Hörst du die Glocken? Schon als Kind habe ich sie gerne gehört. „Weißt du, ich habe mir oft gewünscht, dass es für mich nur zwei Todesarten geben möchte: in den Armen einer Frau zu sterben, oder durch einen Sturz vom Pferd!" „Dann stirb lieber in meinen Armen, aber lass dir noch Zeit damit." „Dann lasse ich mir Zeit, wenn ich dir damit einen Gefallen machen kann!" Eine Stunde lang, liebten sie sich und dann holte Ramon den Kerzenleuchter und zündete die Kerzen an, obwohl es draußen schon hell war.Man erinnerte sich an die zweite Champagnerflasche und trank ihren Inhalt jetzt mit Vergnügen, obwohl das Eis schon längst geschmolzen war. „Sind wir jetzt ein altes Ehepaar?", neckte sie ihn. „Selbstverständlich! Man muss es ertragen und sich daran gewöhnen." „Das soll uns nicht schwerfallen. Mein Glück ist vollkommen. Ich möchte jetzt nur eins, auch dich glücklich machen."„Da wirst du aber wenig zu tun haben", lächelte sie mit strahlenden Augen, denn ich bin es ja schon. – Was machen wir heute Morgen? Bitte etwas tolles, denn ich möchte jubeln und jauchzen!"Der Herzog hob seine junge Frau auf und stellte sie zart mitten auf die Rosette des Teppichs. Dann kniete er nieder und berührte mit seiner Stirne ihren Schoß. „Mein Leben gehört dir!", schwor er feierlich.

10

Nach dieser herrlichen Nacht, war das Paar in einem un-
vorstellbaren Glücksrausch. Besonders Ramon spürte
diese Veränderung. Nun war er kein Witwer mehr, sondern
ein verjüngter Gatte, der seine junge, schöne Frau von
der Öffentlichkeit bestaunen lassen wollte. Der alte Palazzo
wunderte sich. Mit seiner jahrelangen Stille war es vorbei.
Man lüftete die Räume, klopfte die Teppiche, putzte die
Spiegel und polierte die Möbel. Neue Lebenslust wehte
durch die Räume und jagte die Motten durch die weit ge-
öffneten Fenster hinaus. Das Paar veranstaltete Feste
und Empfänge, Konzerte, Cocktail-Partys und Soireen.
Gäste drängten sich, denn sie wollten Don Ramons Wieder-
geburt durch seine zweite, aparte, bildschöne Herzogin
mit eigenen Augen sehen. Er aber mochte diese lauten
Feste nicht, aber nahm gerne alle diese Unbequemlich-
keiten hin, ja, er zeigte sich rastlos im Erfinden immer
neuer Gelegenheiten großartiger Prachtentfaltung. In
ihm war nämlich – was er über Wochen vollkommen vergessen hatte – die alte Rachsucht wiedererwacht. Er lud
die Hocharistokratie des Landes, die bedeutendsten
Militärs und Politiker, die hervorragendsten Gelehrten
und Künstler ein. Die Geladenen kamen mit großem Vergnügen und mussten, wenigstens vor sich selber zugeben,
dass diese Zirkusreiterin, vor der sie sich tief verneigten,
an vollendeter Haltung und rassigem Profil den höchsten
Damen des Landes ebenbürtig war, sie an Schönheit und

Eleganz jedoch alle übertraf. Das war es, was ihn beglückte. Er kam sich am Arm Elviras und unter den riesigen Kristalllustern im Saal, wie der Held einer Filmstory vor. Ja, Don Basilio, dieser Teufel, hatte recht gehabt. Diese bürgerliche Elvira Kratochwil aus Böhmen, entsprach den erotischen Grundsätzen unserer Tage. Man prüfte nicht mehr ob zwei Wappen zusammen passten, sondern den Tag genoss, von dem man nicht wusste, ob es nicht der letzte war. Elvira lachte darüber! Sie war jung und ungehemmt. Selbst in den intimsten Augenblicken war sie wunderschön und er konnte sich an ihr nicht sattsehen. Friseure und Kosmetiker mussten beschämt zugeben, dass sie diese Frau nicht brauchte. So gelang es dem Herzog, die Anerkennung der Gesellschaft zu gewinnen. Immer größer wurde der Kreis derer, die die neue Herzogin nicht mehr übersehen konnten. Die Anderen, welche die „Mesalliance" nicht zur Kenntnis nehmen wollten, verabscheute er seit jeher als Esel und verstaubte Panoptikum Figuren. Er hatte Beweise, dass seine eigene Familie und ihr Anhang eine Verschwörung gegen ihn und Elvira anzettelten. Das zeigte, wie sehr sie sich ärgerten. Aber das wollte er. Seine Rache wuchs! Der Gipfel des Triumphes war, als er Elvira dem spanischen Präsidenten vorstellte. Voll Bewunderung beugte sich der über ihre Hand und sagte: „Ich bin entzückt, Herzogin! Sie zu sehen übertrifft alles, was man an Lob hören konnte!" – Jetzt sollte es noch einer wagen sie nicht als Aristokratin zu betrachten. Am anderen Tag übermittelte Don Ramon, dem Präsidenten, hunderttausend Peseten, zur persönlichen Verwendung, für einen guten Zweck. Don Enrique, der älteste Sohn und seine Brüder und Schwestern schäumten vor Wut. In feierlichem Familienrat schworen sie, diese lächerliche aber leider legale Herzogin, niemals jenen Respekt zu zollen, auf den sie als Stiefmutter Anspruch hatte. Der Familienstreit wurde in der Presse kommentier und in der Gesellschaft hämisch besprochen. Niemand zweifelte daran, dass man es mit einer Eselei des, als exzentrisch bekannten, Don Ramon zu tun hatte. Wo der Herzog hinkam, grüßte man ihn mit doppelter Höflichkeit, wo die Herzogin auftauchte, umgab sie eine Wolke von neugieriger, neiderfüllter Bewunderung. So erfuhr Elvira langsam, welche Beweggründe Don Ramon hatte, sie zu heiraten. Aber sie war ihm deswegen nicht böse. Ihre Ehe war keine Scheinehe, sondern eine liebevolle, unerschöpfliche Liebesaffäre zwischen zwei ineinander verliebte Menschen. Das „Potemkinsche Ehebett" worüber die gehässige Familie öffentlich spottete, segelte wie eine weiße Luxusjacht auf den himmelblauen Wellen eines stürmisch, bewegten Meeres dahin. Es waren die Gegensätze, die diese abenteuerliche Ehe so unterhaltsam und lebendig machte: Auf der einen Seite waren Alter und Erfahrung auf der anderen Jugend und Lernbegierde, Naivität und unverdorbene Natürlichkeit. Jeder war Schenkender und Empfangender, jeder musste hin und wieder Nachsicht üben und jeder gab sich Mühe, dem anderen zu gefallen. Das brachte erregende Spannung in die Ehe. Don Ramon wollte nicht, dass Fremde sie über den schwelenden Familienkonflikt, aufklärten. In mancher Nacht, in der sie eng umschlungen beieinander lagen, erzählte der Herzog von seiner Vergangenheit und all den Umständen, die ihn zu dem gemacht hatten, was er nun war. „Merke dir", sagte er, sie sanft streichelnd, „die Welt steht nicht still. Seit jeher wollten die Menschen, sie entweder nach vor oder zurückzudrehen. Daraus entstehen Konflikte, die sich in Kriegen, Revolutionen und andere Katastrophen entladen. Es ist wie bei einem Wagen, der eine wirkungsvolle Bremse braucht, weil er sonst nicht mehr beherrscht werden kann. Die muss mit Vernunft benützt und nicht zu locker und nicht zu fest angezogen werden." „Du bist ein Dichter! Du sprichst in Bildern – daran erkennt man einen Dichter!" „Vielleicht könnte ich auch ein Dichter sein", meinte er geschmeichelt, „wenn ich je Zeit gehabt hätte, es zu versuchen. Um wie viel leichter liest man ein Buch, als man es schreibt.Es gehört große Geduld dazu, die ich nie gehabt habe. Dichter sind Menschen, die nicht schauen, ob draußen Tag oder Nacht ist und die nicht spüren, wenn sie hungrig sind." „Du hast von einem Wagen und einer Bremse gesprochen!" „Spanien hat eine besondere Geschichte, man hat die richtige Funktion des Wagens und seiner Bremse noch nicht erkannt", fuhr er fort, seine Hand auf ihren runden Popo legend. Könige, Adel und Klerus ... leider auch ein Teil des dummen Volkes ... haben mit Macht an ihr gezogen, weil der Wagen, ihnen zu schnell ins Verderben zu fahren schien. Denke, dass die Inquisition bei uns erst achtzehnhundertacht, durch Josef Bonaparte aufgehoben wurde. Ferdinand der Siebente führte sie achtzehnhundertvierzehn wieder ein und sie konnte erst zwanzig Jahre später gänzlich beseitigt werden. Noch neunzehnhundertneun wurde in Barcelona, Francisco Ferrer hingerichtet, weil er ein freier Denker war." „Schrecklich!", flüsterte sie. Bei uns in Böhmen wäre es damals nicht mehr möglich gewesen." Don Ramon lächelte: „Ihr habt den Kaiser Franz Joseph gehabt", sagte er, während er ihre Brust küsste. „Bei uns waren die Pyrenäen nicht nur ein geografisches Hindernis, sondern auch ein geistiges. Hier geschieht alles mit temperamentvollen, blutigen Ausbrüchen. Wir Spanier lieben die Extreme. – Langweile ich dich, Liebste?" „O nein!", antwortete sie und drückte ihrem Gatten einen dicken Kuss auf die Stirn. „Rede weiter, ich höre dir so gern zu!" Der Herzog gab den Kuss zurück. „Oft habe ich mich nach einer Frau gesehnt, mit der man im Bett auch vernünftige Gespräche führen kann … nach einer Frau, die zuhört und nicht einschläft, während mein Kopf voller Ideen ist. Die meisten Frauen glauben, dass wir nur Sex mit ihnen haben wollen." „Ich schlaf nicht ein. Wenn ich dir zuhöre, komm ich mir wie ein dummes Schulmädchen vor. Ich habe sehr wenig gelernt. Kladrub ist ein kleines Dorf mit fünfhundert Einwohnern. Die Schule hatte nur eine Klasse, in der die Kinder acht Jahre zusammen saßen. Während die Kleinsten vorne das ABC lernten, mussten wir hinten Bruch rechnen und die Helden des Trojanischen Krieges hersagen. Oft habe ich die Schule geschwänzt!" „Was heißt geschwänzt?", fragte er, sich behaglich streckend. „Das heißt, dass ich öfter den Unterricht nicht besucht habe und lieber bei meinen Pferden in der Koppel war. Sie alle haben mich gekannt und sind mir nachgelaufen wie Hunde." „Pferde können lieben", sagte er und zog sie fest an sich, „sie haben dich geliebt, weil du ihre Liebe verstanden hast." „Mein bester Lehrer war das Leben, aber du … Du bist meine Hochschule! In jeder Beziehung, Liebster!" Sie rollte sich über ihn und wühlte in seinem Haar. Er lachte laut. „Still, glaube ja nicht, dass mir deine Gescheitheit imponiert. Wenn du ein Obstverkäufer, ein Bauer oder Matrose wärst … ich würde dich lieben, weil du es bist!" Der Herzog sagte nichts. Er fühlte die süße Last seiner Frau. Unter ihr war er froh, wie noch nie in seinem Leben. „Ich komme aus ganz kleinen Verhältnissen. Ein Paar Schuhe zu Weihnachten waren für mich ein großes Geschenk. Du würdest über das kleine Häuschen staunen, in dem ich aufgewachsen bin. „Fahren wir im nächsten Sommer in deine Heimat. Ich möchte es gerne sehen, das Häuschen, in dem du aufgewachsen bist. Ich werde dort einige Zuchtpferde kaufen, ... warum nicht?" „Meine Mutter ist schon lange tot und mein Vater ist vor einem Jahr gestorben", sagte sie traurig. „Ich weiß nicht einmal, ob es das alte Gestüt noch gibt. Wegen der Leute, die mich dort noch kennen, zahlt es sich nicht aus, hinzufahren." Man schwieg und Elvira schlief ein. Behutsam zog er den Arm unter ihr hervor und schlich sich aus dem Bett, um zum Sessel im Erker zu gehen. Dort saß er lange und schaute hinauf zu den Sternen. Wie gering ist der Mensch, dachte er. Und doch: wie hoch steht er über allen Kreaturen dieses unbedeutenden Planeten. Seine Zukunft liegt darin, zu sich selber und zu den Anderen zu finden. Durch Liebe! – Ja, durch Liebe!

11

Die Liebe zwischen Don Ramon und Elvira, wurde tiefer und inniger –, sie verging nicht. Vier Jahre dauerte ihre Ehe nun schon. Das Mädchen erblühte zum reifen Weib und wurde zu einer Herzogin, die in der langen Ahnenreihe ihresgleichen suchte. Nur einen Schmerz gab es: Sie blieb kinderlos. Die besten Ärzte fanden keinen Grund. Längst hatte man die Hoffnung aufgegeben und man redete nicht mehr davon. Dem brennenden Rachedurst Ramons schien es nicht vergönnt zu sein. Mit ungeheurer Energie stemmte er sich gegen das Alter. Aber Elviras Jugend gab ihm immer wieder Kraft. An manchen Tagen aber konnte er es nicht verbergen, dass er schwer aufs Pferd steigen konnte, das Essen ihm nicht bekommen hatte und die vielen Stufen in sein geliebtes Turmzimmer ihm den Atem raubte. Auch Elvira merkte das alles, aber sie sagte nichts. Auch sie hielt ihr Glück mit aller Kraft, aber es schmerzte sie tief, Don Ramons herzlichsten Wunsch nicht erfüllen zu können. Eines Nachmittags kam, er hastig in ihr Zimmer, beugte sich über sie und schüttelte sie. „Hast du einen Geliebten?", fragte er ungestüm. „Was soll das? Warum fragst du mich so was?" Er lachte gequält. „Ob du einen Liebhaber hast, Elvira, will ich auf der Stelle wissen!" „Nein, ... ich habe keinen!" „Dann bist du ein Unikum. Noch nie hat es eine Herzogin gegeben, die keinen Geliebten gehabt hätte! Warum, ... hast du keinen?" „Weil du mein Geliebter bist, Liebster. Wozu brauche ich noch einen?" Diese Antwort entzückte ihn, aber befriedigte ihn nicht. „Entschuldige, mein Engel", sagte er zerstreut. „Es ist mir nur gerade eingefallen und ich wollte dich sofort fragen!" Er schämte sich und ging schnell hinaus. „Elvira müsste einen Geliebten haben!", flüsterte er am gleichen Abend Don Basilio zu. „Warum?"wollte der wissen. „Weil wir dringend einen Sohn brauchen! Verstehst du?"Der alte Advokat lachte „Ei, was würdest du sagen, wenn sie einen Geliebten hätte?" „Kein Wort! Umbringen würde ich den Burschen! Zuerst aber müsste ein Sohn her." „Schön! Der Zweck heiligt die Mittel und schützt sie vor schmachvollem Tod, solange man sie braucht. Was würde aber Elvira dazu sagen?" „Elvira würde es ablehnen, mir einen Sohn von einem anderen zu gebären!" „Mit Recht! Frauen sind keine Äcker, die man vom Knecht besäen lässt, wenn der Herr es nicht mehr kann. Schlag dir solche Gedanken aus dem Kopf!"

Ein andermal forschte der Herzog: „Sag, Liebste, hast du keine Sehnsucht nach deinem früheren Leben ... nach der Manege?" „Ich denke manchmal an die Zeit zurück", gestand sie. „Ob diese Erinnerungen Sehnsucht ist, weiß ich nicht. – Ich habe ja unsere Pferde." „Du hast deinen Achilles zugeritten." „Ich wollte sehen, ob ich die Dressur noch beherrsche", sagte sie verlegen." Es liegt mir im Blut ... ich kann es nicht lassen!" „Freue dich am Leben, Liebste, wie eine Blume. Tue nichts gegen dein Herz, es könnte sich sonst gegen dich wenden."

Im fünften Jahr der Ehe wurde Ramon still und nachdenklich. Er war jetzt siebenundsechzig und begann über das Alter zu grübeln. Wer so viel, so heiß und so üppig gelebt hatte, fand sich schwer darein. Dr. Campillo, der Leibarzt, dokterte an ihm herum. Das Alter aber sitzt nicht nur an einer Stelle. „Du kannst noch zwanzig Jahre leben!", versicherte er, „aber du musst zurückschrauben. In deinen Jahren muss sich der Körper an einen sparsamen Haushalt gewöhnen, das hat viel Ähnlichkeit mit dem Winterschlaf der Tiere. Weniger Atemzüge, weniger Herzschläge, geringer Nahrungsverbrauch, nicht jagen und nicht gejagt werden ... sondern im Dämmerzustand leben, wie eine Fledermaus. Du bist gesund, aber du bist kein Jüngling mehr ... das ist alles." Ja, Shakespeare hatte recht, das Alter war ein „schleichender Dieb", der den Besitzenden in vielen kleinen Angriffen auf sein Eigentum, zum Bettler macht. Das hat übrigens schon Ovid gewusst, denn er hat das Alter „edax" genannt, verzehrend und „invidiosa", verhasst! In seinen einsamen Stunden saß er in seiner Bibliothek und suchte in den vierzigtausend Bänden, nach Trost, in seiner Verzweiflung. Aber er fand ihn nicht! Goete schrieb 1784 an den Freiherrn v. Stein: Je älter man wird, desto mehr verschwindet das Einzelne, die Seele gewöhnt sich an Resultate und verliert das Detail aus den Augen. Ja, so ist es! Auch seine Seele hatte sich an Resultate gewöhnt. Vorbei war das reiche Leben voll entzückender Details, die zu genießen er immer unfähiger wurde.

In einer seiner Lesestunden fand er in Plutarchs „Moralia" die Stelle, an der die Griechinnen zu Aphrodite flehen: „O, schöne Aphrodite schiebe das Alter auf!" Also war sein Problem schon ein antikes und selbst Aphrodite konnte es nicht lösen. Darüber musste er lachen. Der Herzog stellte das Buch ins Regal zurück und ging zu seiner Herzogin. „Ich muss mit dir reden, und zwar so ernst wie noch nie!" Elvira erschrak. „Rede! Was willst du mir sagen?" „Dass unsere Ehe durch einen markanten Um-

stand gekennzeichnet ist!" „Welcher Umstand ist das?"
„Dass ich zu alt bin und du zu jung bist!" „Kann sein,
Ramon ... aber man merkt es ja nicht." „Du willst es nicht
merken, weil du die beste Gattin und der gütigste Mensch
auf der Welt bist. – Ich aber merke es." „Dann behalte es
für dich!" „Das mach ich ja", lächelte er. „Dabei geht es
nicht um Eitelkeit allein. Du wirst mich um viele Jahrzehnte überleben. „Mach dir darüber keine Sorgen!" „Die
Sorgen muss ich mir aber machen. Höre: Wenn ich eines
Tages nicht mehr bin, wirst du einer Meute von Hyänen
und einem Rudel boshafter Affen gegenüber stehen." Die
Herzogin lachte hell auf. „Das wird kein Spaß sein. Sie
werden nichts unversucht lassen, dich zu demütigen!"
„Bitte ... Sie sollen es versuchen!" „Mehr ... sie werden
sich beeilen, dir alles wegzunehmen, denn dein Anspruch
beruht auf nichts anderem, als dass ich dich vor Kirche
und Staat zu meiner zweiten, herzlich geliebten Frau gemacht habe." „Ist das zu wenig?" „Unter den herrschenden
Umständen ist es nicht viel. Wir haben keine Kinder, die
in unserem Blut verankert wären. Nachkommen sind oft
ein Unglück, für uns beide wären sie ein Segen. – Siehst
du, ich sorge mich, weil ich meine Kinder kenne!" „Aber
du bist ihr Vater!" „Teilweise ... bin ich das", lachte der
Herzog. „Was in der Ehe gewachsen ist, muss nicht ehe-
lich sein. Recht ist allein, was das Herz anerkennt. Mein
Herz anerkennt dich, Elvira! Du bist mein alles! Mit dir
wollte ich in einer Hütte wohnen und vor andere Hütten
betteln gehen." „Das hätten wir nicht notwendig", sagte
sie. „Ich würde wieder zum Zirkus gehen und für uns
beide genug verdienen." „Wie gerne wäre ich Stallmeister
in diesem Zirkus." „Aber Ramon!", rügte sie. „Mädchen",
rief er, „ich bin in dich verliebt, mehr denn je. Verliebte

dürfen sich dumm benehmen, weil Liebe mit dem Adels-almanach nichts zu tun hat. Er setzte sich neben sie und legte den Arm um ihre Hüften und sagte, jedes Wort betonend wie ein Lehrer: „Hör mir zu und vergiss nicht, was ich dir jetzt sage. Spiele, wenn ich tot bin, nicht die Herzogin von Villarocca … denn du bist es! Was dir ge-bührt, ist durch die Tradition meines Hauses festgelegt. Ich wünsche aber, dass dir mehr zu Teil wird, als die Appanage einer Witwe und das lebenslängliche Wohn-recht in der Casa Minor. Dafür ist gesorgt, denn du bist die Universalerbin meines Privatvermögens." „Hör auf!", flehte Elvira. „Solche Gespräche mag ich nicht mit dir!" „Pardon! Sentimentalitäten sind hier schlecht am Platz, wenn von Geld die Rede ist. Bitte, hör mich an … dieses eine Mal nur. Ich will dich bitten: Sei so stolz, wie es noch niemals eine Villarocca-Witwe war. Mein Wille gibt dir das Recht dazu. Sei du, wenn der Bronzedeckel mich zu deckt, der verlängerte Arm meiner Rache über mein Grab hinaus. Übe keine Rücksicht für die hohlen Kürbisse, die ich als legitime Kinder hinterlasse. Ich habe nichts mit ihnen gemeinsam, als den Zufall einer Stunde, der mich mit Donna Anna zusammenführte … oft noch weniger. Darum verabscheue, ja verachte ich sie. Das gebundene Familienvermögen kann ich ihnen nicht entziehen. Aber was mir alleine gehört, weil ich alleine es erworben habe, soll dir gehören. Gib dir keine Blöße und füge dir keinen Schaden zu, indem du den nächstbesten heiratest. Nimm dir einen Geliebten." „Schluss jetzt!", rief Elvira und hielt ihm den Mund zu. „Nicht bevor ich alles gesagt habe. Nimm dir Liebhaber so viele du willst und sei mit ihnen glücklich. Das gönne ich dir, obwohl die Eifersucht mich rasend macht. Aber weiche nicht von deinen Rechten, in

die ich dich eingesetzt habe. Denke an unseren Wappenspruch: „Alles oder nichts!" Aber nimm, wenn man dir
nicht alles lässt, soviel wie möglich. – Willst du mir das
schwören?" „Ich schwöre es!" sprach Elvira feierlich. Dann
lachten beide heraus und sie tanzten, einander an den
Händen haltend, wie Kinder durch den Salon. Die Herzogin
war solche Narrheiten gewöhnt. Immer wieder geriet sie
außer sich vor Vergnügen, weil sie so einen herrlichen,
heiteren und klugen Gatten hatte. Jetzt, weil er dabei
war, erzählte er ihr alles. Wie ein Sturzbach brach sein
Hass aus ihm hervor. Sein Widerwille gegen Zeit und Verhältnisse, Menschen und Teufel, Gott und die Welt. Zum
letzten Mal bäumte sich in ihm das Blut seiner Ahnen
auf. Er redete lange, den ganzen Abend und die Nacht
durch. Als er fertig war, graute der Morgen. Elvira saß da,
wach, lächelnd und voller Verständnis. Ja, sie hatte verstanden und wusste nun alles. In seinem großen Herzen
war eine Tragödie. Sie begriff, was er von ihr wollte und
war bereit es zu tun. Nur eine Angst hatte sie, dass sie
diesen Mann verlieren könnte, ... viel zu früh verlieren
könnte. Der Herzog hatte je aufgehört, obwohl er noch
lange hätte weiterreden können. Er ging im Zimmer auf
und ab, denn er fühlte sich plötzlich wieder jung, von un-
verwüstlicher Kraft und starkem Verlangen nach dem
Leben. Plötzlich blieb sein Blick auf einem Kunstwerk
hängen, dem wertvollsten, in diesem Raum. Es war ein
großer, bunter, prächtiger chinesischer Porzellanhund –
blau, rot und gold – der mit einem weißen Ball spielte.
Das seltene Stück stand auf dem Kamin. Sein boshaft-
drachenartiges Gesicht bleckte beißlustige Zähne gerade
dort hin, wo er stand. „Ich verstehe nicht", rief er, „dass
ich dieses Scheusal so lange hier geduldet habe. Alle Ge-

sichter meiner Kinder, Verwandten und sogenannten Freunde übereinander kopiert, ergäben genau diese Hundefratze." „Was ist das für ein komisches Ding. Ich wollte dich schon lange fragen?" „Ein chinesischer Palasthund. Er stammt aus der frühen Ming-Dynastie. Vor Jahren habe ich ihn bei einer Auktion in Schanghai erstanden. Angeblich gibt es nur noch ein zweites Exemplar. „Dann ist es gewiss ein Schatz!" Sie sprang auf und ging zum Kamin um das kuriose Porzellantier genauer zu betrachten. „Ich habe nur einen Schatz ... und der bist du!", sagte Ramon galant. „Du bist lieb, gut und schön. An dir erfreue ich mich. Dir verdanke ich die köstlichsten Jahre meines Lebens und erst durch dich bin ich reich geworden. – Dieser grässliche Hund aber ärgert mich, denn er symbolisiert Bosheit und Hässlichkeit. Darum will ich ihn nicht länger in deiner Gesellschaft dulden." Er nahm die schwere Figur, trug sie in den Erker und warf sie durch die Fensterscheibe in den Garten. „Ramon! Du bist verrückt!" „Nein!", sagte der Herzog, während er die kühle Morgenluft einatmete, die durch die zerbrochene Scheibe strömte. „Ich will, dass dir diese Nacht unvergesslich bleibt!", sagte er. Elvira schüttelte den Kopf, „Du bist toll! Was du mir gesagt hast, hätte ich auch ohne diese Pointe nie vergessen." „Danke, mein Schatz, ... mehr wollte ich nicht!" Er klingelte!

Der Diener erschien überraschend schnell. Es war ihm aufgefallen, dass das Paar, die ganze Nacht in diesem Salon verbracht hatte und der Herr Herzog persönlich, mehrmals selber zur Hausbar gegangen war, um von dort neue Flaschen zu holen. Er stand schon länger, lauschend vor der Tür und hatte manches gehört. „Hoheit befehlen?" „Ernesto", sagte Don Ramon, „der chinesische Hund

110

ist plötzlich toll geworden und durch die Scheiben in den Garten gesprungen." „Ich sehe es, Hoheit!" „Lass die Scheiben sofort wieder einschneiden und sage dem Gärtner, er soll die Glasscherben aufsammeln, damit sich niemand verletzt!" „Sehr wohl, Hoheit!" „Was hast du getan? Du närrischer Mann", flüsterte Elvira. „Bedauerst du denn nicht den Verlust einer solchen Kostbarkeit?" Der Herzog schüttelte den Kopf. „Nein, Liebste ich bedauere es nicht. Was bedeutet den Barbaren, die nach uns kommen, ein Porzellanhund, aus der Ming-Dynastie? Nichts als eines der Dinge, auf die sie ihre Atombombe fallen lassen können. Darum sollte er von einem Mann zerstört werden, der ihn zu schätzen wusste!" Die Herzogin schwieg. Sie holte einen Kamm und ordnete sein wirres Haar, trocknete seine schweißnasse Stirne und gab ihm dann einen Kuss darauf. „Leg dich ein wenig hin und schlaf ein Stündchen", bat sie. „Du wirst müde sein. – Ich werde mich auch hinlegen!" „Ja, das ist ein guter Rat –, ich werde ihn befolgen!" Er küsste sie innig. Ihre Stirne, ihre Augen, die Schläfen und den Mund. Dann ging er fort, befreit wie einer, der schwere Last abgeladen hat.

Wenige Wochen später – es war knapp vor seinem achtundsechzigsten Geburtstag – stürzte Don Ramon, als er auf seinem Lieblingspferd, Storm, über eine niedere Mauer springen wollte, aus dem Sattel. – Er war auf der Stelle tot. Storm lief einen Bogen und kehrte zu seinem Herrn zurück und versuchte ihn vergeblich, zum Aufstehen zu bewegen. Das ängstliche Schnauben des treuen Pferdes alarmierte einen Bauern. Der gute Mann fiel auf die Knie, als er den Herzog erkannte. Er brachte Don Ramons Leib zum Palazzo, wo ein junges Weib, das sonst so stark war, in eine tiefe Ohnmacht fiel.

12

Als Elvira aus ihrer Bewusstlosigkeit aufwachte und man sie zu dem Bett führte, auf dem Ramon lag, wurde ihr klar, dass sie ein furchtbarer Schicksalsschlag getroffen hatte. Der Mann, den sie so liebte, war nicht mehr. Der letzte Wunsch war ihm erfüllt: nicht in den Armen einer schönen Frau, sondern durch einen Sturz vom Pferd, war er gestorben. Vor innerer Kälte erstarrt, sah sie in sein bleiches Gesicht, das leise und ironisch zu lächeln schien. Joana brachte ihr ein schwarzes Kleid, aber nur widerwillig zog sie es an. Der Anwalt Don Basilio und der Arzt Dr. Campillio untersagten ihr, länger am Bett des Toten zu bleiben. Nach einer Weile kam der Arzt und beruhigte sie mit der Erklärung, dass der Herzog im Sprung von einem Herzschlag überrascht worden sei, und seinen Tod gar nicht bemerkt habe. „Don Ramon hat es geahnt und alles geregelt", sagte Don Basilio, selbst tief erschüttert. „Schon vor Monaten hat er mich, als seinen Freund, beschworen, sie, Donner Elvira, nicht zu verlassen und mich ganz ihnen zu widmen. Nichts in ihrem Leben soll sich ändern, außer sie wünschen es sich selbst ... ausgenommen gewisse Dinge, die sich der Macht des Verstorbenen entziehen." Elvira fragte nicht, welche Dinge das wären. „Zuerst müssen sie sich der Sitte fügen und die Kondolenzen in der üblichen Weise entgegennehmen." Das war eine harte, barbarische Sitte. Stundenlang musste sie in schwarzer Staatsrobe auf dem historischen Witwenstuhl sitzen, der im Hause, schon lange nicht mehr benützt worden war. Er stand im Saal auf einem, mit einem Teppich belegten Podium. Endlos war der Zug der Menschen, die vorüberzogen. Stumm verneigten sie sich drei Mal vor ihr und hauchten einen Kuss auf ihre kalte Hand. Kaum konnte sie durch ihren dichten Schleier erkennen ob es Frauen oder Männer waren. Hinter ihrem Stuhl standen ihre nächsten Diener. Als es dämmerte, zündete man Kerzen an, deren süßer-fetter Geruch, allen Übelkeit verursachte. Erst um acht Uhr wurden die Tore des Palastes geschlossen. Elvira war wie erstarrt, wie zur Mumie geworden. Sie fühlte weder Hunger noch Durst. Ihre Augen waren trocken, ihr Puls ohne fühlbaren Schlag. Joana zwang die geliebte Herrin ins Bett und bewachte ihren traumlosen Schlaf. Oben im Turmzimmer, wo sich der Herzog so gerne aufgehalten hatte, saß Don Basilio über wichtigen Papieren, welche ihm Don Ramon anvertraut hatte. Sein juristischer Sinn suchte nach Klarheit. Es gab viele Schwierigkeiten, auf die sein letzter Wille stoßen konnte. Weder des Herzogs Kinder, noch seine sonstigen Verwandten waren zur Kondolation erschienen. Das war aufgefallen und bedeutete nichts Gutes. Die spanischen Zeitungen widmeten Don Ramon umfangreiche Nachrufe, rühmten seine Verdienste, betonten seine Modernität und lobten seine Fähigkeiten, mit der Zeit zu gehen. Nur das monarchistische ABC warf dem Herzog exzentrisches Verhalten, Deklassiertheit und abwegige Geisteshaltung vor, wofür seine zweite, unstandesgemäße Ehe, mit einer ehemaligen Zirkusreiterin, den besten Beweis brachte. Nicht ohne Absicht war diesem zynischen Artikel ein Hinweis auf Don Enrique, den ältesten Sohn und nunmehrigen Chef des Hauses angeführt, der, wie es hieß, die feste Absicht hatte, das Haus auf die alten, spanischen Traditionen zurückzuführen. Don Basilio las alle diese Zeitungsartikel mit großer Aufmerksamkeit. Er verließ den Palazzo kaum, um jederzeit bei der Hand zu sein und besuchte die Herzogin mehrmals am Tag. Immer traf er sie bei der gleichen Beschäftigung. Sie hatte sich die Scherben des chinesischen Porzellanhundes bringen lassen und versuchte, sie wieder zur einstigen Figur zu kitten. Sie war von tiefer Trauer erfüllt, aber beherrscht. Sie stellte keine Fragen über die Lage der Dinge. Don Basilio wieder redete nicht davon, weil es zu früh und daher taktlos gewesen wäre.

Der Herzog hatte verfügt, dass man ihn ohne Aufsehen um Mitternacht in der Familiengruft, der Kirche San Jeronimo el Real beisetzen möge. So geschah es auch. Die Trauergemeinde war klein. Wieder glänzten die Villaroccas durch Abwesenheit. Am Tag darauf fand die Testamentseröffnung statt. An ihr nahm als Rechtsvertreter Don Enriques, der Advokat Dr. Ventosa teil. Die Verlesung dauerte sehr lang, denn das Testament war mit großer Genauigkeit aufgesetzt und enthielt das ganze Inventar. Don Ramon hatte seine zweite Gemahlin, zur Universalerbin seines Privatvermögens eingesetzt. Der Trennungsstrich zwischen diesem Vermögen und dem gebundenen Familienbesitz, der ungeschmälert an den neuen Chef des Hauses übergehen sollte, war markant gezogen. Don Ramon bemerkte sogar, dass er große Summen seiner privaten Gelder zur Erhaltung des Familienbesitzes verwendet hatte, auf deren Rückzahlung er verzichtete.

Ein Absatz erinnerte Don Enrique daran, dass es nun seine Pflicht sei, der Herzogin-Witwe den traditionellen

Witwensitz in der „Casa Minor", dem kleinen Stadtpalais in beziehbarem Zustand zu übergeben und ihr auf Lebenszeit eine Jährliche, standesgemäße Witwenpension auszuzahlen. Es lag eine Liste aller Geschenke vor, die Don Ramon ihr schon bei Lebzeiten gemacht hatte. Dazu gehörte ihre Garderobe, eine Anzahl Schmuckstücke, ein Sportwagen und der Hengst Achilles. Don Ramon erinnerte sogar an das eigene Konto Elviras, auf dem die Ersparnisse aus ihrem Nadelgeld lagen.

Dr. Ventosa, der Vertreter Don Enriques, staunte über die Raffinesse, mit der dieses Testament abgefasst war, und schrieb sie nicht zu Unrecht seinem Kollegen Don Basilio zu. Er verzog jedoch keine Miene, bat um eine Kopie und empfahl sich höflich. Pietät und Brauch schrieben vor, die Witwe nach einem verstorbenen Herzog noch ein Jahr lang in ihren gewohnten Verhältnissen zu lassen. Während dieser Zeit sollte der neue Chef des Hauses den Witwensitz, wohnlich gestalten, den alten Park neu, mit Blumen zu bepflanzen, Stall und Garage renovieren und auch sonst alles tun, um die Übersiedlung weniger schmerzhaft zu machen. In Elviras Fall geschah das alles nicht. Don Enrique rührte für die Stiefmutter keinen Finger. Er hatte sie noch nie gesehen und wollte von ihr auch nichts hören, als dass sie das Feld geräumt habe und man im Palazzo die Fenster weit öffnen könne, um die entweihte Luft zu entfernen.

Zu nächst schickte er Dr. Ventosa zu Don Basilio, um anzufragen, wie lange „die Dame „noch im väterlichen Palast bleiben würde. „Wir haben keine Eile, wir trauern tief und werden das ein Jahr lang tun. Sobald der Witwensitz bewohnbar gemacht und alles herbeigeschafft ist, worauf die Frau Herzogin Anspruch hat, wird ihre Hoheit die Übersiedlung etwa im kommenden Frühjahr in Erwägung ziehen", erwiderte Don Basilio. „Don Enrique denke nicht daran, etwas Besonderes zu tun. Die Casa Minor stehe leer und könne sofort bezogen werden!" „Ei?", rief Don Basilio, sich die Nase reibend, „das wagt der Junge Herzog, seiner Frau Stiefmutter, zuzumuten? Seit hundertfünfundzwanzig Jahren hat keine Witwe mehr darin gewohnt, weil alle Herzoginnen vor ihren Männern starben. – Ich war dort und habe mich überzeugt, dass sich die Casa Minor in ruinenhaftem Zustand befindet und somit unbewohnbar ist." „Zu dieser Feststellung kann ich mich nicht äußern sagte Dr. Ventosa. „Wie steht es mit der Witwen-Apanage? Wie hoch ist sie und wann wird sie ausbezahlt?" „Auch darüber hat Don Enrique noch nicht entschieden. Der neue Herzog ist arm, er besitzt nichts, als die geringen Erträge aus seinen verschuldeten Gütern. Das Familienvermögen besteht aus siebzehn Burgen, Schlössern und Palästen, Immobilien und Kunstschätzen, von denen man nichts ab beißen kann und deren Verkauf durch Hausgesetz und Familienstolz verwehrt ist." „So, so! Das ist sehr bedauerlich. Unser verstorbener Herzog hat auch nicht mehr besessen, als er Chef des Hauses wurde. Aber er hat gearbeitet und sich so ein Vermögen verdient!" „Das ist Geschmacksache!" Dr. Ventosa zuckte mit den Schultern. „Außerdem ist die Auszahlung, von der baldigen Räumung des Palazzos abhängig." „Wir brauchen das Geld nicht sofort und werden so schnell nicht so bald räumen!", stellte Don Basilio fest. „Sollte Don Enrique ein wenig Bargeld brauchen, kann er sich an die Frau Herzogin wenden. Sie ist sehr gütig und wird ihm ein Darlehen gewähren." Es hätte nicht diese tödliche Beleidigung gebraucht, um die Habgier der Kinder Don Ramons zu wecken. Die besten Juristen wurden herangezogen, sie alle aber mussten bestätigen, dass Don Ramons Testament einwandfrei, dem Gesetz entsprechend und nicht anfechtbar sei. Don Ramon war schlau genug, um seiner Familie nichts zu entziehen, worauf sie Anrecht hatten. Seine Ehe mit Donna Elvira war seine Privatangelegenheit, er vererbte ihr daher nichts als sein Privatvermögen. Dagegen konnte keinerlei Anspruch erhoben werden. Aber es war sein Privatvermögen, das seine Kinder heftig reizte. Selber stolz, dumm und faul, hatten sie immer seine unstandesgemäße Arbeit und Geschäftstüchtigkeit verspottet. Da Geld aber auch in Spanien nicht stinkt, wollten sie jetzt das haben, was er durch Fleiß erworben hatte. Es in den Händen einer Zirkusreiterin zu wissen war unerträglich. Don Basilio erfuhr bald vom gierigen Eifer. Wäre Donna Elvira eine geborene Adelige gewesen, hätte er darüber lächeln können. Aber sie war eine geborene Kratochwil! Sehr bald wurde klar, was Don Enrique plante. Er focht im Namen der ganzen Familie das Testament gerichtlich an und war entschlossen, wenn nötig einen Monsterprozess zu führen. Als Don Basilio davon erfuhr, schlotterten ihm die Knie. Die Nachricht konnte nur bedeuten, dass es schlaue Juristen gelungen war, eine Begründung zu finden.

In der Tat!

Was man da ausgeheckt hatte, war eine ungeheure Frechheit. Das Testament wurde mit der Begründung angefochten, das an Ramons Zurechnungsfähigkeit seit langem Zweifel bestanden hätte. Er wäre weder zum Zeitpunkt seiner zweiten Eheschließung noch bei der Abfassung seiner letztwilligen Verfügung im Vollbesitz seiner

Geisteskräfte gewesen, weshalb diese beiden Taten als ungültig erklärt werden müssten. Don Enrique schämte sich nicht, dafür Beweise anzubieten. Die erste Folge dieser bodenlosen Gemeinheit war, dass das gesamte private Vermögen vom Gericht eingezogen wurde und Elvira nicht mehr darüber verfügen konnte. Es blieb ihr nichts als ihre persönlichen Sachen und Ersparnisse. Danach begann eine langwierige und schwierige Prozedur, denn beide Seiten kämpften mit Ausdauer und List. Don Basilio musste seine Kanzlei vergrößern. Er stellte jedem Antrag einen Gegenantrag, jedem Beweis einen Gegenbeweis und jeden Zeugen einen Gegenzeugen entgegen. Die Zeugen marschierten gegeneinander auf. Heimtücke und Falschheit, Untreue und Verrat, aber auch Edelmut und Wahrheitsliebe zeigten sich vor Gericht maskenlos. Der Akt schwoll an. Leute und Dinge, die damit nichts zu tun hatten, wurden hineingezogen, weit zurückliegende, längst vergessene Ereignisse ausgegraben, Behörden und Persönlichkeiten um Intervention und Protektion gebeten, Bestechungsgelder schmierten so manche Hand, die Zeitungen mischten sich ein und ergriffen heftig Partei. Don Enriques schändlicher Prozess rief sogar die kirchlichen Instanzen auf den Plan.

Im ersten Jahr dieses Prozesses übersiedelte Elvira in das Casa Minor. Der neue Herzog hatte schon vorher nichts für die Bequemlichkeit seiner Stiefmutter gemacht, jetzt seit der Prozess im Gange war, machte er schon gar nichts. Elvira war entsetzt, als sie sah, wo sie jetzt hausen musste. Die Casa Minor, war eigentlich ein reizendes, kleines Palais. Es war aber schon seit Generationen nicht mehr bewohnt. Kein Wunder, dass es so war, wie die letzte Witwe, Donna Philomena es 1826 es verlassen hatte. Es gab weder elektrisches Licht noch sanitäre Anlagen, kein Badezimmer und keinen brauchbaren Ofen. Der Marmor war fleckig und der Stuck bröckelte, in den Böden klafften fingerbreite Ritzen, der Holzwurm nagte in den Verschalungen, in den Gobelins fraßen Motten und der Schimmel quoll aus allen Ecken. Was hier von besonderem Wert gewesen war, hatte man schon vor Jahrzehnten fort geschafft und so war fast kein Inventar vorhanden. Einzig der große Park, versöhnte sie mit dem trostlosen Witwensitz. Dieser Park war wild gewachsen und hatte nun ein märchenhaftes Dickicht aus alten Bäumen, Palmen und Büschen. In seiner Mitte war ein großer See, dessen Oberfläche von Seerosen verdeckt war. Das netteste in diesem Dschungel war ein kleines Häuschen, in dem bis vor Kurzem ein altes Gärtnerehepaar gewohnt hatte. Es befand sich in erträglichem Zustand, deshalb beschloss Elvira sofort, darin zu wohnen, bis es vielleicht gelang, einige Zimmer im Palast selber instand zu setzen.Don Basilio war entsetzt, als er sah, wie dürftig die Herzogin hauste, und beruhigte sich erst, als sie ihn daran erinnerte, dass Don Ramon ihr auch seine Rache vererbt hatte. Gehörte es daher nicht zu ihrer Pflicht, Don Enrique zu demütigen, indem sie sein unritterliches Verhalten auffallend demonstrierte? „Mein Ramon hätte in meiner Lage gewiss auch nicht anders gehandelt!", sagte sie erhobenen Hauptes. „Noch mehr! Er wäre fähig gewesen, sich behängt, mit allen seinen Orden als Bettler an die Puente de Toledo zu stellen, um Madrid zu zeigen, wozu die Kinder eines Herzogs von Villarocca fähig sind." „Ja, das hätte er gemacht", nickte Don Basilio, „darum wäre er jetzt sehr stolz auf sie!"

13

Joana war begeistert von dem Entschluss, in das kleine Häuschen im Garten zu ziehen. Sie hatte die Herzogin auf Knien angefleht, bei ihr bleiben und ihr ewig dienen zu dürfen, was immer auch geschieht. Jetzt lief sie rastlos zwischen dem Palazzo und der Casa Minor hin und her, um die persönlichen Sachen Elviras zu holen. Ihr Eifer hatte aber auch ein ganz kleines selbstsüchtiges Motiv. Sie bat die Herzogin dringend, für männlichen Schutz, in diesem abgelegenen Winkel zu sorgen. Den konnte niemand besserer übernehmen als Jose', Joanas ewiger Bräutigam. Groß, braun und stark, wendig und geschickt, ein prächtiger Bursche, der alles konnte und verstand: Kutschieren, Chauffieren, Pferdepflege, Gartenarbeiten, Tischlern und Installieren, sogar Wäsche waschen und kochen. Elvira erlaubte Joana, ihr diesen Jose' vorzustellen und fand, dass man ihm vertrauen konnte. Jose wieder war sofort bereit, sich für diese wunderschöne Frau in Stücke hacken zu lassen. Im Handumdrehen machte er alle Angelegenheiten der Frau Herzogin zu den seinen. Zunächst wandte er seine Fürsorge, dem Hengst Achilles zu. Im ehemaligen Stall richtete er ihm eine saubere, behagliche Box her. In der Wagenremise stand der Sportwagen, das kleine Kabriolett. Jose' überwand, die jedem echten Macho eigentümliche Abneigung gegen Arbeit, werkte von früh bis spät im Haus und besonders im Garten, weil er den Ehrgeiz hatte, aus diesem Urwald eine Kulturlandschaft zu machen. Manchmal ging er durch den kleinen Palast. Die Mütze respektvoll in der Hand, bestrebt, ein paar Räume zu finden, welche für die Frau Herzogin hergerichtet werden konnten. Jedes Mal gab er auf. Es schien ihm unmöglich.

Elvira lebte zurückgezogen und genügsam. Welch' ein Glück, dass sie die Tochter eines bescheidenen Mannes war. Noch erfüllte sie die Erinnerung an ihre abenteuerliche Ehe. Immer größer und prächtiger wurde das Mausoleum, welches sie Don Ramon in ihrem Herzen erbaute. Sein kluger Geist war auf sie übergegangen und hatte sie Wert von Unwert unterscheiden gelehrt. Noch erinnerte sie sich an seine Worte: Die Hölle ist in uns! Aber auch der Himmel! Vernünftige Menschen müssen beide gerecht teilen! Das war aber eine Kunst, die nicht jeder beherrschte. Elvira wunderte sich über nichts mehr. Es fiel ihr kaum auf, dass all die vielen Leute, die früher ihre Hüte nicht tief genug ziehen konnten, nun da der Herzog nicht mehr war, den Weg in ihr Gartenhäuschen nicht fanden. Madrid war eine große Stadt. In ihr verliefen sich Charakter und Ehrenhaftigkeit schneller als herrenlose Hunde. Wer regelmäßig kam und viele Stunden blieb, war der gute Don Basilio. Er kam, um über den Fortgang des Prozesses zu berichten, vor allem aber, um Elvira immer wieder klar zu machen, dass das Recht eine Sache ist, von der man nicht abweichen darf, es sei denn gegen eine Summe, die groß genug ist, den Schmerz darüber, zu überwinden. „Leider kann ich mich nicht so niedriger, schändlicher und gemeiner Mittel bedienen, wie Don Enrique", bekannte er. „Er hat keine Skrupel. Ich hingegen kann nichts tun, als seine Behauptungen zu bestreiten und zu widerlegen." „Ich kann mir denken, dass es kein schamloseres Prozessthema gibt, als eine Erbschaft, die einer gemacht hat, während ein anderer, sie haben will", sagte Elvira. „So ist es! Die lange Bank, auf die so ein Prozess geschoben werden kann, ist in Spanien besonders lang. Wenn es sich, wie in unserem Fall, zugleich um ein posthumes Entmündigungsverfahren handelt, also um den Versuch, einen sehr gescheiten aber leider schon verstorbenen Menschen, nachträglich für einen Narren zu erklären, können sich die Gegner hinter Bergen von Gutachten, Zeugenaussagen, Anträgen und Gegenanträgen verschanzen. Ein solcher juristischer Krieg ist ein Paradies für Rechtsanwälte. Aber, wie seltsam! Donna Elvira, rechtmäßige Herzogin-Witwe, um deren persönliches Schicksal es ging, wurde in diesem mörderischen Prozess gar nicht beachtet. Man lud sie nicht vor, befragte sie nicht, wollte nicht hören, wie ihre Meinung war, mit einem geistig normalen oder verrückten Gatten, verheiratet gewesen zu sein. Das große Wort führten hier Leute, die es vermutlich besser wussten und sich kein schlechtes Gewissen daraus machten, einem toten Löwen unkönigliche Eigenschaften nachzusagen.

Don Basilio zitterte oft vor Wut, wenn er hörte, was man seinem verstorbenen Freund, in die Schuhe schob. Man suchte in dessen Leben, weit zurück, nach den ersten Symptomen beginnender Geisteskrankheit und fand eine ganze Menge. War es etwa nicht abwegig, dass er umfangreiche Ländereien, die zu besitzen, jeden Adeligen stolz gemacht hätte, an Bauern oder Landarbeiter verkaufte oder verpachtete, um den Erlös, in Fabriken zu stecken? War es normal, dass ein Grande erster Klasse, Papier und Glasfabriken, Elektrizitätswerke, Schiffswerften und Handelsgesellschaften gründete? War seine Abkehr von alten Traditionen nicht komisch? Zeugen sagten aus, dass man aus dem Kopfschütteln nicht herausgekommen sei. Wann, zum Beispiel, hatte ein Herzog je Zeitungsartikel geschrieben? Oder sich im Sportdress für die Ahnengalerie malen lassen? Oder es unterlassen, bei den großen öffentlichen Prozessionen, Kerzen tragend im Gefolge des Königs zu schreiten? Oder ... oder ... oder? Je tiefer man in seinem Leben bohrte, desto grässlicher sah Don Ramon aus. Alles wurde durchleuchtet. Es wurde von der Ohrfeige geredet, die er vor fünfundzwanzig Jahren einem Prinzen des Königshauses gegeben hatte, von seinen zahlreichen Duellen, seiner Hitzköpfigkeit einer – und seiner Gleichgültigkeit andererseits. Don Enrique, kam mit einer bestimmt nicht vollständigen Liste seiner bekanntesten Geliebten und der daraus entsprungenen Kinder, nebst dem Verzeichnis der ungewöhnlich hohen Alimente, die dieser hemmungslose Lebemann dafür bezahlte. Das alles war aber nur die Einleitung, zu der delikaten Verheiratung mit einer ausländischen Zirkusreiterin namens Kratochwil.

„Wollte man, über alles Bisherige mit sich reden lassen und es als jene Extravaganz betrachtet, zu der hochgestellte, vermögende Männer neigen", dozierte Dr. Ventosa, „so könne man über das Verhalten des Herzogs in den letzten Jahren, nur einer Meinung sein, nämlich, dass sich das pathologische Bild eines niemals, ganz normalen Mannes ergibt, der mit beginnender Senilität den Rest seines Verstandes ganz verloren hat. Daraus muss der Schluss gezogen werden!" rief der Anwalt mit erhobener Stimme, „dass der Herzog nicht mehr im vollen Besitz seiner Geisteskräfte war, als er seine zweite Ehe schloss und sein merkwürdiges, die eigenen Kinder enterbendes Testament schrieb!"

Für diese kühne Behauptung fehlte es nicht an zwingenden Beweisen. Allein der spontane Entschluss, eines zweiundsechzigjährigen Mannes von höchstem Adel, eine neunzehnjährige Zirkusreiterin von proletarischer Abstammung zu heiraten, könne nur als offener Ausbruch schlummernden Irrsinns gewertet werden. Die Eile und Heimlichkeit, mit der die Trauung vollzogen wurde, der Umstand, dass der Herzog die Brautnacht mit seiner Gattin in verschiedenen Nachtlokalen verbracht hatte, die Verborgenheit, in die er sich mit ihr zurückzog und gleich darauf die von ihm veranstalteten, verschwenderischen Feste, zu denen Leute eingeladen wurden, die früher den Palast niemals hätten betreten dürfen. Das alles beweise das rasche Fortschreiten seiner Geisteskrankheit, auf deren Höhepunkt dann das nun angefochtene, skandalöse Testament zustande gekommen war. Ein wichtiger Zeuge, Ernesto, der ehemalige Haushofmeister, sagte aus, dass die Frau Herzogin selber ihren Gatten als verrückt, toll und närrisch bezeichnet habe. Das war schon vorher mehrmals, besonders aber anlässlich einer unheimlichen Szene geschehen, als der Herzog einen kostbaren chinesischen Porzellanhund durch das geschlossene Fenster in den Garten geworfen habe. Der Zeuge sei hinter der Tür gestanden und habe deutlich gehört, wie die Frau Herzogin entsetzt rief: „Du bist verrückt! Du bist toll, Ramon! Was hast du getan, du närrischer Mann?", worauf der Herr Herzog lachte und etwas von einer Atombombe redete." Es sei eben – und das bezeugen ehemalige Diener und Angestellte – im Palast, seltsam und närrisch zugegangen. Belauschte Gespräche, gesehene Intimitäten, aufgeschnappte Äußerungen und belanglose Begebenheiten erhielten Bedeutung und ließen den Eindruck entstehen, der Palazzo wäre ein Irrenhaus gewesen.

Don Basilio wieder ließ aus seinen Reden und Schriftsätzen einen ganz anderen Don Ramon auferstehen, einen edlen, weisen und gerechten Mann und echten spanischen Granden, der sein Land über alles geliebt hatte und bestrebt war, es an die moderne Welt anzuschließen. „Das Mittelalter, das bei uns bis in die Neuzeit gedauert hat, ist vorüber!", rief der alte Herr. „Seine Hoheit, der sechzehnte Herzog, hat das erkannt und danach gehandelt … öffentlich und privat. Dass Don Ramon nicht mehr im Vollbesitz seines Geistes war, als er zum zweiten Mal heiratete, wird niemand zu behaupten wagen – es wäre denn, er ist ein bestochener Lump – der all die Jahre Zeuge dieser beispielhaften, glücklichen, vorbildlichen Ehe war. In Spanien ist es jedem erlaubt sein Glück zu suchen. Nichts anderes hat Don Ramon getan. Ihn deswegen zum Narren zu stempeln, ist eine Gemeinheit sondergleichen und fällt auf jene zurück, die gerichtlich anerkannt sehen wollen, dass sie die Kinder eines Geisteskranken sind. Dieser Prozess zeigt in aller Öffentlichkeit, nicht nur, wie tief Kindesliebe, selbst in den Häusern des Hochadels gesunken ist, sondern er stellt den unglaublichen Versuch dar, einen, um das Land hochverdienten Mann, der sich Zeit seines Lebens der Hochachtung der Menschen erfreute, im Tod auf das Niedrigste zu schmähen und damit alle seine Freunde, besonders aber tausende der ärmsten Spanier, Bauern und Arbeiter, die von ihm unzählige Wohltaten empfangen haben, tödlich zu beleidigen." Als er das sagte, gab es im Zuhörerraum starken Beifall. Dort saßen Pächter und Bauern, aber auch Arbeiter und Angestellte aus seinen Fabriken.

125

Unter diesen einfachen Menschen lebte die Angst, das Lebenswerk des Herzogs könnte durch Don Enrique zerschlagen und sie selbst dadurch um ihre Existenz gebracht werden. Der Richter gebot Ruhe und ermunterte Don Basilio weiter zu reden. Der alte Anwalt wies auf die zahlreichen Versäumnisse und abgelehnten Anträge hin. Endlich beantragte er die Vorladung einer bisher nicht gehörten Kronzeugin: der Herzogin-Witwe. „Worüber die Frau Herzogin-Witwe befragt werden solle", fragte der Richter? „Ob sie während ihrer fünfjährigen Ehe den Eindruck gehabt habe, mit einem Geisteskranken verheiratet gewesen zu sein." Der Senat zog sich zur Beratung zurück und verkündete bei seiner Rückkehr, dass diesem Antrag statt gegeben werde. Wie schade, dachte Don Basilio auf dem Heimweg, dass wir nicht mehr im alten Griechenland leben. Donna Elvira könnte es so machen, wie einst Madame Phryne …

14

Madame Phryne, auf die sich der Stoßseufzer bezog, war die schönste Frau in Athen des vierten vorchristlichen Jahrhunderts und das Lieblingsmodell des großen Bildhauers Praxiteles. Als sie unter der Anklage, die Götter gelästert zu haben, vor Gericht geladen worden war, entblößte der Verteidiger Hypereides ihren Busen, worauf die alten Richter vor so viel Schönheit in die Knie sanken und sie frei sprachen. Daran hatte er gedacht, als er die Ladung Donna Elviras durchsetzte. Der Fortschritt unserer Sitten erlaubt es den Phrynen von heute, im Ballsaal mehr zu zeigen, als die schöne Athenerin damals. Auch sind die Richter ebenso alte Männer, denen nicht mehr das Tun, sondern das Betrachten letzte Freude ist. Es wäre sinnlos, so zu handeln wie sein Kollege von damals. Deshalb sein Stoßseufzer!

Das Gericht empfing Donna Elvira mit gebührendem Respekt. Es erhob sich und der Präsident verneigte sich vor der imponierenden Erscheinung der Herzogin-Witwe. Elvira war jetzt sechsundzwanzig Jahre alt, in ehelicher Liebe erblüht wie eine Rose, sehr fraulich und souverän beherrschte sie die aristokratischen Umgangsformen. Wie sie nun in elegantester Halbtrauer vor den Richtern stand, bot sie das vollkommene Bild einer Adeligen. Einen Augenblick lang herrschte beklommenes Schweigen. Man hatte erwartet, in der zweiten Gattin einen Vamp, wie aus amerikanischen Magazinen, zu sehen, eine Abenteuerin,

durch Art und Benehmen, sogleich gerichtet. Nun sah man hier die königliche Erscheinung einer gepflegten, gesunden und schönen jungen Frau, an der nichts Unechtes oder Gekünsteltes zu sehen war. Die Herzogin erwiderte den Gruß des Präsidenten mit leichtem Kopfneigen und schaute dem alten Herrn nun offen in die Augen, weil es an ihm war, das erste Wort zu sprechen. Der ließ sich in seinen Stuhl nieder, legte sein Barett von der linken auf die rechte Seite und sagte: „Ihr Rechtsanwalt hat den Antrag gestellt, sie, Frau Herzogin, vor diesen Senat zu laden. Diesem Antrag wurde statt gegeben. Es soll an sie nur eine Frage gestellt werden. Sie können die Antwort darauf verweigern, wenn aus der Antwort, Nachteile für sie, oder ihrer Sache entstehen könnten. Das Gesetz erlaubt Ihnen aber auch, sich der Zeugenaussage zu entschlagen. Wenn sie jedoch aussagen wollen, dann müssen sie die Wahrheit und nichts als die Wahrheit sagen. – Haben sie das verstanden, Frau Herzogin?"
„Ich habe es verstanden, Exzellenz", antwortete sie, „und bin bereit, die Fragen wahrheitsgemäß zu beantworten!"
Der Präsident räusperte sich, suchte eine Weile im Akt und holte dann einen Zettel heraus. Dann sagte er – es war ganz lautlos im Saal: „Die Frage, welche das Gericht, an sie zu stellen beschlossen hat, lautet: Haben Sie, Frau Herzogin, während Ihrer fünfjährigen Ehe mit dem Herrn Herzog von Villarocca den Eindruck gehabt, mit einem Geisteskranken verheiratet gewesen zu sein?"
Über Elviras ernstes Gesicht huschte ein Lächeln! „Nein", antwortete sie, „diesen Eindruck habe ich nicht gehabt. Ich habe in meiner fünfjährigen Ehe viel mehr den Eindruck gewonnen, in meinem bisherigen Leben noch nie einen Mann gekannt zu haben, der so klug,

so klar und logisch dachte, wie dies mein verstorbener Mann gemacht hatte." „Danke, Frau Herzogin!" nickte der Präsident. „Hat einer der Herren eine Frage an die Frau Zeugin? – Bitte, Don Basilio!" Der Advokat erhob sich, machte eine Pause und sagte dann seine Augen auf Elvira gerichtet: „Im Verlauf dieses Prozesses ist immer wieder auf die Unnatürlichkeit der ehelichen Verbindung zwischen einem neunzehnjährigen Mädchen und einem zweiundsechzigjährigen Mann hingewiesen worden. Wie haben Sie, Frau Herzogin, diesen beträchtlichen Altersunterschied empfunden? Hat er ihnen geistiges oder körperliches Unbehagen verursacht?" Elvira antwortete: „Ich habe diesen Altersunterschied, wenn überhaupt, nur wohltuend empfunden. Er hat es mir ermöglicht, zu meinem Gatten jenes unbedingte Vertrauen zu fassen, das ich einem gleich alten oder nicht wesentlich älteren Mann gegenüber nicht so leicht aufgebracht hätte. Deshalb fühlen sich viele junge Mädchen zu älteren Männern weitaus mehr hingezogen als zu jungen." „Können Sie diese Gefühlseinstellung näher erklären?" Elvira dachte nach: „Ältere Männer sind klüger und reifer, sie haben Verantwortung und Manieren. Sie verstehen uns Frauen besser und schätzen uns höher. Ihre Zuneigung ist beständiger, denn sie freuen sich, wenn ihre Liebe sesshaft geworden ist und nicht mehr wandern braucht." „Ihre Ehe war also eine glückliche?" „Eine überaus glückliche!" bestätigte sie. „Sie hat mich und meinen Gatten so erfüllt, dass neben ihr nichts anderes Platz hatte." „Danke, Hoheit!", sagte Don Basilio. Er schaute triumphierend herum und setzte sich. Jetzt stand Don Enriques Anwalt, Dr. Ventosa auf. Er richtete seinen scharf gespitzten Bleistift auf die Herzogin und sagte: „Es ist verständlich, dass Sie Ihre Ehe, hier vor dem Gericht in bunten Farben schildern. Das dient ihrer Sache. – Aber zu Hause ... im Palast? Waren sie dort nicht der Ansicht, es mit einem Geistesgestörten zu tun gehabt zu haben?"

„Dieser Ansicht war ich niemals!", rief Elvira. „Ich habe meinen Gatten geliebt. Aber ich hätte ihn auch, wäre ich nicht seine Frau gewesen, seines edlen Charakters, seiner hohen Bildung und tiefer Lebenserfahrung wegen geachtet und verehrt. Niemals habe ich ihn für geistesgestört gehalten!" „Das ist merkwürdig", meinte Ventosa mit bösem Lächeln. „Glaubwürdige Zeugen haben ausgesagt, dass Sie ihren Gatten mehrmals und bei verschiedenen Anlässen zugerufen haben: „Du bist verrückt! Du bist toll, Ramon! – Können sie das bestreiten?" „Aber nein!" rief Elvira mit perlendem Lachen. „Gewiss habe ich ihm das zugerufen. Es waren die Rufe meines Entzückens, über seine originellen Einfälle oder brillanten Gedichte, die er wie ein großer Dichter vorzutragen verstand. Ein solcher Ausruf ist doch kein psychiatrisches Gutachten. Wenn man alle Ehemänner, die von ihren Ehefrauen als verrückt oder toll bezeichnet worden sind, ins Irrenhaus sperren wollte, gäbe es auf den Straßen nur mehr Junggesellen oder Witwer.Der Senat, auch der Präsident, Don Basilio, die Saaldiener und die Zuhörer brachen in schallendes Gelächter aus. Nur Ventosa ließ sich nicht beirren. „Einmal haben Sie Ihren Gatten, anlässlich einer Szene als verrückt, toll und närrisch erklärt, die ein schwerwiegender Beweis für seine Sinnesverwirrung ist. Als er einen antiken chinesischen Porzellanhund von großem Wert, ohne jeden Grund durch die Fensterscheibe in den Garten warf." „Der Porzellanhund hat ihm gehört, er konnte damit machen, was er wollte!" „Gewiss! Aber ein vernünftiger Mensch vernichtet seinen wertvollen Besitz nicht ohne Grund." „Woher wissen Sie, dass mein Gatte keinen Grund dazu hatte?" „Ei! Können Frau Herzogin uns diesen Grund sagen?" „Der Hund hatte ein boshaftes Gesicht, das Don Ramon an seine Kinder und Verwandte erinnerte!" Abermals gab es tosendes Gelächter! „Nachher soll der Herr Herzog, völlig zusammenhanglos von der Atombombe, geredet haben." „Er hat davon geredet, aber nicht zusammenhanglos. Er erklärte nämlich, dass es besser wäre, die Denkmäler alter Kulturen würden von jenen vernichtet, die sie zu schätzen wüssten, anstatt demnächst das Ziel einer Atombombe zu sein." „Sie haben eine solche Meinung nicht für überspannt und abwegig gefunden?" „Im Gegenteil! Ich fand sie richtig und habe wieder erkannt, wie er unter der Bedrohung unserer Kultur, durch den Vernichtungswahn, litt." „Danke, sagte Dr. Ventosa. „Ich habe keine Fragen mehr!"

Der Präsident legte sein Barett von der rechten auf die linke Seite und sagte: „Hoheit sind mit Dank entlassen. Sie können sich entfernen, oder auf einem Stuhl, an der Seite ihres Anwalts, Platz nehmen." Elvira nickte zustimmend und setzte sich neben Don Basilio. Sie wollte den nächsten Zeugen hören, Dr. Campillio, den Leibarzt, dessen Meinung als Mediziner eingeholt werden sollte. Der Arzt besaß Humor, den er hier mit Freude entwickelte. „Ich habe die Ehre gehabt, zwanzig Jahre lang der Leibarzt des Herzogs zu sein. Seine Wahl ist auf mich gefallen, weil ich einmal zu den jungen spanischen Ärzten gehört habe, die durch seine großzügige Stiftung im Ausland studieren durfte. Zur Beurteilung geistiger Erkrankungen berechtigt mich der Umstand, dass ich über ein Jahr Schüler Wagner-Jaureggs war und an dessen weltberühmter psychiatrischer Universitätsklinik in Wien als Sekundararzt gearbeitet habe." „Bitte, nicht so ausschweifen, Herr Doktor!" mahnte der Präsident. „Ich werde mich kurz fassen, Exzellenz, obwohl ich glaube, dass in einem Verfahren über den Geisteszustand eines der gescheitesten Männer unseres Landes, gerade dem Arzt, der ihn am besten beurteilen kann, die notwendige Zeit eingeräumt werden muss." „Das soll auch geschehen. Ihre Studien, Kenntnisse und Auslandserfahrungen werden von meinem Senat nicht angezweifelt. Wir müssen uns aber auf den Gegenstand beschränken! – Sie waren also zwanzig Jahre lang, Leibarzt des Herzogs?" „Jawohl! Aber, ich habe in dieser Eigenschaft wenig zu tun gehabt. Der Herzog besaß eine ungemein kräftige Konstitution, war nahezu immun gegen Erkrankungen wie Schnupfen, Husten, Halsschmerzen. Sein Herz, sein Magen und seine Lunge waren ohne Befund. Angeborene Fehler bestimmter Organe waren bei ihm nicht festzustellen, genauso wie Zuckerkrankheit, Gicht oder Fettsucht. Ganz besonders aber möchte ich zur Entkräftigung der bisher aufgestellten Behauptung feststellen, dass der Herzog kein asthenischer Typ war" „Was ist das?" fragte der Präsident. „Fassen sie sich gemeinverständlich, Herr Doktor." Dr. Campillio zeigte lächelnd seine weißen Zähne. „Nach Kretschmer unterscheidet die Medizin drei normalbiologische Typen. Dazu gehört der asthenische Typ, der sogenannte Habitus asthenikus ... Seine Hauptzüge sind Entero- und Splanchoptose, nervöse Dyspepsie, Neurasthenie mit besonderer Reizbarkeit des Gefäßsystems, Blutarmut, Costa fluctuans ... „Ist dieser Typ für Geisteskrankheiten anfällig?" „Nach medizinischer Erfahrung, ja. Es gibt ferner den pyknischen Typ, den ich nicht näher erklären will, denn der Herzog gehörte nach Soma und Psyche dem dritten und idealsten der drei Kretschmer-Typen an: dem athletischen. Ich habe selten einen Menschen ärztlich beurteilt, der normaler, gesünder und robuster gewesen wäre!" „Sie sind also der Ansicht, dass der Herr Herzog keine körperlichen, besonders aber keine geistigen Anomalien aufgewiesen hat?" „Ich bin bereit, das zu beschwören. Der Herzog war bis zu seinem natürlichen Tod durch Herzschlag geistig vollkommen gesund!" „Seine Exaltiertheit war doch allgemein bekannt!" warf Dr. Ventosa ein. „Exaltiertheit ist keine Geisteskrankheit" parierte der Arzt. „Sie ist eine Steigerung der Gefühlsäußerung, wie sie häufig bei Künstlern, Politikern, ja selbst bei Rechtsanwälten, kurz bei geistig regsamen, phantasiebegabten Menschen vorkommt. Die Menschheit verdankt ihr die großen Religionen, die Kunst und den Fortschritt." „Und die Sache, mit dem Porzellanhund?" höhnte Dr. Ventosa. „Sie fordern mich heraus", sagte der Arzt scharf. „Darum muss ich feststellen, dass die dem Herzog vorgeworfene Exaltiertheit eine typische Familieneigenschaft, des Hauses Villaroccas ist. Wenn sie wünschen, kann ich das sofort beweisen." „Um Gottes Willen, nein!", rief der Präsident. „Ich bitte die beiden Herrn Doktoren, sich zu beruhigen." Er wandte sich an Don Basilio: Haben sie eine Frage an den Zeugen?" „Ja", nickte der und erhob sich. „Ja, aber ich möchte vorher noch feststellen – in diesem Prozess geht es um den Anspruch eines Weibes, dem der verstorbene Gatte das Beste und Schönste gewünscht und gegönnt hat. Es geht darum, ob der auf das Glück seines geliebten Weibes gerichtete Wille eines Ehegatten anzuerkennen und zu erfüllen ist. Um sonst nichts!" „Wir sind noch im Beweisverfahren!", rügte der Präsident. Don Basilio verneigte sich, „Pardon, Exzellenz. Doktor Campillio denkt als Arzt und erfahrener Psychiater von uns Rechtsanwälten zu hoch. Ich bekenne, dass ich mich soeben, der Gerechtigkeit zu liebe, exaltiert benommen habe, denn mich beseelt der Glaube an das Recht, dessen Quelle die edle Gesinnung von uns Spaniern ist. Ich möchte kein Spanier sein, wenn ich das nicht glauben dürfte." „Das will ich gelten lassen. Nun stellen sie endlich die Frage!" „Hören sie mir zu, Herr Doktor und achten sie auf jedes Wort", sprach Don Basilio ernst. „Der Prozessakt enthält das Gutachten einer medizinischen Kapazität. Darin steht folgender Satz: Nichts ist schwerer, als aus Berichten, deren Objektivität nicht überprüft werden kann, auf den Geisteszustand einer bereits verstorbenen Person zu schließen. Die spontane Verehelichung des damals zweiundsechzigjährigen Herzogs mit einer neunzehnjährigen Zirkusreiterin, einfacher Herkunft, gestattet jedoch die Annahme, dass sich der Herzog zu dieser Zeit, einem Liebesparoxismus hingegeben hat und als Symptom der Senilität, des Mangels an Urteilskraft und bedenklicher Geistesschwäche gewertet werden muss." Don Basilio machte eine Pause, weil er den Zuhörern Zeit gönnen wollte, den Sinn des Zitates zu erfassen. „Nun, Herr Doktor, bitte ich sie als Schüler des großen Österreichers Wagner-Jauregg den Begriff „Liebesparoxismus" wissenschaftlich exakt zu erklären und was darunter zu verstehen ist." Dr. Campillio strich unglaublich lange über seinen schwarzen Bart, dachte mit geschlossenen Augen intensiv nach und sagte dann: „Euer Exzellenz! Hochverehrter Don Basilio! Die an mich gerichtete Frage klingt interessant. Meine Antwort aber wird sie enttäuschen. – Der Begriff Paroxismus stammt aus dem Griechischen und bedeutet „spitz-gesteigert." Wir Mediziner sehen darin, die höchste Steigerung einer beliebigen Sache. Aber wir können mit dem Begriff Paroxismus herzlich wenig anfangen, denn es sagt nur Allgemeines, nicht aber Bestimmtes. Er gehört in die Gebiete der Naturforschung und Psychologie." „Ich wollte besonders den „Liebesparoxismus" erklärt haben", drängte Don Basilio. Der Doktor lächelte nachsichtig. „Der ist eine normale, periodisch wiederkehrende, allgemein bekannte Erscheinung bei Mensch und Tier. Ich möchte ihn die Voraussetzung des Lebens überhaupt nennen. Wer je ein Vogelpaar in seinem Liebeswerben, zwei Skorpione in ihrem Brauttanz oder zwei verliebte Menschen beobachtet hat, erkennt, was Liebesparoxismus ist." „Er kann also nicht als abnormal, krankhafter Zustand der Sinnesverwirrung bezeichnet werden?" Dr. Campillio, lächelte: „Ich habe schon betont, dass das Gegenteil zutrifft. Nur ein abnormaler, kranker Mensch mit verkümmerten Sinnen wird während der Periode seiner Mannbarkeit den Liebesparoxismus nicht erleben. Im stärksten Gegensatz zu dem zitierten Gutachten muss ich feststellen, dass die Fähigkeit zum Liebesparoxismus mit beginnender Senilität schwindet. Die Natur hat den Zeugungsakt mit Genuss verbunden, das Verlangen, ihn auszuführen und das Werben um den Partner aber mit einer vorübergehenden und durchaus notwendigen Sinnesverwirrung." „Also doch Sinnesverwirrung!" rief Dr. Ventosa. „So sieht das jeder, der sich zufällig nicht im gleichen Zustand befindet", belehrte der Doktor. „Es gibt unzählige Männer, die von sich selbst behaupten, dass sie – als sie heirateten – verrückt gewesen sei müssen.

Unzählige Frauen beteuern dasselbe. Offenbar ist es der Menschheit nur unter dem weisen Einfluss der „Liebeskrankheit" möglich, sich fortzupflanzen und ihre Art zu erhalten. Wer alleine auf die Vernunft hören wollte, die ihn vor Verantwortung, Verpflichtungen und Familienleben warnt, hätte keinen Grund, ein Weib zu suchen und Kinder zu zeugen. Mit einem Wort: Die Liebeskrankheit ist die Wichtigste aller Emotionen. Ihm verdanken Sie, Don Basilio, der Herr Präsident, die Herren Beisitzenden ... und sogar Doktor Ventosa sein Leben." Als Dr. Campillio dies, zynisch lächelnd sagte, applaudierten einige Damen im Zuschauerraum begeistert. „Ihre Ausführungen waren sehr interessant", sagte der Präsident. „Bedauerlicher Weise darf ich sie nur als Zeuge, nicht aber als Sachverständiger anerkennen. Ich danke, Herr Doktor!" Er verbeugte sich vor dem Senat, dann vor Donna Elvira und ging schnell aus dem Saal. Er hatte in seiner Klinik eine Blinddarmoperation, die wichtiger war als dieser Prozess.

15

Der Saaldiener hatte, während der Doktor noch redete, dem Präsidenten eine Visitenkarte übergeben. Die wurde nun gelesen. Als der Arzt die Türe hinter sich geschlossen hatte, bimmelte er mit seiner Glocke und verkündete: „Es hat sich, wie ich soeben erfahre, eine bekannte und hoch geachtete Persönlichkeit dem Gericht als freiwilliger Zeuge angeboten: Seine Exzellenz, der Herr ehemalige könig-liche Oberstallmeister und Adelsmarschall von Spanien – Carlos, Manuel, Roberto, Bonifacio, Juan, Mariano und so weiter und so weiter Marques de Arita. Er hat mich aber nicht wissen lassen, was er zum vorliegenden Fall sagen wird. Ich frage die Herren Anwälte, ob sie gegen seine Ein-vernahme Einspruch erheben?" „Ich erhebe keinen Ein-spruch!", rief Dr. Ventosa sofort. Der Marques gehörte dem konservativsten Flügel der Hocharistokratie an. Er hielt ihn darum für einen nützlichen Zeugen. Das wusste auch der Präsident und schaute zu Don Basilio. Der sagte: „Kein Einspruch, Exzellenz!" „Der Herr Marques wird gebeten in den Zeugenstand zu treten." Spannungsvolle Minuten vergingen. Durch die Tür kam ein stattlicher, sehr alter Herr, in mit Ordenübersäter, altmodischer Uniform, den Degen an der Seite und den federgeschmückten Zweispitz unter dem linken Arm. In seinem sonnengebräunten Ge-sicht mit dem Schnurrbart blitzten seine dunklen Augen.

Wieder erhoben sich Präsident und Räte. Alle schauten gespannt auf die bekannte Erscheinung des alten Grande, dessen Ahnen auf jeder Seite der Geschichte Spaniens standen. „Exzellenz, Herr Marques", redete der Präsident ihn an, „Sie haben sich dem Gericht als freiwilliger Zeuge in dem Erbschaftsprozess Don Enriques, Herzog von Villarocca, kontra Donna Elvira, angeboten. Was wünschen Sie zu der Streitsache zu sagen?" Der alte Kavalier stand so stramm, wie einst vor König Alfonso XIII., dessen letzter Oberstallmeister er gewesen war. Sein schlohweißer Bart wippte. „Ich habe mich als Zeuge angeboten, weil ich als täglicher Leser der Zeitungen, aus dem Staunen nicht heraus komme." „Worüber staunen sie?" „Ich staune darüber, dass diese Auseinandersetzung innerhalb einer der ältesten Adelsfamilien, in der Öffentlichkeit ausgetragen wird. Sie gehört vor die Adelstafel!" „Die ist abgeschafft, Herr Marques", belehrte der Präsident. „Heute sind in Spanien alle Menschen vor dem Gesetz gleich!" Der Marques staunte. „Abgeschafft?", wiederholte er verstört. „Ach so ... abgeschafft! Nun ja, wir haben vieles erlebt: zwei Weltkriege, die Abdankung Seiner Majestät, des Königs, einen blutigen Bürgerkrieg ... Sie ist also abgeschafft, die Adelstafel?" „So ist es. Dieses Gericht muss alles hören, was sie zu der vorliegenden Sache zu sagen haben. Sind sie ein Verwandter oder waren Sie ein Freund des verstorbenen Herzogs?" „Diese Frage wundert mich, aus ihrem Mund, Exzellenz!", rief der alte Herr. „Ganz Spanien weiß, dass zwischen den Häusern Villarocca und Arita eine historische Feindschaft besteht, die ihren Anfang im dreizehnten Jahrhundert genommen hat. Haben Sie denn nicht das Werk meines Urgroßvaters, Don Bonifacio, aus dem Jahre siebzehnhundertsechsundneunzig darüber, gelesen?" „Leider, nein Herr Marques!" „Die Villaroccas sind schuld, dass das genauso alte und verdiente Haus Arita in den zweiten Grandenrang zurückgedrängt wurde und dort bis heute geblieben ist. Seit Jahrhunderten kämpfen wir Aritas gegen dieses Unrecht. Niemals hat es zwischen unseren Häusern Verbindungen gegeben oder persönliche Beziehungen, die über das Maß der Höflichkeit hinausgegangen wären." „Bedauerlich! Bitte kommen Sie zur Sache!" „Das tue ich! Ich rede zur Sache, denn man könnte, was ich jetzt mache, nicht verstehen, wüsste man nicht, wer ich bin und wie ich zu den Villaroccas stehe." „Aber sie müssen konkrete Angaben machen", drängte der Präsident. „Das weiß ich", erboste sich der Marques. „Ich bin vierundachtzig Jahre alt, aber ich werde nie alt genug sein, mich als spanischer Aristokrat nicht aufzuregen, wenn spanischen Aristokraten Unrecht zugefügt werden soll." Der Präsident seufzte: „Wem, soll ihrer Meinung nach ein Unrecht zugefügt werden?" „Dem verstorbenen Herzog, Don Ramon und seiner verehrungswürdigen Witwe, Donna Elvira." Diese Erklärung war sensationell und hätte niemand von dem Marques erwartet. „Das ist der Grund, warum ich hier erschienen bin." Fuhr der Alte fort, nachdem sich das Publikum beruhigt hatte. „In diesem Prozess geht es um die Ehre des spanischen Adels. Welches seiner zahlreichen Mitglieder ist für die Frau Herzogin eingetreten?" „Keines, Herr Marques, kein einziges!", rief Don Basilio dazwischen. Der ehemalige königliche Oberstallmeister griff an den Degen. „Das ist eine Schande!", rief er. „Eine Schande ist es! Aber ich will sie mildern, indem wenigstens ich, als Senior des Hauses de Arita die Ehre des spanischen Adels vertrete." Die Bauern und Arbeiter in den hinteren Reihen trampelten laut. Selbst in den vorderen Reihen klatschte man. Der Präsident griff drohend nach der Glocke. Seine Ungeduld verbergend, fragte er gütig wie ein Vater: „Zu welchem Punkt des Erbschaftsstreites wollen sie aussagen?" „Ich lese und höre, dass Don Ramon, den ich seit meiner Jugend kenne und ungeachtet unserer Rivalität hoch geschätzt habe, in einem Entmündigungsverfahren, das seine eigenen Kinder gegen sein Andenken eingebracht haben, nur deshalb zum Geisteskranken erklärt werden soll, weil er als älterer Mann, ein junges Mädchen zu seiner Frau gemacht hat. Als ich das erfuhr, wurde ich zornig, denn auch meine zweite Gemahlin ist um siebenunddreißig Jahre jünger als ich. Wenn Don Ramon deswegen ein Narr war, dann bin ich auch einer!"Das Publikum lachte laut heraus. Der Präsident und seine Beisitzer stimmten ein. Nur Dr. Ventosa, schaute betroffen auf seine Notizen. Solche Aussagen hatte er von diesem Zeugen nicht erwartet. „So ist es", fuhr der Marques fort, „und ich lege Wert darauf, dass alle Welt es erfährt. Meine Donna Margerita war die siebzehnjährige Tochter eines armen Bauern, als ich sie mit zweiundfünfzig Jahren, zu meiner zweiten Marquise machte. Unsere Majestäten haben Donna Margerita huldvoll empfangen und der König hat zu mir gesagt: „Recht so, Don Carlos! Ich freue mich, wenn mein Adel sich seine Frauen vom Land holt. Wir müssen unser Blut auffrischen, wenn wir nicht wollen, dass unsere Söhne dünnes Blut und durchsichtige Ohren haben. Dabei wurde die Majestät sehr traurig, denn sie dachte an die Erbkrankheit, die der Kronprinz hatte." Die Leute von der Zeitung schrieben diese Worte eifrig mit. „Ich war als Chef des Hauses niemandem Rechenschaft schuldig", erklärte er. „Meine Margerita war das schönste Mädchen, das ich je gesehen habe. Sie hat mir einen prächtigen Sohn und eine großartige Tochter geboren und mir ein zweites, glückliches Leben geschenkt. Niemand ist auf die Idee gekommen, mich als geisteskrank zu entmündigen, niemand wird es wagen dürfen, Donna Margerita, sobald sie meine Witwe ist, ihr Erbe oder ihre Apanage streitig zu machen. Ich habe auch Kinder aus erster Ehe, aber sie lieben ihre Stiefmutter und erweisen ihr den gebührenden Respekt. Wehe, wenn sie das nicht machen! – Wenn Don Ramon von diesem Gericht zum Narren erklärt werden sollte, dann bitte ich, auch meinen Namen in das Urteil zu schreiben, weil es auf mich ebenso zutrifft!"

Stärkste Erregung schüttelte den alten Grande derart, dass seine Kinnlade zitterte und die Zähne klappernd aufeinander schlugen. Don Basilio fragte: „Sie sind nicht der Meinung, dass Don Ramons späte Heirat mit einer jungen Bürgerlichen ein Beweis für Sinnesverwirrung ist?" „Ich bin durchaus nicht dieser Meinung", antwortete der alte Kavalier. „Die Frau ist das Feld, der Acker, der ewige Schoß. Ein kluger Sämann wählt den Acker, der ihm die reichste Ernte verspricht. Es müssen nicht unbedingt Aristokraten entstehen, wenn ein Aristokrat eine Aristokratin zur Mutter macht", setzte er böse lachend hinzu, „gibt es dafür einen besseren Beweis, als das Verhalten der Prinzen und Prinzessinnen von Villarocca, zu ihrer Stiefmutter?" „Danke", antwortete Don Basilio. Jetzt stand Dr. Ventosa auf. „Ist es richtig, Herr Marques", begann er, „dass einer Ihrer Söhne ... Ich glaube Don Manuel ... Direktor der Wiener Niederlassung der Handelsgesellschaft „Mediterrana" ist?" „Das ist richtig! Mein Sohn aus zweiter Ehe, Manuel, steht auf dem Standpunkt, dass die jungen Leute arbeiten und ihr Geld selber verdienen sollen, auch wenn sie Adelige sind. Ich kann ihn nicht hindern, so zu leben, wie es ihm gefällt, das ist in unserem Haus nicht Sitte." „Ist ihnen bekannt, dass die Handelsgesellschaft von dem Herzog gegründet wurde?" „Davon habe ich gehört, aber es interessiert mich nicht!" „Ist es möglich, dass diese Beziehung ihres Sohnes zu Don Ramon, ihre historische Abneigung gegen das Haus Villarocca so weit besänftigt hat, dass sie das Treiben des Verstorbenen in einem milderen Licht sehen?" Der alte Grande drehte Dr. Ventosa verächtlich den Rücken zu, wandte sich an den Präsidenten und sagte: „Ich ersuche, mich vor Beleidigungen in Schutz zu nehmen. Noch niemals hat es ein Mensch gewagt, meine Handlungen anzuzweifeln. Ich bitte, die an mich gestellte unerhörte Frage nicht beantworten zu müssen, es sei denn, Exzellenz erlauben, dass ich meinen Degen ziehe!" „Die Frage wird von mir nicht zugelassen, sie ist ungebührlich und geeignet, die Ehrenhaftigkeit eines Zeugen anzuzweifeln. – Ich danke ihnen, Herr Marques. Wenn sie nichts mehr sagen wollen, sind sie entlassen." Der Grande verneigte sich tief. Er trat zu Elvira hin, verneigte sich abermals und sprach mit lauter Stimme: „Gestatten Sie, Frau Herzogin, dass ein Marques de Arita sich die Ehre gibt, Ihre unbestreitbaren Rechte zu vertreten. Don Ramon hat klug gehandelt, Sie zu seiner zweiten Herzogin zu machen. Ich weiß es und viele andere wissen es auch, dass er während seiner Jahre mit ihnen ein glücklicher Mensch gewesen ist. Nehmen Sie meinen Arm, Donna Elvira und erweisen Sie mir den Vorzug, Sie zu Ihrem Wagen begleiten zu dürfen." Elvira lächelte dem alten Kavalier dankbar zu. Ja, auch er war ein Vertreter jener aussterbenden Generation von Gentlemen, die Don

Ramon so großartig repräsentiert hatte. Sie stand auf, nahm seinen Arm und verließ mit ihm den Gerichtssaal. Hinter den Beiden tobte der Beifall der Zuhörer. Die Glocke bimmelte laut. Don Basilio erhob sich. „Sie wünschen, Herr Doktor?", erkundigte sich der Präsident. „Ich möchte eine Erklärung abgeben." „Möglichst kurz, wenn ich bitten darf. Es ist bald vier Uhr und wir haben noch nicht zu Mittag gegessen." „So ist es! Das Recht alleine macht nicht satt, sonst würden nicht Millionen Menschen hungern, denen angeblich Recht geschieht. – Unter dem erschütternden Eindruck, der eben gehörten Meinung eines alten und edlen Spaniers. Schlage ich vor den Streit dem Gericht zu entziehen und ihn im Schoß der Familie zu schlichten. Meine Mandantin kämpft nicht so sehr um Geld und Besitz, als um Recht und Ehre. Darüber einig zu werden, glaube ich, kann auch ohne öffentlichen Skandal geschehen." „Ein sehr vernünftiger Vorschlag!", lobte der Präsident. „Herr Doktor Ventosa … bitte um ihre Äußerung." „Ich kann dazu keine Antwort geben. Entscheidend ist die Meinung des Herzogs, den ich erst fragen muss." „Ich vertage die Verhandlung auf vier Wochen!"

16

Die Geschichte mancher Länder, kann auf Prozesse hinweisen, die so kompliziert sind, dass sie Jahrzehnte, nein, Jahrhunderte lang gedauert haben. Einige sind bis heute nicht beendet, so auch in Spanien.

Es sei hier nur an den Prozess des Ziegenhirten Miguel Menendez erinnert, der in der X-ten Generation um die Anerkennung seiner Abstammung von Don Carlos, dem unglücklichen Sohn Phillipps II., rang und um die Herausgabe von eintausend Dukaten, zum Kurs von 1564, welche Don Carlos seiner Mutter, die seine Geliebte Delicia war, kurz vor seinem mysteriösem Tod testamentarisch vermacht hatte. Sie waren weder an Delicia noch an ihre Nachkommen jemals ausbezahlt worden und machten heute mit Zins und Zinseszinsen bereits einen Betrag von astronomischer Größe aus. Der arme Ziegenhirte Miguel Menendez von San Jorge, unweit von Valencia war theoretisch der reichste Mann Spaniens. Sein großer Familienprozess ist bis heute nicht entschieden worden und wird niemals sein Ende finden.

Umso erstaunlicher, dass der Erbschaftsprozess Don Enrique gegen Donna Elvira schon zwei Jahre und drei Monate nach seinem Anfang, in erster Instanz entschieden war. Das Urteil des Senats war unter Druck der zahlreichen einander scharf widersprechenden Gutachten, Beweise und Zeugenaussagen sowie der Interventionen, Proteste und Resolutionen von allen Seiten zustande gekommen. Es war ein Musterbeispiel objektiver Wahrheitsfindung und Kompromissfreudigkeit. Sein tieferer Sinn bestand darin, keinen zu befriedigen, aber jeden zu verärgern. Es lautete zu den einzelnen Punkten kurz so:

Ein Gutachten stellt die rechtmäßige Ehe des Herzogs mit Elvira Kratochwil fest.

Der Herzog hat sein Testament zwar nicht im Zustand der Unzurechnungsfähigkeit gemacht, zur Zeit seiner Abfassung jedoch unter Einflüssen gestanden, welche sein klares Urteil trübten. Das Testament wird daher wegen Sittenwidrigkeit in allen seinen Punkten für rechtsunwirksam erklärt und daher aufgehoben.

Mit der privaten Erbschaft sei nach den Bestimmungen des allgemeinen Erbrechts zu verfahren. Der Witwe steht ein Drittel zu. Die beiden restlichen Teile erben die legitimen Kinder.

Der schwankende Geldwert macht es unmöglich, den im Testament verwendeten Begriff „standesgemäße Apanage" zu fixieren. Sie wird durch private Vereinbarung geregelt. Erst wenn diese nicht zustande kommt, kann der fordernde Teil den Klageweg beschreiten

Sowohl Don Enrique wie Donna Elvira beriefen gegen dieses Urteil an die nächste Instanz und schließlich, als das erstrichterliche Urteil von dieser bestätigt wurde, an den Obersten Gerichtshof. Darüber vergingen weitere zwei Jahre. Don Ramons Hinterlassenschaft blieb weiter vom Gericht beschlagnahmt. Don Enrique ließ weder die Casa Minor herrichten, noch bezahlte er die kleinste Apanage. Wovon seine Stiefmutter inzwischen lebte interessierte ihn nicht. Ermahnungen und Aufforderungen wies er mit der Begründung zurück, dass das Urteil noch nicht rechtskräftig sei und sogar noch aufgehoben werden könne. Danach werde man ja weiter sehen.

Gegen diese Starrköpfigkeit konnte selbst der schlaue Don Basilio nichts machen. Er hatte Mühe genug, Zeugen und Zeugnisse für diverse Geschenke von Ramon an Elvira zu sammeln, weil Don Enrique begann, seine Stiefmutter bis aufs Hemd auszuziehen. Er nahm ihr selbst Dinge weg, auf welche sie während ihrer Ehe ein natürliches Recht hatte. Nicht bestreiten konnte der habgierige neue Herzog, dass der Hengst Achilles ein einwandfreies Geschenk seines Vaters war. Das bestätigten die Leute des Gestüts leidenschaftlich. Auch verzichtete er großzügig auf ein weiteres Objekt. Eines Tages schleppten zwei Diener ein großes, flaches Paket vor die Casa Minor und lehnten es dort neben der Tür an die Mauer. Mit höhnischen Gesten zeigten Sie Joana, die auf ihr grobes Läuten heraus kam, dass das für ihre Herrin bestimmt sei. Dann gingen sie grußlos. Es war das Porträt, welches der Maler, so farbenfroh gemalt hatte. Elvira verstand! Im Palazzo wollte man nicht einmal ihr Bild dulden. Das war eine neue Demütigung. Elvira aber freute sich, das schöne Bild wieder zu haben. Sogleich kam Jose' mit Hammer und Haken und hängte das Porträt über einen hässlichen Fleck an der Wand, des größten der drei kleinen Zimmer im Gartenhäuschen.

In Donna Elviras trostlosem Witwensitz kam nun regelmäßig Glanz, denn es kam dort jeden Donnerstag zur Besuchszeit der alte Marques de Arita in schwarzem Gehrock, gestreifter Hose und Zylinder, eine Margerite im Knopfloch und ein Bukett in der Hand. Es sei ihm ein Bedürfnis, erklärte er jedes Mal mit den gleichen Worten, sich vom Wohlbefinden der Frau Herzogin zu überzeugen und ihr jeden geforderten Dienst anzubieten. Er setzte sich artig auf den angebotenen Stuhl, tat, als befände er sich in einem prächtigen Raum, plauderte genau fünf Minuten, küsste Donna Elvira die Hand und entfernte sich. Das war eine Demonstration jenes konservativen alten spanischen Adels für das ewige Recht seiner Angehörigen, sie weihten ihre Herzen der Schönheit, verleugneten aber auch nicht feige, das Verlangen. Elvira verstand das gut. Hier blühte das große, alte, edle Spanien noch einmal auf, wie eine Wunderblume. Man konnte darüber lachen oder weinen – in dieser Geste des alten Grande lag für sie großer Trost. Eines Tages brachte er Don Manuel, seinen Sohn aus jener zweiten Ehe, mit dem armen Bauernmädchen mit. Das hätte er nicht tun sollen. Der alte Marques hatte ihn nur deshalb mitgenommen, weil er ihn verpflichten wollte, für die Herzogin ebenso da zu sein, wie er selber. Don Manuel, Direktor der Wiener Niederlassung der Handelsgesellschaft „Mediterrana" ein hoch gebildeter junger Mann, war von ihr tief beeindruckt. Leider war sei Urlaub zu kurz um diese Bekanntschaft zu vertiefen. Auch konnte er es nicht wagen, mit der hohen Dame, unaufgefordert in Briefwechsel zu treten. Aber es gibt ja die Sprache der Blumen.

Elvira wunderte sich ein wenig, als ihr anlässlich ihres Namenstages, ein prächtiges Blumengebinde, mit ergebensten Gratulationen, zugestellt wurde. Die Höflichkeit gebot, das nicht unerwidert zu lassen. Elvira setzte sich hin und schrieb ein Briefchen an ihn nach Wien.

Darin hieß es unter anderem: „Warum tun sie das, Don Manuel? Um mich zu erfreuen, gewiss, das haben sie getan. Vermutlich, weil sie es ihrem großartigen Vater, gleich machen wollen. Das ehrt und beglückt mich. Aber sie sollten es nicht machen, die Herzogin-Witwe ist nicht mehr gesellschaftsfähig. Sie ist heute eine einsame und bescheidene Frau, die sich für solche Geschenke, in keiner Weise revanchieren kann. Aller Dank, den ich ihnen sage, erschöpft sich in der Hoffnung, sie bald wieder in dem Gartenhäuschen, wo einst Bedienstete wohnten und das nun mein Asyl ist, begrüßen zu dürfen. Die edle Freundschaft ihres Vaters macht auch sie, Don Manuel, zu meinem Freund. Ich habe deren wenige und schätze sie darum umso mehr. Dieser Brief stürzte ihn in einen Taumel des Glücks. Er las Elviras Brief immer wieder und seufzte dazu wehmütig. Von diesem Tag an suchte er stets, einen Grund zu einer dringenden Dienstreise nach Madrid, wo sich die Generaldirektion befand. Sein Weg führte ihn sofort zur Casa Minor. Dort aber erlebte er eine bittere Enttäuschung. Die Herzogin war fort. Sie hatte, wie Joana und Jose' erzählten, eine längere Aus-landsreise angetreten und nicht gesagt, wann sie wieder kommen würde.

In Elviras Leben war eine entscheidende Wende ein-getreten.

Auch der Oberste Gerichtshof hatte das Urteil be-stätigt. Damit war es in Kraft getreten. Don Enrique hatte sich mit seinem halben Sieg abgefunden und wartete nur darauf, dass es beim Teilen des Erbes zu neuen Streitig-keiten kommen werde. Ein so großes Erbe war nicht leicht zu teilen, es würde viel Zeit vergehen. Er blieb daher auf dem Standpunkt, nichts zu bezahlen, ehe er nicht seinen Anteil bekommen hätte. Auch nicht die Witwen-Apanage. Elvira bestand darauf, ihr Recht gerichtlich durchzusetzen. Don Basilio hatte neue Arbeit. „Was end-lich fest steht sind zwei Dinge: Ihre Ehe und der Titel einer Herzogin." „Was habe ich davon?" „Ich befürchte, dass es um das Drittel des Erbes noch hartnäckige Auseinandersetzungen geben wird.Es kann lange dauern, ehe wir wissen werden, was ihnen gehört. Aber genauso lange wird sich auch der neue Herzog gedulden müssen. Ich werde dafür sorgen, dass die Beschlagnahme der Hinterlassenschaft aufrecht bleibt, bis Einigkeit herrscht. Jetzt müssen wir zäh sein und den längeren Atem haben." „Ich habe Ramon versprochen, über das Grab hinaus der verlängerte Arm seiner Rache zu sein. Er hat geahnt, dass es Schwierigkeiten geben wird. Er hat von einer Meute von Hyänen und einem Rudel boshafter Affen geredet, denen ich dann gegenüber stehen würde." „Das ist merkwürdig, hatte er nicht recht?" „Er hat von mir verlangt, dass ich mich so teuer wie möglich machen soll!" „Noch merkwürdiger! Sie können ihr Recht nicht einfach verkaufen, auch wenn sie wollten!"

Dieses Gespräch fand in den ersten Frühlingstagen statt. Das Thermometer stieg und die Senioren holten ihre Strohhüte hervor. Auch der Garten veränderte sich. Man konnte bei offenem Fensterschlafen und wurde vom Sonnenschein geweckt. Donna Elvira lebte bescheiden. Der jähe Abstieg schmerzte sie nicht, er war ohne Bedeutung für Herz und Gefühl. Sie las viele Bücher, plauderte stundenlang mit Joana und Jose', pflegte eine junge Katze, die ihr zugelaufen war, oder sie unternahm mit ihrem Hengst, weite Ritte durch die Umgebung. Längst hatte sie die Hoffnung, ihr Versprechen, die Rache ausführen zu können, aufgegeben. Damit verlor aber ihre freiwillige Verbannung hierher, in diesen Garten, jeden Sinn. Wenn sich die Streitigkeiten mit ihrem Stiefsohnendlos hinzogen und alles blieb, wie es war, konnte sie ebenso gut woanders hausen. Aber wo? Wohin sollte sie sich wenden? Gab es für sie eine Möglichkeit, sich zu verändern, aber doch zu bleiben, was sie war? Diese Frage war so heikel, dass sie sie nicht einmal Don Basilio stellte. Wie viele Fragen im Leben wurden auch sie vom Zufall beantwortet.

An einem schönen Tag war sie weit herumgeritten. Sie war es gewohnt, lange alleine zu sein, denn dann war stets Don Ramon bei ihr. Ihm gestand sie ihre Nöte und er tröstete sie. Oft glaubte sie ihn lachen zu hören. Dann verwandelte sich ihre Depression in plötzliche Heiterkeit. Jauchzend jagte sie den Hengst im Galopp über die Wiesen, in der Vorstellung, Don Ramon ritte hinter ihr. An dem erwähnten Tag war es nicht anders. Als sie heim kam dämmerte es bereits. Da hörte sie auf einem, mit Lichterketten geschmückten Platz, Musik. Ein Wanderzirkus hatte seine Zelte aufgeschlagen!

Die Abendvorstellung war in vollem Gang. Unwiderstehlich angezogen ritt sie um die Zelte und las auf den Wagen, die da beisammen standen, einen Namen, der ihr vertraut klang: „Elite-Zirkus-Powolny." Elvira sprang aus dem Sattel, warf den Zaum einem Burschen zu und ging zur Kassa. „Alles ausverkauft!" lächelte das hübsche Fräulein darin. „Nur noch eine Loge ist frei!"

„Bitte ... die nehme ich!" Ungläubig und ergriffen schaute sie auf das Billett. Das war damals vor neun Jahren ihr Schicksal gewesen. Damals war der Zirkus viel größer gewesen als dieser kleine hier, aber das war ihr gleich. Sie trat ein und setzte sich in die Loge. Gerade stemmte ein riesiger Mann Hanteln und wurde dabei von einem komischen Clown behindert. Dazwischen trieb ein kostümiertes Schimpansen-Pärchen allerlei Unsinn. Das Publikum lachte und klatschte. Elvira hielt es nicht lange aus. Unbemerkt schlüpfte sie zwischen den Planen durch. „Wo finde ich den Direktor?", fragte sie. „Im Raubtierzelt!" war die Antwort. Die junge Dame in Reithosen und Stiefel fiel hier weiter nicht auf. Im Raubtierzelt hing eine Laterne, aber sie gab wenig Licht. An einem der Käfige stand ein großer, stattlicher Mann, der beruhigend auf einen Löwen einsprach, der gereizt antwortete. Elvira lächelte! Alles war hier so vertraut. Hier roch es nach Stall, hier zog die Zirkusluft durch alle Ritzen. „Pardon!", sagte sie, den Mann in der roten Uniform mit dem Reitstock auf die Schulter tippend. „Sind sie Direktor Powolny?" Der Mann drehte sich um. „Natürlich … was denn?", sagte er nicht eben freundlich. „Wie kommen sie hier herein? Was wollen sie?"

17

„Ich bin die Herzogin von Villarocca und möchte sie etwas fragen!" Powolny staunte: „Bitte, was denn?" fragte er. „Wollen sie mich engagieren?" „Wie? – Ja ... wieso engagieren?"" Ich war früher unter dem Artistennamen „Elvira", Kunstreiterin und möchte wieder zu meinem Beruf zurückkehren. Na, so was! Der Direktor setzte sich auf eine Kiste, die vor dem Löwenkäfig stand, und starrte sie entgeistert an. „Wieso, wenn sie eine Herzogin sind", fragte er nach einer Weile, „wollen sie zum Zirkus zurück?" „Das werde ich ihnen erklären! Ich komme aber nicht mit leeren Händen. – Schauen sie sich meinen Andalusischen Vollbluthengst an, der draußen steht." Powolny hatte Sinn für Humor. Dieses hübsche Frauenzimmer ist verrückt! dachte er. Mit Verrückten muss man vorsichtig umgehen. Schau ich mir Rosinante halt an, damit ich sie los werde. Das dachte er aber nicht mehr als er Achilles sah. „Der gehört ihnen?", fragte er ungläubig. „Ja! Er ist acht Jahre alt und gut eingeritten. An die Manege müsste er freilich erst gewöhnt werden." „Moment!", sagte Powolny, seine Glatze kratzend. „Was wollen sie von mir?" „Passen sie auf!", erklärte sie unwillkürlich ins Tschechische fallend. „Ich bin, was ich gesagt habe und will Mitglied ihrer Truppe werden." Das war für Powolny nach einem arbeitsreichen Tag zu viel. Eine so schöne Frau, die behauptete eine spanische Herzogin zu sein und mit ihm tschechische Mundart sprach, war ihm noch niemals untergekommen. „Moment, liebes Kind!", bat er. „Um das zu verstehen brauche ich Zeit! – Moment! – Ich muss noch einmal nach meinem neuen Löwen schauen. Er ist sehr unruhig und ich möchte herauskriegen, was ihm nicht passt. „Schön – warum ist ihr Löwe unruhig?" „Weiß ich nicht! Ich habe ihn einem kleinen Zirkus, der total pleite ist, billig abgekauft. Jetzt stellt sich heraus, dass der Kerl schlecht dressiert ist und Schwierigkeiten macht!" „Sind sie Dompteur?" „Na und ob!" lachte er. „Dann werden sie auch mit dem Löwen fertig werden!" „Aber ja! Wenn er reden könnte, würde ich bald wissen, warum er so nervös ist. Leider kann er nicht!" Elvira ging mit dem Direktor zum Käfig, in dem ein alter, aber prächtiger Löwe unruhig auf und ab marschierte. Das Wedeln seines Schwanzes zeigte an, dass ihm irgendetwas nicht behagte. Von Zeit zu Zeit knurrte er. „Wie heißt er denn?", fragte sie. „Sultan, aber er hört nicht auf den Namen!" Sie ging ganz nahe zum Käfig. „Sultan!" rief sie lockend. „Sultan!" Das mächtige Tier stutzte und hielt inne. „Komm her, Sultan und sei brav!", rief sie, ganz nahe bei den Gitterstäben. Der Löwe setzte sich und spitzte die Ohren. „Er hat eine Dompteuse gehabt. Er ist es gewöhnt einer weiblichen Stimme zu folgen." „Fixlaudon! Auf diese Idee bin ich nicht gekommen." „Still!", raunte Elvira. „Lassen sie mich mit ihm reden. „Hallo, Sultan! Was ist mit dir los? Warum bist du unartig?" sie wiederholte diese Worte in Englisch, Französisch und Deutsch. Eine dieser Sprachen schien der Löwe zu verstehen. Er saß still und horchte. „Brav! Der Sultan ist brav! – Komm her zu mir! Na hopp!" Tatsächlich kam Sultan jetzt ganz nahe an die Stäbe heran. Er hob den mächtigen Schädel und nahm Witterung, von dem seltsamen Wesen, das ihn so vertraut anredete. Sein Schwanz lag ruhig, kein Haar an seiner dunklen Quaste bewegte sich. Uah! Sagte er und noch einmal Uah! Dann geschah etwas Merkwürdiges. Er legte sich brav hin, wie ein Hündchen, drehte sich dann auf den Rücken, warf sich behaglich von einer Seite auf die andere und versuchte, mit seiner roten Zunge nach Elvira zu haschen. „So ist es gut! Sultan!" lobte sie. Furchtlos griff sie durch die Stäbe, um seine Mähne zu kraulen. Pokorny war begeistert: „Wie haben sie das gemacht?" wollte er wissen. „Der Sultan hat sicher eine Dompteuse gehabt und war an ihr Parfum gewöhnt. Auf einmal ist Stimme und Duft da und das besänftigt ihn." „Ja ... Sie haben ein merkwürdiges Parfüm ... was ist das für eines?" „Eine alte Zigeunerin hat das selber gemischt und mir eine Flasche davon gegeben ... Unten in Antequera, wo wir ein großes Landgut hatten. Diese Mixtur soll die Eigenschaft haben, dem, der sie benützt, Mensch und Tier untertan zu machen." Er kratzte sich wieder am Kopf. „Sachen gibt's? Moment, kommen sie in meinen Wagen, da können wir besser reden!"

Zuerst setzte sich der Direktor Powolny einmal hin und schaute die junge Frau an. Er war ein Zirkuskind und verstand außer von wilden Tieren auch von Artistinnen was. Dann ließ er sich ihre Geschichte erzählen, von der Zeit an, als sie in dem Gestüt aufgewachsen war, bis zu dem Prozess um ihr Erbe. „Diese Sache kann sich noch lange hinziehen", sagte sie. „Ich habe keine Geduld mehr auf das Ende zu warten und während dieser Zeit nichts zu tun. Ich langweile mich! Ich werde hart trainieren müssen, um wieder in der Manege zu arbeiten. Bis dahin verlange ich von ihnen keine Gage. Mein Achilles soll meine Kaution sein, ein bisschen Geld habe ich noch. Was ich

möchte, ist hinaus aus Spanien … wandern wie früher …
irgendetwas machen, was mich freut!" „Schön! Das ist
also ihre Geschichte. Sehr interessant, muss ich sagen
und ich glaube ihnen jedes Wort. Es macht mir eine große
Freude, dass sie eine Landsmännin sind. Mein Vater und
ihr Vater haben einander sicherlich gekannt, denn mein
Vater war ein großer Pferdefreund und hat noch einen
guten Stall gehabt. – Ja! – Auch ich habe eine Geschichte,
von der ich ihnen nur das Ende erzählen will. Ich bin so
gut wie pleite! Das Zirkusgeschäft wird immer schlechter.
Die Ausgaben steigen, aber die Einnahmen gehen zurück.
Das Publikum geht ins Kino oder auf die Sportplätze. Auf
diese Spanientournee habe ich meine letzte Hoffnung
gesetzt. Jetzt bin ich froh, wenn ich nach Hause komme,
ohne dass es mir so geht wie dem Zirkus aus Portugal."
„Vielleicht kann ich ihnen helfen, Direktor?" „Sie wollen
wirklich in das Elend zurück?" Elvira nickte energisch:
„Ja, das will ich, denn mein jetziges Leben ist auch nicht
anders. Wenn schon Elend, dann lieber ein abenteuerliches
als ein lächerliches!" „Ja aber, was werden ihre hohen
Verwandten dazu sagen, wenn sie im Zirkus auftreten?",
wandte er ein. „Das geht meine Verwandten gar nichts
an. Hier meine Hand drauf, dass sie mich mit Rang und
Namen auf ihr Programm schreiben dürfen!" „Das wäre
nicht schlecht. Dann wird es vielleicht ein Geschäft und
ich kann mich sanieren." „Also: Ja oder nein? Ich bin ihre
Chance und sie die meine. Nur eine Bedingung stelle ich,
dass wir so schnell wie möglich nach Frankreich gehen!"
Powolny überlegte. „Heute ist die Abschiedsvorstellung.
Morgen Nachmittag können wir verladen. In Zaragossa,
hängen schon meine Plakate. Von dort können wir direkt
nach Perpignan fahren!" „Abgemacht! Meinen Achilles

lasse ich hier. Sagen sie niemanden, wer ich bin. Es muss ein Geheimnis bleiben, bis wir aus Spanien draußen sind. Ich fahre mit dem Zug nach Zaragossa und werde mich dort um Achilles kümmern, falls sie Schwierigkeiten mit ihm haben." Powolny kam sich vor, wie vor den Kopf geschlagen. Alles war so überraschend gekommen! Elvira führte den widerstrebend schnaubenden Achilles in das Stallzelt, wo der Direktor ihm eine Box einräumte. Das kluge Tier spürte, dass hier ungewöhnliches geschah und sein Instinkt wehrte sich dagegen. Elvira redete ihm zu und bedachte ihn mit den gewohnten Zärtlichkeiten. Achilles aber versuchte hoch zu gehen. Nein, das war ein ungewöhnlicher Ort. Es roch nach Raubtieren und Stuten, das jeden Hengst nervös macht. Achilles wieherte hell auf und die anderen Pferde antworteten ihm. Schnell zog Elvira ihre Reiterjacke aus und legte es neben die Krippe. „Wenn er mein Parfum spürt, wird er ruhiger sein. – Sei brav! Ich komme bald wieder!" flüsterte sie ihm ins Ohr. Ein kräftiger Händedruck und der verdutzte Powolny konnte nichts mehr tun, als der davon eilenden Frau kopfschüttelnd nachzuschauen. Donna Elvira nahm kein Taxi, was sie eigentlich hätte tun sollen. Sie ging den weiten Weg quer durch die Stadt bis nach Hause zu Fuß, den Blick gesenkt und von tausenden Gedanken erfüllt. War es richtig, was sie gerade gemacht hatte? Sie glaubte, dass Don Ramon ihren Entschluss billigen würde. Was er sich gewünscht hatte, war ihr Glück und seine Rache. Im Gartenhäuschen zu sitzen wie eine Gefangene, belauert, beleidigt und auf Hungerration gesetzt … Das war kein Glück. Darum glaubte sie ihn beifällig lächeln zu sehen über ihren erwachten Lebensmut. So mancher schaute der auffallenden Frau in Reithosen nach, die sinnend dahin ging, als sei ihr das Pferd weggelaufen. Mancher erkannte und grüßte sie, aber sie merkte es nicht.

„Wo ist Achilles, Exzellenz?", fragte Jose' „Bis morgen eingestellt!" „Und die Jacke?" forschte Joana. „Die habe ich ihm zum Trost gelassen!" Die beiden treuen Dienstleute merkten, dass Ungewöhnliches geschehen war, aber sie wagten nicht zu fragen. Elvira rief Don Basilio an und bat ihn noch heute ins Gartenhäuschen zu kommen.

„Ich reise auf längere Zeit ins Ausland", eröffnete sie dem alten, treuen Freund. „Sie lieber Don Basilio, haben meine Generalvollmacht, für alle Maßnahmen, die sie während meiner Abwesenheit treffen. Zum Verwalter der Casa Minor setze ich Jose' ein, falls er bereit ist, Joana sofort zu heiraten, damit es keinen Ärger gibt. Machen sie mir bis übermorgen Mittag so viel Bargeld flüssig, wie möglich.Später werden sie bestimmt die Möglichkeit finden, mir hin und wieder eine kleine Summe nach zu senden." „Ich verstehe kein Wort von dem, was sie mir sagen! Was haben sie vor? Ich als ihr Anwalt, müsste es wissen!" „Fragen sie jetzt nicht, liebster, bester Freund. Ich werde ihnen ausführlich schreiben und alles erklären." „Dieser Mangel an Vertrauen kränkt mich sehr, Donna Elvira." „Ich möchte aber, dass sie meine Absichten nicht kennen. In ihrem eigenen Interesse, denn es wird etwas Unerwartetes geschehen!" „Etwas Unerwartetes?", fragte er perplex. „Sie werden darüber herzlich lachen ... andere vor Ärger die Gelbsucht kriegen. Gehen sie jetzt und bringen sie mir viel, viel Geld!"

Noch in dieser Nacht packte sie mit Hilfe der schluchzenden Joana ihre beiden größten Koffer. Ihr Herz schlug wie das, eines jungen Vogels, der zum ersten Mal zum Fliegen ansetzt. Fest nahm sie dieses Herz in beide Hände, damit es nicht weine wie ein Kind, das keine Heimat mehr hat, sich aber wehrt, von einem Ort zum anderen verschleppt zu werden. Am anderen Tag war sie pünktlich auf der Verladerampe des Bahnhofs. Keiner der Zirkusleute wusste, wer sie war, denn Powolny hatte den Mund gehalten. „Werden sie Achilles anstandslos über die Grenze bringen?" „Aber ja", lachte der Direktor. „Ich lasse meinen ältesten Klepper in Madrid zurück. Hauptsache die Anzahl stimmt. Die Zöllner verstehen von Pferden nichts! Ich habe nur einen kleinen Zirkus, aber ganz blöd bin ich nicht!" Am nächsten Tag fuhr die Herzogin mit dem Express nach Zaragossa, um dann nach Perpignan, der ersten Stadt in Frankreich, weiter zu fahren. Als dann später der Zirkus-Powolny dort ankam, stand sie vor dem großen Frachtenmagazin auf der Rampe und winkte. „Bravo! Da wird sich der Achilles aber freuen!", rief der Direktor aus dem Fenster.

Als Don Manuel, der junge Marques de Arita, in die Casa Minor kam, wo er von der plötzlichen Abreise erfuhr, konnte ihm niemand die Adresse der Herzogin geben. Nicht einmal Don Basilio, dem das aber höchst peinlich war. „Sie hat mir aus Perpignan geschrieben und zuletzt, vor etwa einer Woche aus Lyon. Was sie dort macht, weiß ich nicht. Ich kann nur hoffen, dass ich es bald erfahre." Don Manuel fuhr sehr nachdenklich nach Wien zurück.

18

In Genf ließ Elvira die Bombe platzen. Die Stadt war überflutet mit großen Plakaten, auf denen in riesigen Buchstaben zu lesen stand:

Wieder zurück in der Manege!
Donna Elvira, Herzogin von Villarocca
Auf ihrem andalusischen Vollbluthengst Achilles
Aus dem herzoglichen Gestüt Almaden der Villaroccas.
Nur kurze Zeit im Zirkus Powolny.

Damit war das Rätsel ihres Verschwindens gelöst. Am ersten Abend hatte man im kleinen Zelt des Zirkus den Eindruck, bei einer Vollversammlung der Vereinten Nationen zu sein. Im großen Völkerbundpalast waren gerade mehrere Komitees zur Beratung zusammen gekommen. Die Delegierten, ihre Frauen und Sekretäre, der ganze Stab, strömten zur Eröffnungsvorstellung. Am Wilson-Quai parkten hunderte Autos, alle mit CD-Täfelchen. Spanien selbst gehört den Vereinigten Nationen nicht an. Die spanische Welt, aber ist viel größer als die Iberische Halbinsel. Sie erstreckt sich vom Rio Grande del Norte, dem nördlichen Grenzfluss Mexikos, bis zum Kap Horn, der südlichen Spitze des südamerikanischen Kontinents. Dazwischen lagen siebzehn von Spaniern bewohnte Staaten. In ihnen war der Name Villarocca ein Begriff. Mehrere waren in der neuen Welt der Konquistadoren,

Vizekönige, Großadmiräle, Gouverneure, Kronrichter und Bischöfe gewesen. In manchen südamerikanischen Städten gab es nach ihnen benannte Plätze, Straßen, Spitäler und Stiftungen. Begreiflich, dass Donna Elviras Plakate die Lateinamerikaner, Portugiesen, Franzosen und Italiener alarmiert hatten. Die teuersten Logen waren besucht von eleganten, jungen Herrn, die das Auftreten einer angeblichen Herzogin, auf einem angeblich, andalusischen Vollblut, der angeblich aus dem weltberühmten Gestüt Almaden stammte, kaum erwarten konnten. Die Auffahrt der Diplomaten erregte die Aufmerksamkeit der Stadt. Was war los? Was gab es zu sehen? Journalisten und Korrespondenten kamen herbei, um darüber zu berichten. Während Tschock, der Clown, mit seinen Schimpansen draußen, durch seine Späße, Lachsaven hervorrief, stand hinter dem Vorhang Donna Elvira im pompösen Reitkleid, aus weißer Seide, das Zylinderchen auf dem flammenden Haar, neben Achilles, den sie fest halten musste, weil er kraftvoll zur Manege wollte. Dolly das Nummerngirl hatte sich in Trikot und Flitterhöschen an sie geschmiegt, die Tafel mit der Sensationsnummer unter dem Arm. „So viel Publikum haben wir schon lange nicht mehr gehabt", flüsterte das junge Mädchen. „Was für feine Leute! Ich glaube, sie sind alle nur deinetwegen gekommen ... Bist du sehr aufgeregt, Elvira?" „Ein bisschen schon. – Weißt du, Dolly ... nach so langer Zeit wieder hinaus müssen ... aber es geht vorüber!" Direktor Powolny, der den aufregendsten Tag, seines langen Lebens hatte, stiefelte heran. Er hatte seine Dompteuruniform an und wickelte seine lange Raubtierpeitsche um ihren Stiel, aber sie rutschte immer wieder hinunter ... wie eine ungehorsame Schlange. „Sitz auf,

Elvira! Tu dein Bestes! Gleich ist der Tschock mit seinen Blödheiten fertig. – Dann kommt eine Pause, damit die Spannung steigt!" Er hob Elvira in den Sattel. Sie setzte sich zurecht und lächelte zu ihren Kollegen hinunter, die mit erregten Gesichtern dabei standen. Dolly legte das Kleid in malerische Falten und flüsterte: „Ich halte dir die Daumen! Ich spuck dich dreimal an! Ich werfe dir einen Rossknödel nach!" Jetzt machte das Orchester einen Tusch, denn der Clown rannte, verfolgt von seinen Affen aus der Manege, machte kehrt, stolperte noch einmal hinaus und ließ sich von den Schimpansen, die das großartig machten, nur widerwillig zurückschleppen. Das Publikum applaudierte heftig. Das ganze Zelt summte, wie ein Bienenstock. Das Orchester spielte eine Überleitung. „Los!", rief Powolny und puffte Dolly in den Rücken. Das zierliche Mädchen sprang hinaus, knixte und machte dann, die Nummerntafel zeigend seinen Rundgang über die Balustrade. Anmutig, mit einem bezaubernden Lächeln und leuchtenden Augen. Das sah sehr einfach aus für jeden, der es noch nicht selber probiert hat. In den Händen der Besucher raschelten die Programme. In den Logen standen die Herren von den hinteren Sesseln auf. Monokel, Lorgnons und Operngläser richteten sich auf den Samtvorhang, den zu raffen zwei Diener schon bereit standen. Ja, jetzt kam die erwartete Nummer, acht! Ein schrecklicher Tusch schmetterte durch das Zelt. Die Pauke dröhnte wie vor einer Schlacht. Dolly knixte noch einmal und schlüpfte hinaus.

Dann flog der Vorhang auf, Donna Elvira ritt nach den Klängen eines spanischen Kavalleriemarsches in die Manege. Genau unter der Kuppel drehte sich Achilles, der seine vier Hufe eng zusammen hielt und artig nickte, im Kreis. Dann ließ sie ihn dreimal rundherum laufen, damit man ihn betrachten und bewundern konnte. Schon jetzt gab es Beifall. Man war zufrieden – mit dem prächtigen Pferd und mit der ungewöhnlich schönen Frau. Das Orchester spielte, vom Kapellmeister geschickt zusammengestellte Motive von Bizet und Ravel. Achilles war ein wenig nervös, denn er fand, dass sich eine Gala-Eröffnungsvorstellung von der ruhigen Morgenarbeit sehr unterscheidet. Aber Elvira hatte ihn fest im Griff. Nur wenige Zuschauer wunderten sich darüber, dass diese junge Reiterin, die uralten Geheimnisse der spanischen Schule, die nur in den kaiserlichen Marställen Österreichs gepflegt wurden, so virtuos anwendete. Aber es waren viele Spanier da, die von der edlen Reitkunst noch etwas verstanden, weil in ihrem Land Fahrräder und Motorrad das Pferd noch nicht verdrängt hatten. Sie alle wussten, dass die Vollblutandalusier, zu den aussterbenden Pferderassen gehörten, weil sie nur mehr in einigen, wenigen spanischen Gestüten von reichen Liebhabern gezüchtet wurden. Diese Herren überschütteten Elvira mit Beifall. Die Reiterin sah erhitzte Gesichter, zuckende Lippen winkende Arme und blitzende Augen. Aber sie kümmerte sich nicht darum. Am Schluss der Vorstellung sprang sie aus der Manege in den Zuschauerraum und wieder zurück in die Sägespäne. Das Publikum erschrak und leichte Panik breitete sich aus. Inzwischen war sie wieder unter der Kuppel. Dort sagte sie, Achilles noch einmal im Kreis drehend: „Messieur et Madames! Meiner Damen und Herren! – Warum sie haben Furcht? Pourquoi? Eine Cheval sein kein Raubtier. Er sein kein Lion oder Tiger. Onehorsegreifen nejamais einen Menschen an. O, niemals gar nicht! Mein Achilles sein ein grande

Caballero aus der Gestüt von meiner leider verstorbenen Gatten, le Duc de Villarocca. Er sein einer sehr brav Pferd. O no, sie brauchen aber keine Angst! Mein Achilles sie lieben alle sehr!" Der Hengst bestätigte das, indem der mit dem Kopf nickte und dicker, weißer Schaum aus seinem Maul tropfte. Umtost von Beifall sprengte Elvira aus der Manege, um gleich darauf wieder zu kommen. Blitzschnell hatte sie ihr Kleid abgestreift, unter dem sie bereits ein anderes trug. Zwei Stallburschen hatten Achilles, Sattel und Zaumzeug abgenommen und mit Strohwischen Nüstern und Maul gereinigt. Sie trug ein kurzes, schulterfreies weißes Leinenkleidchen, das üppige Haar hochgebunden – eine Amazone oder Diana, wie man sie sich schöner nicht vorstellen konnte.

Den Männern in den Logen verschlug es den Atem. Sie wussten nicht, wohin sie schauen sollten, auf dieses einzigartige Pferd, das ohne Zaumzeug doppelt so prächtig aussah, oder auf seine beinahe hüllenlose Reiterin. Wer Elvira sah, musste sich fragen, warum man vor tausenden Jahren Sattel und Zaumzeug erfunden hatte, oder, ob Ross und Reiter überhaupt zwei verschiedene Wesen sind. Direktor Powolny lugte, sich die Hände reibend, hinaus. Ja, diese Donna Elvira war eine Nummer, wie es nur mehr wenige gab und die er sich unter anderen Umständen niemals hätte leisten können. Fast drei Monate war sie jetzt bei ihm, aber sie hatte noch keinen Cent gekostet. Im Gegenteil! So ein Glück! dachte er. Sie ist im Stande mich herauszureißen! Die Begeisterung hatte ihren Höhepunkt erreicht. Man tobte derart, dass das Orchester nicht mehr zu hören war. Hüte, Blumen, Röcke, Krawatten, sogar Schuhe wurden in die Manege geschleudert. „Merci! Merci" rief Elvira, Kusshändchen

werfend. „Es sein genug! Mein Achilles können nicht ver-
speisen diese Hüte und Schuh und die Blumen ich mir be-
halt selber! O, merci!" Hinter dem Vorhang lief sie direkt
in Powolnys Arme, der sie herzte und küsste wie ein Kind,
nach ihrem Bademantel rief und sich anbot, sie in ihren
Wohnwagen zu tragen, weil es inzwischen zu regnen an-
gefangen hatte und der Boden durchnässt war. „Das war
ein ganz großer, direkt blödsinnig sensationeller Erfolg!",
schnaubte er. „Noch ein paar solche Vorstellungen und
ich kann meine Schulden bezahlen." Elvira antwortete
nicht, sie teilte seinen Optimismus nicht. Im Wagen endlich allein, brach sie erschöpft zusammen. Am ganzen
Körper zitternd hatte sie Mühe, den Spirituskocher an-
zuzünden. Zuerst ein heißer Tee, dann abfrottieren und
danach ins Bett. Das waren ihre Wünsche! Als es endlich
so weit war, horchte sie hinüber. Der Lärm der Pauken
und Tschinellen drang bis zu ihr. Die Vorstellung ging
weiter. Der Motorenlärm auf dem Parkplatz aber zeigte,
dass viele Besucher schon aufbrachen. Also war man doch
ihretwegen gekommen. Elvira lag still unter der Decke
und dachte, die Würfel sind gefallen. Jetzt gibt es kein
Zurück mehr. Ihr alter, harter, geliebter Beruf hatte sie
wieder, das spanische Intermezzo war vorbei. Zum ersten
Mal seit vielen Jahren weinte sie. Ob aus Verzweiflung
oder Glück, wusste sie nicht. Aber es befreite ihr Herz.
Als Dolly, das Nummerngirl, nach der Vorstellung in den
Wagen kam, fand sie die Freundin schlafend. Eine Weile
stand sie neben dem Bett und schaute auf sie hinunter.
„O, Elvira!", flüsterte sie, „so schön, so gut und so tüchtig
wie du, möchte ich auch einmal werden. Wie hast du das
nur gemacht?" Dolly, löschte das Licht, zog sich aus und
kroch auf ihr schmales Bett. Sie konnte nicht gleich ein-

schlafen. Geräusche klangen von ferne und die Lichter der Scheinwerfer huschten über die kleinen Fenster.

Elvira schlief am anderen Morgen lange. Niemand wagte es, sie zur Morgenarbeit zu rufen. Im Halbschlaf träumte sie noch, von den blühenden Landschaften und den duftenden Gärten, durch die sie mit Don Ramon gegangen war. Betäubend war ihr Duft, aber er verschwand auch nicht, als der Traum zu Ende war und sie erwachte. Sie staunte! Wo war sie? Was war geschehen? Durch die Vorhänge kam helles Tageslicht herein. Der Duft kam von den Blumen, die gestern noch nicht da waren. Überall standen oder lagen sie. Buketts aus Rosen und Tulpen, märchenhafte Orchideen und Veilchen, Fliederbäumchen, Azaleen ... Dazwischen Berge von Bonbonnieren, Geschenkkörbe, Etuis, Pakete und Päckchen und ein Stapel von Briefen. Mitten in diesem Durcheinander stand Dolly. „Bist du endlich wach?" rief sie froh. „Schau, das alles ist für dich abgegeben worden. Fortwährend kommen neue Boten. Viele Herren wollen dich sehen und sprechen. Wir haben gesagt, du bist früh ausgegangen und noch nicht wieder zurück!" „Ich komme ja kaum aus dem Bett. Wo soll ich mich anziehen in diesem Treibhaus?" lachte Elvira. Als sie ins Zelt kam, brach man die Morgenarbeit ab. Alle umringten sie mit lachenden Gesichtern. Direktor Powolny sagte: „Wir haben dich heute schlafen lassen, weil man dem Ochsen, der da drischt, nicht den Polster unter dem Kopf wegziehen soll. Gestern hast du gut gedroschen, darum haben wir heute Geld in der Kassa und jeder kann sich bei mir die ausständige Gage abholen. Hoffentlich fühlst du dich bei uns, wie zu Hause. Das ist natürlich ein Unsinn, was ich da sage, aber wir wünschen es trotzdem, damit du uns erhalten bleibst. Heute lasse ich mir ein Schnitzel mit Gurkensalat machen, denn wir sind wieder ausverkauft!" „Hurra!", riefen die Artisten. „Hoch Elvira!" „Ich warne euch, Kollegen!", sagte die Gefeierte. „Sensationserfolge sind im Artistenleben Eintagsfliegen. Was hier gefällt, wird woanders ausgepfiffen. Das habe ich schon erlebt!" „O, nein, du wirst überall gefallen", versuchte man sie zu überzeugen. „Nein", bestritt sie, „nur in Genf, Bern und Zürich. Das weiß ich genau, ihr werdet sehen, dass ich recht habe."

Am Nachmittag sprachen bei Direktor Powolny zwei Beamte der Polizei in Begleitung eines Herren vor, der sich als Attaché der spanischen Botschaft in Bern auswies. Die Kommissare erklärten mit großer Höflichkeit, dass sie mit der gestern hier aufgetretenen Herzogin von Villarocca zu sprechen und deren Ausweis zu sehen wünschten. Der Herr Attachée sei mitgekommen, um die Echtheit des Dokumentes zu überprüfen. „Da haben sie Glück, die Herzogin ist da und ich werde sie holen!"

„Aha! Das habe ich mir gedacht, aber, dass sie schon heute kommen, wundert mich!" „Hoffentlich stimmt alles?" „Und wie das stimmt, Direktor. Sie werden sich entschuldigen müssen!" Donna Elviras königliche Erscheinung machte auf die drei Herren einen großen Eindruck. Eins – zwei – drei – legte sie auf den Tisch: einen spanischen Pass, die Mitgliedskarte der Internationalen Artistenorganisation und den Vertrag mit Direktor Powolny. Die Dokumente wanderten von einem Herrn zum anderen und dann zum Attachée, dessen Gesicht, immer länger und verlegener wurde. Die Beamten lachten darüber. „Der Pass ist in Ordnung", erklärten sie. Welches Interesse der Attaché an der Dame hätte, sei der Schweizer Polizei gleichgültig. „Warum sind sie dann gekommen?", wollte sie wissen. „Weil in der spanischen Botschaft in Bern, vermutet wurde, dass die Dame sich, den sehr bekannten Namen, widerrechtlich, etwa aus Reklamegründen, zugelegt haben könnte!" Der Attaché nickte heftig. „Haben sie sich überzeugt, dass das nicht der Fall ist?" „Allerdings! Ich werde dem Herrn Botschafter berichten. Seine Exzellenz wird darüber nach Madrid berichten. Muchas gracias! Ich bitte um Entschuldigung!" Die Beamten gingen. Der Attaché blieb und bat, ob er mit der Frau Herzogin unter vier Augen sprechen dürfe? „Privat!" „Bitte!", sagte Elvira. „Darf ich erfahren, mit wem ich die Ehre habe?" „Nicolas Antonio Rodrigues de la Torre, Gesandschaftsattaché!", stellte er sich vor. „Nie gehört! – Alte Familie?" „Nicht sehr alt. Der Stammbaum verläuft sich im Sand jener Wüste, zu der meine Heimat, im Laufe der Geschichte, mehrmals gemacht worden ist." „Das haben sie nett gesagt! – Bitte nehmen sie Platz! – Unter vier Augen: Man hat sie sofort von Bern nach Genf gejagt, damit sie meine Dokumente kontrollieren?" „So ist es! Wir haben die ganze Nacht Anrufe und Telegramme bekommen, die höhnisch darauf hinwiesen, dass eine Zirkusreiterin mit dem Namen einer Herzogin auftritt. Der Botschafter hat es bedenklich gefunden. Schließlich gehört es ja zu seinen Pflichten, Namensrechte, spanischer Staatsbürger zu schützen." „Das ist ihm glänzend gelungen. Er hat die Polizei auf ein Mitglied des spanischen Hochadels gehetzt!" „Pardon! Wie hätte er sich sonst überzeugen können. – Sie ahnen nicht, was alles vorkommt!" „O, das ahne ich schon!" lachte sie. „Ich selber habe da unglaubliche Dinge erlebt! Was wird der Herr Botschafter machen, wenn er erfährt, dass ich keine Hochstaplerin bin?" Der Attaché bekam einen roten

Kopf." Er wird darüber nach Madrid berichten! Haben sie heute schon die Zeitung gelesen?" „Leider noch nicht!" „Das sollten sie aber. Man beschäftigt sich mit ihnen und ihrem andalusischen Hengst!" „Umso besser, dann kommen die Leute in unsere Vorstellungen!" „Bald wird es aber auch in den Madrider Zeitungen stehen. Dann könnte unser Außenminister, unserem Botschafter vor-werfen, nichts unternommen und nichts berichtet zu haben!" „Das sehe ich ein ... nun kann er berichten." „Ja ... aber nur die Tatsachen. Was den Botschafter brennend interessieren wird, ist die Frage, warum eine Herzogin, die Witwe eines Multimillionärs, überhaupt und wenn, in einem so kleinen und unbedeutenden Zirkus auftritt?" „Wenn der Herr Botschafter die spanischen Zeitungen aufmerksam gelesen hat, wird er die Berichte über den Erbschaftsprozess, nicht übersehen haben. Es wird ihn nicht wundern, dass, wenn man einer Witwe, ihr Erbe und ihre Apanage vorenthält, sie sich ihr Brot selber ver-dienen muss!" Der Attaché senkte beschämt den Kopf, denn er wusste so gut wie sein Chef von dem Skandal im Hause Villarocca.

„Leider habe ich nichts gelernt, als reiten. Wäre ich vor meiner Ehe mit Don Ramon, Sekretärin oder Lehrerin ge-wesen, säße ich jetzt in einem Büro oder in einer Schule." „Das würde weniger Aufsehen erregen!" „Kann sein. – Aber ich war vorher Zirkusreiterin, darum bin ich es wieder geworden. Sagen sie dem Herrn Botschafter meinen Gruß! Er ist, glaube ich, ein Conde Cueva aus einer Seiten-linie. Sagen sie ihm, dass ich, sobald unser Zirkus nach Bern kommt, ich ihn und seine Gattin besuchen werde. „Exzellenz, wird entzückt sein", stotterte der Attachée. „Das glaube ich auch. Nehmen sie inzwischen ein paar

Fotos von mir und Achilles mit nach Bern. Auf diesem bin ich nur wenig bekleidet, aber man kann mich gut erkennen. Vielleicht will er diese Bilder dem Bericht nach Madrid beilegen?" Sie drückte dem verdutzten Mann ein Päckchen Fotos in die Hand und begleitete ihn hinaus. Er küsste ihre Hand und beeilte sich, den Zug nach Bern noch zu erreichen.

„Hasta la vista, Don Nicolas!", rief sie ihm winkend nach. „Auf Wiedersehen, in Bern!"

19

Don Enrique und seine reizende Familie atmeten auf, als sie vom Verschwinden der Frau Stiefmama aus Madrid erfuhren. Vermutlich hatte diese lächerliche Kratochwil die Sinnlosigkeit ihrer Bemühungen um weitere Vorteile aus ihrer unnatürlichen Ehe mit Don Ramon erkannt, ihre Flinte ins verdorrte Korn geworfen und ihr Heil in der Flucht gefunden. Allerdings war immer noch dieser lästige Don Basilio da, der Vollmachten besaß und so tat, als wären die von besonderem Wert. Wer den Kampfplatz verlässt, gibt sich geschlagen. Das hatte Donna Elvira getan und die Wirkung auf die Öffentlichkeit und das Gericht würde nicht ausbleiben.

Don Enrique hatte neben allgemeinen auch besondere persönliche Gründe, über diese Familienaffäre Gras wachsen zu lassen. Seine jüngste Tochter Isabella war seit Langem dem ältesten Sohn des Herzogs von Salamanca zugedacht und wünschte dringend, dessen Gattin zu werden. Es war an der Zeit, die offizielle Verlobung bekannt zu geben und den Tag der Hochzeit festzusetzen. Junge Mädchen werden nicht jünger, besonders dann nicht, wenn sie nicht mehr ganz jung sind. Während des Trauerjahres konnte von einer Hochzeit zwischen Donna Isabella und Don Alfredo natürlich nicht geredet werden. Dann war dieser lächerliche Prozess gewesen, der so viel Staub aufwirbelte. Der alte Herzog von Salamanca hatte deutlich zu verstehen gegeben, dass er seine Zustimmung zu dieser

Verbindung aufrecht halte, jedoch daran denke, damit noch zu warten. „Dem Hause Salamanca ist es unmöglich, sich dem Hause Villarocca zu verschwägern, solange diese von nicht ebenbürtigen, ja, bürgerlichen Elementen durchsetzt ist und die sich diese nicht vom Leib halten können!" Das sagte der alte Herzog ganz offen heraus, ohne dabei die schwindende Jugend Isabellas zu berücksichtigen. Don Enrique erkannte voller Grimm, dass die unverzeihliche Entgleisung seines Vaters, nun auch ihn selbst und seine ledige Tochter zu entehren und in seinen Kreisen unmöglich zu machen, begann. Gerne hätte er jetzt seiner Frau Stiefmama, das Reisegeld zweiter Klasse, nach Kladrub in Böhmen gegeben. Gut, sie hatte darauf verzichtet und ist auf eigene Kosten verduftet. Hauptsache, dass sie nicht wieder kam und man nichts mehr von ihr hörte. Aber es kam der Tag, an dem man alle Zeitungen vor Don Enrique verstecken musste. Sie lagen nicht, wie sonst, neben seinem Frühstücksgedeck. „Wo sind die Zeitungen?", fragte er. „Man hat sie heute nicht gebracht", meldete der Diener. „Angeblich streiken die Druckereiarbeiter", ließ der schurkische Haushofmeister verlauten. „Aber, Enrique, du wirst es doch einmal ohne Zeitungen aushalten!", meinte die Herzogin. Der konnte aber ohne Zeitungen nicht leben. Vor allem interessierte ihn das Programm der kommenden Stierkämpfe. Das wollte er wissen. Er ging also in das Café Riesgo, wo täglich eine Börse für zweitrangige Toreros, stattfand. Dort merkte er mit Erstaunen, dass die Druckereiarbeiter nicht streikten. Alle Caballeros lasen die Zeitung und so bekam er auch eine. Plötzlich verstand er, warum man ihn auf seinem Spaziergang durch die Stadt so merkwürdig angesehen und so spöttisch gegrüßt hatte. Auf der ersten

Seite stand in großen Buchstaben, dass Donna Elvira, die Witwe von Don Ramon, um die es so viel Wirbel gegeben hatte und die dann ins Ausland verreist war, in Genf als Zirkusreiterin wieder aufgetaucht sei und großes Aufsehen erregt habe. Darunter war ein langer Kommentar zu dem interessanten Ereignis. Don Enrique las es nicht, jetzt war er es, der die Flucht ergriff. Überstürzt verließ er das Kaffeehaus und rannte völlig kopflos, in die nächste Seitengasse, um auf großem Umweg, durch die einsamsten Gassen wieder in seinen Palast zu kommen. Schweißgebadet, am ganzen Körper zitternd kam er dort an. „Darum also hat man die Zeitungen vor mir versteckt!", schrie er, dass die Kronleuchter klirrten. „Wie konnte man es wagen, mir diesen Skandal zu verschweigen? Die Stiefmutter mit unserem Namen, in der Schweiz als Zirkusreiterin! Na, warte dir werde ich das Handwerk legen! – Doktor Ventosa soll kommen ... sofort!Ich werde dieses schamlose Frauenzimmer zwingen, den erschlichenen Titel abzulegen. Meinetwegen soll sie dann als Kratochwilweiterreiten, in welchem Zirkus sie will!" Dr. Ventosa kam und hörte sich die Sache an. „Ich verstehe ihre Erregung, Herr Herzog. Sie ist gerechtfertigt! Bedenken sie aber, dass die Tat ihres Vaters fortwährend Böses gebären muss, das jetzt wuchert wie Unkraut und kaum mehr auszurotten ist!" „Wieso nicht auszurotten?" tobte Don Enrique. „Das ist doch unerhört, eine Infamie erster Ordnung. Es muss eine Möglichkeit geben, ihr das zu verbieten!" „Ob es eine Möglichkeit gibt, kann ich im Augenblick nicht mit Sicherheit sagen. Ich bitte sie, ihre persönlichen Ansichten nicht mit denen des Gesetzes zu verwechseln. Rechte können nur geändert werden, wenn es gelingt, ihnen die Grundlage zu ent-

ziehen." „Ich wünsche keine juristischen Belehrungen, sondern möchte wissen, wie ich gegen meine sogenannte Stiefmutter, vorgehen kann." Dr. Ventosa strich seinen Bart. „Die Sache wird nicht einfach. Sie ist die rechtmäßige Trägerin des erlauchten Namens, den ihr Don Ramon gegeben hat. Das wurde bestätigt. Ich weiß kein Gesetz, das einen Menschen hindern könnte, von seinem rechtlichen Namen, öffentlich Gebrauch zu machen. Ich möchte sogar sagen, dass er dazu verpflichtet ist!" „Aber sie könnte sich doch einen Artistennamen zulegen", rief Enrique. „Freilich könnte sie das", bestätigte der Anwalt, „... Wenn sie wollte. Offensichtlich, will sie nicht, denn einen zugkräftigeren Namen als den ihren, könnte sie gar nicht erfinden. Aber ... Ich werde darüber nachdenken. Wenn ich einen Präzedenzfall finde, eine gerichtliche Entscheidung, auf die wir uns stützen könnten ..."
Don Enrique verbrachte bange Tage und Nächte. Er wagte sich nicht auf die Straße und ging zu keiner Gesellschaft. Sein Name war in aller Munde. Madrid lachte und fühlte neue Sympathie für Donna Elvira. Dr. Ventosa ging zu seinem Kollegen Don Basilio und redete mit ihm stundenlang.Er war nicht hingegangen um seinen Gegner um Rat zu fragen, sondern um herauszukriegen, welche Absicht dahinter steckt. Aber er bekam es nicht heraus. Don Basilio spielte den Überraschten, der selbst nicht mehr wusste, als in der Zeitung stand. „Ich bin der Meinung, dass Donna Elvira, ihren Namen ebenso gut auf ein Geschäftsschild eines Modesalons, über den Eingang eines Restaurants wie auf ein Zirkusplakat schreiben kann. – Schließlich ist der Name nicht so schlecht, dass sie ihn verschweigen müsste!" So belauerten sich die beiden Rechtsanwälte. Jeder glaubte zu wissen, was der andere

dachte, jeder befürchtete vom anderen hinters Licht geführt zu werden, beide erwarteten, dass sie bald wieder vor Gericht stehen würden. Das bedeuteten Honorare, die man jederzeit gerne einkassierte. Sie trennten sich daher als Freunde.

Der Mann, der von alledem Vorteile hatte, war Direktor Powolny. Schon nach dem Genfer Gastspiel war er schuldenfrei. Das war noch niemals der Fall gewesen. Die hohlen Wangen seiner Artisten rundeten sich, die Tiere bekamen besseres Futter. Sogar Sultan, der widerborstige Löwe, war brav und fügsam, sobald Elvira ihn streichelte. Darum nannten die Kollegen sie scherzhaft „die Löwenbraut." Es war ein schöner Tag für Powolny, als er Farbe, Lack und Pinsel kaufen konnte, um einen Teil seines Zirkus farbenfroh anzumalen. Die Zeitungsnachrichten über seinen Star brachten ihm lockende Angebote, vieler Schweizer Städte, sodass man auf der Wanderschaft nur langsam weiter kam. Nur auf die Zustimmung der Berner Stadtverwaltung musste er lange warten. Elvira ahnte den Grund, aber sie sagte nichts. Inzwischen war aber Don Enrique nicht untätig geblieben. Er hatte sich privat, an den spanischen Gesandten mit der Bitte gewandt, ein Gastspiel in Bern zu verhindern und den Abzug aus der Schweiz zu beschleunigen. Der Gesandte tat sein Möglichstes, aber er erreichte nur eine Verzögerung. Auf die Stadtväter von Bern machte sein Einwand – weil sie doch alle Spanier währen – gar keinen Eindruck. Sie berieten darum in einer Sitzung und der Beschluss lautete: Der Zirkus-Powolny ist ein gut beleumundetes Unternehmen in der dritten Generation und genoss seit achtzig Jahren die Gastfreundschaft der Bundeshauptstadt, Bern. Ob eine Zirkusreiterin, spanische Herzogin oder Negerprinzessin war, das interessierte die Berner nicht. Wer private Gründe hatte, den Zirkus zu meiden, der brauchte ja nicht hinzugehen. Darum erteilte der Magistrat, wenn auch verspätet, die übliche Bewilligung und der Zirkus konnte nach Bern kommen, welches die Schweizer selbst spöttisch ihr „Bundesdorf" nennen. Sogleich stellte sich der spanische Attaché Nicolas Antonio Rodriguez de la Torre ein. Er machte Elvira die Mitteilung, dass seine Exzellenz, der Herr Gesandte, sich augenblicklich samt Gattin auf Urlaub sei, weshalb sich die Frau Herzogin die liebenswürdige Mühe ihres Besuches ersparen möge. Elvira verstand! Don Nicolas, dem es ein Vergnügen machte, die schöne Frau wieder zu sehen, schämte sich, so gemein Lügen zu müssen, obwohl das zum täglichen Brot eines Diplomaten gehört. Deshalb sagte er, dass es den jüngeren Herrn der Botschaft, ein Vergnügen sein werde, die Gala-Eröffnungsvorstellung zu besuchen. So wurde auch der Berner Aufenthalt erfolgreich. Man zog also weiter, bis man an die österreichische Grenze kam. Unterwegs stellte es sich heraus, dass Elvira recht gehabt hatte. Man kam in Gegenden, wo die Schweizer Sensationen, nicht bekannt waren oder längst vergessen. Immer schlechter wurde der Besuch. Die Kassa quoll nicht mehr über, wie in den Genfer Tagen. Direktor Powolny sah ein, dass Elvira eine Sensation in der Schweiz gewesen war. Im kühlen Mitteleuropa, hatte man für die Streitigkeiten der spanischen Aristokratie kein besonderes Interesse. Weshalb selbst Schillers Don Carlos nur mehr selten aufgeführt wird. – Elvira war nur mehr eine berittene Sexbombe, der erotische Wunschtraum von Gastwirten, Bäckermeistern, Bürgermeistern und Gemeinderäten der kleineren und größeren Städte oder Märkte. Trotzdem war so ein Mitglied sehr wertvoll für jeden Wanderzirkus, der die Träume von Internationalen Erfolgen schmerzlich aufgeben musste. Darüber hinaus hatte Elvira noch die Eigenschaft, durch ihre Anwesenheit den sinkenden Mut der Kollegen aufzufangen. Pass auf! Sagte Powolny oft zu sich selbst. Eines Tages springt sie dir ab und sie geht zu einem ganz großen Zirkus. Na, hätte sie nicht recht? Was macht dieses herrliche Frauenzimmer bei mir? Wirkt sie nicht wie eine Rose auf einem Misthaufen? Ängstlich belauerte er jeden Besuch, den sie hatte und jeden Brief, der für sie ankam. Gewiss korrespondiert sie mit Managern wegen eines besseren Engagements, argwöhnte er. Aber sie dachte nicht daran. Im Gegenteil! Tief war er schon in ihrer Kreide. Wenn seine Gläubiger ihn bedrängten, wenn es galt, Gagen, Platzzins und Steuern zu bezahlen, blieb sie seine letzte Zuflucht. Nie sagte sie nein, stets machte sie etwas Geld locker, aber sie nahm nie seine Schuldscheine an. „Warum, Direktor?" lachte sie dann. „Sie haben mir in Madrid geholfen, jetzt helfe ich ihnen. Solange ich das kann, tu ich es. Einen Kollegen darf man nicht im Stich lassen!" Er wunderte sich über ihre, schier unerschöpfliche Geldquelle, denn er wusste nichts von ihren geheimsten Dingen und wie oft sie ins Pfandhaus gegangen war, um ein Schmuckstück zu versetzen. Was ihm besonders auffiel, war ihr tadelloses Verhalten in puncto Moral. Unglaublich, ein so schönes, temperamentvolles Weib und keine Liebschaften! Ähnlich dachten auch die Kollegen, sahen sie doch, wie umworben sie war. Fabrikanten, Brauerei- und Gutsbesitzer machten ihr Heiratsanträge. Manchmal war ihr einer meilenweit nachgefahren, bis er sich von der Sinnlosigkeit überzeugt hatte. Mehrmals hätte Elvira jenes „große

Glück" machen können, das jede Zirkusartistin lebenslänglich vorschwebt: vom Fleck weg in bürgerliche Verhältnisse geheiratet werden. Das hatte sie schon einmal
erlebt und es genügte ihr. Die Kollegen nannten sie darum, „die eiserne Witwe."

Niemand ahnte, was in ihr vorging. Als junge Witwe
von neunundzwanzig Jahren hätte sie schon gerne ein
Leben mit allen Bequemlichkeiten gehabt. Sie konnte sich
nicht von der Vergangenheit lösen und darum wollte sie
nicht an die Zukunft denken. Sie hatte noch einiges zu
tun, denn sie hatte noch einige Verpflichtungen, die sie
nicht abschütteln konnte. Oft kamen jetzt Briefe von Don
Basilio. Er schrieb diese immer persönlich, um sie nicht
durch seine Kanzlei laufen zu lassen. Er wollte vorsichtig
sein! „Prozesse kosten Geld und immer wieder Geld. Gebühren und Tarife müssen sofort auf den Tisch gelegt
werden, nicht zu reden von den Schmiergeldern um die
Sache im Fluss zu halten und gelegentlich einen Blick in
die Akten der Gegenpartei machen zu können. Ihr Bank-
konto, liebe Donna Elvira ist beinahe erschöpft. Der von
ihnen aufgetragene Verkauf einiger Wertgegenstände hat
nicht viel eingebracht. Zum Glück sind einige vermögende
Persönlichkeiten, an die ich mich gewendet habe, gerne mit
größeren Summen eingesprungen. Auf Verschwiegenheit
und darum kann ich auch die Namen dieser Ehrenmänner
nicht nennen. Ein Drittel davon habe ich für ihre persönlichen Bedürfnisse reserviert. Es wird ihnen demnächst
von einem verlässlichen Kurier gebracht. Das restliche
Geld werde ich für den Prozess um ihre Witwen-Apanage
verwenden, um zu einer Entscheidung zu kommen. Don
Enrique hat durch Dr. Ventosa dreißigtausend Peseten
jährlich angeboten. Diesen lächerlichen Betrag habe

ich zurückgewiesen und hunderttausend verlangt. Don Ramons Hinterlassenschaft ist noch immer nicht geregelt, da sich die Sachverständigen nicht einigen können. Was nun den neuen, von Don Enrique angestrengten Prozess betrifft ..." Dieser Passus interessierte sie am meisten. Ob sie nicht nach Madrid kommen könne? Fragte er am Ende seines langen Briefes. „Nein!", antwortete sie „In Madrid könnte ich nur mit dem blanken Dolch kämpfen. Hier aber bin ich viel wirksamer!"

20

Die ungeduldige Wut Don Enriques hatte Dr. Ventosa zu
den größten Anstrengungen getrieben. Was macht der
Rechtsanwalt eines prozesslüsternen Klienten? Er lässt
sich einen Paragrafen einfallen, auf den er seine Klage
stützen kann. Dr. Ventosa erschien drei Tage, nachdem
die Genfer Bombe in Madrid geplatzt war, abermals im
Palais und erklärte mit düsterer Miene: „Ich habe mich,
Herr Herzog, informiert und einige juristische Kapazitäten
konsultiert. Das Ereignis ist nicht erfreulich. Es gibt nur
eine Möglichkeit, der Stiefmama beizukommen!" „Ausgezeichnet! Welche Möglichkeit ist das?" „Wir müssen versuchen, ihr den Titel, gerichtlich aberkennen zu lassen."
„Das habe ich schon vor drei Tagen gewusst!", schnaubte
Don Enrique. „Gewiss! Heute aber wissen wir, wie das
geschehen kann." „Heraus damit!" „Eine Bestimmung
des Zivilrechts gibt geschiedenen Ehemännern, Kindern
und damit auch Stiefkindern, einer Witwe das Recht, die
geschiedene Gattin, Witwe oder Stiefmutter durch Ge-
richtsbeschluss zu zwingen, den erheirateten Namen abzulegen und ihren Mädchennamen wieder anzunehmen,
sofern ..." „Herrlich! Ausgezeichnet!", jubelte Don Enrique.
„Wenn es eine solche Bestimmung gibt, werden wir sie
anwenden." „... Sofern den Klägern der Beweis gelingt",
fuhr Dr. Ventosa unbeirrt fort, „dass die geschiedene
Gattin, Witwe, Stiefmutter den erheirateten Namen,
durch liederlichen Lebenswandel entwürdigt und der

Schande preis gibt!" „Na also! Wie für unseren Fall gemacht. Oder bezweifeln sie, dass meine Frau Stiefmutter einen liederlichen Lebenswandel führt und den erheirateten Namen der Schande preisgibt?" „Ich bezweifle, ob die Tätigkeit als Artistin im Sinne des Gesetzes, als „liederlicher Lebenswandel" gilt." „Tritt sie nicht halb nackt im Zirkus auf?" „Das Auftreten ist ein schwaches Argument. Was hingegen halb nackt ist, wird ein Gericht nur auf Grund zahlreicher Gutachten und Augenschein beurteilen können!" „Euch Juristen soll der Teufel holen! Was ich will und durchsetzen werde ist, dass der Name Villarocca von den Zirkusplakaten verschwindet. Kann ich dem ältesten Sohn des Herzogs von Salamanca zumuten, die Stiefenkelin einer plakatierten Zirkusreiterin zu heiraten?" „Das ist keine juristische, sondern eine private Frage", sagte Dr. Ventosa. Das Recht bestimmt die Befugnisse des Einzelnen im Rahmen der Gesamtheit. Die alten Adelsprivilegien sind abgeschafft ..." „Was also raten sie?" „Ich rate, alles auf eine einzige Karte zu setzen und eine Feststellungsklage einzureichen. Wäre sie hier in Spanien und würde sie auftreten, könnten wir eine einstweilige Verfügung erwirken. Da sie jedoch im Ausland ist, können wir vorläufig nichts machen, was sie zwingen könnte, von ihrem Namen beruflich keinen Gebrauch zu machen." „Wo treibt sie sich jetzt herum?" „Irgendwo in Österreich, wie ich von ihrem Anwalt hörte und noch immer mit dem schäbigen Zirkus, der ihr zur Flucht aus Madrid verholfen hat!" „Meinetwegen! Setzen sie sofort die Klageschrift auf. Morgen will ich sie sehen und dann fort zum Gericht. Mit meiner Stiefmutter in Österreich werde ich mich selbst beschäftigen." „Wie Hoheit belieben!" und er verbarg ein skeptisches Lächeln.

Drei Wochen später hielt am späten Abend ein dunkler Wagen vor dem Zirkuszelt. Ein eleganter Herr stieg aus, ging zur Kassa und verlangte ein Billett. „Die halbe Vorstellung ist schon vorbei", sagte die Kassiererin. „Ist Donna Elvira schon aufgetreten?" Die Kassiererin horchte nach der Musik. „Nein, ihre Nummer ist die Nächste!" „Dann geben sie mir eine Loge!" „Eine ganze?" „Ja, eine ganze!" Der elegante Herr trat ins Zelt und ließ sich zu seiner Loge führen, setzte sich und schaute herum. Neben sich legte er ein Blumenbukett. Das also war der Zirkus Powolny und hier lebte sie – die Frau, deren Spuren er schon seit einem Jahr verfolgte. Der junge Herr wurde jäh aus seinen Gedanken gerissen. Die Kapelle spielte eine Melodie aus Carmen und Donna Elvira sprengte auf Achilles in die Manege. Hier musste man nicht nur Reitkunst, sondern auch Kurven zeigen. Darum trug sie nichts weiter als griechische Schnürsandalen und ein Pantherfell, das von einer goldenen Agraffe über der linken Schulter neckisch zusammengehalten wurde. Leicht wie eine Schneeflocke wirbelte sie auf ihrem Hengst dahin, zur Freude der Jugend, auf den billigen Plätzen und der dicken Onkeln in den ersten Reihen, die nur ihretwegen gekommen waren. Elvira lächelte alle an, machte ihre Knickse und warf Kusshändchen bis in die letzten Reihen. Plötzlich stockte ihr Atem und sie wäre beinahe vom Pferd gefallen. Dort in der Loge saß einsam ein dunkler Kavalier, einen Rosenstrauß auf den Knien und lebhaft bemüht, ihre Aufmerksamkeit zu erregen. „Mein Gott, wie kommt denn der daher?", stöhnte sie Ihre Gedanken alleine konnten ihn doch nicht hierher gelockt haben? Aber er sollte sehen, dass sie ihn erkannt hatte. Sie lenkte Achilles knapp an der Loge vorbei und ließ schließlich den Hengst seine Reverenz in Richtung der Loge machen. Der Kavalier glühte vor Begeisterung, seine Wangen waren rot, wie die eines verliebten Knaben. Er war aber nicht schüchtern, sondern warf das Bukett so geschickt, dass Elvira es auffangen konnte. Das Publikum applaudierte! Neugierig schaute es auf den Blumenspender, während er mit hastigen Schritten hinauseilte. Elvira warf die Zügel dem Stallmeister zu, schlüpfte in ihren Mantel und ging suchend, auf den dunklen Platz, zwischen den Wohnwagen hinaus. Dort stand er schon, den Hut in der Hand und machte eine tiefe Verbeugung. „Marques de Arita! Sie ... Hier?" Er beugte sich über ihre Hand und küsste sie innig. „Ja, Donna Elvira!" „Meinetwegen?" forschte sie. „Hier können wir nicht stehen bleiben, kommen sie in meinen Wagen!" Zum ersten Mal betrat er das rollende Heim einer Zirkusartistin. Wahrhaft, ungewöhnlich, verglichen mit den achtundsechzig Zimmern und Sälen des Palazzos del Villarocca in Madrid. Neben der schmalen Tür wartete er geduldig, bis sie das Licht angemacht hatte. Dann saßen sie einander gegenüber, Elvira noch im Mantel über dem Trikot. Jetzt bemerkte sie, dass er eine schwarze Krawatte trug. „Ich wage nicht, zu fragen ...", begann sie stockend. Don Manuel nickte. „Ja, ... Mein guter, alter Vater ist gestorben, vor einem Monat ... ganz plötzlich und ohne krank gewesen zu sein." „O!", flüsterte sie mit feuchten Augen. „Ihr Vater war mein edelster Freund. Wenn es in Madrid einen Menschen gibt, an den ich in Ehrfurcht und Liebe zurückdenke, so ist er es. Mit ihm ist wieder ein Stück des alten, edlen Spaniens dahingegangen." Der junge Marques senkte den Kopf, um seine Rührung zu verbergen. Mein Vater war alt und hat ein schönes Leben gehabt. Ich habe noch meine Mutter. Sie ist viel jünger und kann noch lange leben. Was ich aber sagen wollte, ist: Auch ich führe den Titel eines Marques de Arita. Was mein Vater aus Stolz und Edelmut für sie getan hat, das tue ich, weil ich ein junger und moderner Mensch bin, aus innerster Überzeugung. Erlauben sie, dass ich an die Stelle meines Vaters trete?" „Ich danke ihnen und nehme es gerne an. Ich glaube aber nicht, dass sie deswegen hier her gekommen sind ... sie hätten mir auch schreiben können!" „Sie haben Recht! Ich bin gekommen, weil ich mit ihnen reden und sie warnen möchte." Elvira stutzte. „Sie machen mich neugierig. – Gehen wir in die Stadt, dort sind wir ungestört. Ich bin gleich umgezogen." Sofort stand er auf, um den Wagen zu verlasen. „Nein ... bleiben sie! Wie sie sehen, ist hier ein Vorhang. Der ist so gut wie eine dicke Mauer. Auch wenn die Wände dünn sind, ist man beim Zirkus nicht unmoralischer." Lachend schlüpfte sie dahinter. „Es gibt Leute, die das nicht glauben", antwortete Don Manuel. „Was die Leute glauben, hat uns Zirkusmenschen nie interessiert. Unser Beruf ist sehr hart. Vielleicht leben wir deshalb anders. Wir pflegen eine Art von Kollegialität, die von Außenstehenden leicht missverstanden werden kann. Wir haben unsere eigenen Gesetze. – Sehen sie, wie schnell das bei mir geht ... ein Kleid über das Trikot ... fertig!" Draußen staunte sie", das ist ihr Auto, Don Manuel?" „Ja, ... gefällt er ihnen? Wohin wollen wir fahren?" „Nur ein paar hundert Meter, Amstetten ist keine große Stadt. Aber ich kenne hier ein nettes Lokal, wo man recht behaglich sitzen kann." Bald waren sie dort. „Achten sie nicht darauf, dass man mich anstarrt", bat sie. „Das macht man überall und ich bin es gewöhnt. – Bitte bestellen sie mir einen Rotwein und dann erzählen sie! Was ist geschehen und warum wollen sie mich warnen?" „Ich weiß nicht, ob Don Basilio, sie über alles unterrichtet hat, was alles in Madrid geschehen ist, seit sie abgereist sind." „Über das Wichtigste bestimmt!" „Dann wissen sie auch, dass Don Enrique gegen sie einen neuen Prozess angestrengt hat?" „Ja, er wünscht, dass ich in der Manege meinen Namen ablegen soll!" „Kennen sie auch die Voraussetzungen, unter denen er sie dazu zwingen kann?" „Nein, die kann ich mir nicht vorstellen!" „Zum Beispiel ... Ich bitte um Vergebung ... wenn sie ein liederliches Leben führen und dem Namen Villarocca Schande machen." Elvira schaute groß. „Habe ich das getan?" Der Marques nahm ihre Hand und küsste sie. „Gewiss nicht! Don Enrique bemüht sich aber, dem Gericht einen solchen Tatbestand zu beweisen." „Viel Glück!" „Unterschätzen sie ihn nicht. Er hat Geld! Damit kann er Spione bezahlen und Zeugen kaufen." „Woher wissen sie das alles?" fragte sie, der erst jetzt die Seltsamkeit der Warnung auffiel. „Ich verdanke mein Wissen einem glücklichen Zufall, die „Mediterrana" in Wien beschäftigt manchmal ein erstklassiges Detektivbüro, wenn sie vertrauliche Auskünfte über Geschäftspartner braucht. Don Enrique hat diesem Büro den Auftrag gegeben sie zu überwachen und alles über ihr moralisches Verhalten sofort zu melden. „Das ist unerhört!", rief Elvira laut. „Der Inhaber des Institutes hat es mir erzählt, weil er weiß, dass ich Spanier bin und erwartet hat, dass ich ihm zu dem heiklen Fall etwas sagen kann. Natürlich konnte ich ihm nicht sagen, dass ich sie kenne und auf ihrer Seite stehe. Seien sie daher auf der Hut und geben sie sich keine Blöße. Harmlose Dinge können vor dem Gericht in Madrid ganz ungeheuerlich erscheinen. „Was soll ich machen? Soll ich ins Kloster gehen?" „Das wäre beinahe das einzige, hier nützliche Alibi", lachte er. „Von allen bisherigen Anschlägen, gegen sie, ... und ich darf mir als Jurist, dieses Urteil erlauben ... ist dieser der Gefährlichste. Es könnte sogar zu einer Aufhebung des Obergerichtlichen Urteils in der Erbschaftsangelegenheit führen und sie um ihren Anteil bringen. Hier kämpfen sie gegen eine Tücke, vor der es keinen Schutz gibt. Bedenken sie, dass in Spanien die Prüderie, Orgien, feiert. „Ich begreife!", sagte sie leise. „Bisher habe ich nie Angst gehabt vor meinem Stiefsohn und seinem Anhang. Jetzt aber habe ich das Gefühl, dass ich ihm ausgeliefert bin, was immer ich mache!" „So ist es! Verkennen sie auch nicht die verzweifelte Lage, in der sich Don Basilio befindet. Er hat keine Ahnung wie sie leben und was sie treiben und soll sie in Madrid, als Engel in voller Glorie hinstellen." Elvira drehte das Glas mit dem funkelnden Rotwein zwischen den Fingern und dachte lange nach. „Hören sie, ich verstehe von der Rechtswissenschaft gar nichts, aber ich glaube, dass liederliches Leben, von der Behörde des Landes festgestellt werden muss, wo es stattfindet, ehe ein spanisches Gericht dazu Stellung nehmen kann. Wenn Don Basilio deswegen in die Klemme kommt, werde ich ihm eine Bestätigung bringen, die die Reinheit meines Wandels bezeugt." Der Marques machte ein glückliches Gesicht und schaute Elvira mit strahlenden Augen an. „Haben sie wirklich keinen Geliebten?", flüsterte er. „Mein Gott, nichts wäre natürlicher als das. – Wer ist gerne alleine?" „Nein ... ich habe wirklich keinen", beruhigte sie. „das heißt nicht, dass ich mir keinen wünsche. Leider bin ich sehr anspruchsvoll. Vergessen sie nicht, ich war Don Ramons Gattin!" „Ich muss noch heute nach Wien zurück! Aber ich möchte nicht gehen, ohne zu versprechen, dass ich wieder komme. Unter der Erbschaft meines Vaters befindet sich auch die Verpflichtung, ihr Freund und Helfer zu sein! Mein Vater hat sich damit begnügt. Mir ist das zu wenig, Donna Elvira, meine Wünsche gehen weiter, mein Ehrgeiz ist größer. Wenn ich einmal reden darf ... werden sie mich dann anhören?" „Wenn sie etwas Vernünftiges zu sagen haben ..." „Warum reden die Frauen immer von Vernunft, wenn die Männer was ganz anderes meinen?" „Weil Frauen in gewissen Situationen dringend Ausreden brauchen."

Das Auto hielt unweit des Zirkus, in einer einsamen, dunklen Gegend. Die Vorstellung war zu Ende, man hatte die Lichter gelöscht. Unter einem Baum standen sie eng umschlungen. Sie sahen einander an. Was sollte man reden? Was war noch nicht gesagt worden? „Apropos!", sagte er dann und holte aus seiner Brusttasche ein Kuvert. „Hier bitte! Es sind dreißigtausend Schillinge. Don Basilio hat es bei uns hinterlegt!" „Danke Don Manuel! – Gute Nacht!" „Gute Nacht!" Er stand und wartete, bis sie hinter dem Zaun, im Zirkus verschwunden war. „Elvira!", rief er, von Sehnsucht getrieben, „darf ich ihnen schreiben?" „Ja ... das dürfen sie ... Don Manuel!" „Und werden sie mir antworten?" „Ja, ich werde antworten. – Jetzt gehen sie! Denken sie an die Spione!" Während er schallend lachte, lief sie zu ihrem Wohnwagen, die drei Holzstufen hinauf und durch die Tür. Dort stand sie im Finstern, horchend. Leise sprang draußen ein Motor an.

21

In diesem Sommer ereignete sich etwas in Madrid, das klar bewies, dass Solidarität kein leerer Wahn ist. Es war ein lokales Ereignis und deshalb stand nichts in der Auslandspresse. Nur in der internationalen Artistenzeitung wurde berichtet. Don Enriques neuer, gegen seine Stiefmutter angestrengter Prozess war kein Geheimnis geblieben. Wahrscheinlich hatte Don Basilio das Interesse der Journalisten auf diesen leckeren Braten gelenkt. Rechtsanwälte und Journalisten waren seit jeher aufeinander angewiesen und bildeten eine Kaffeehausbruderschaft von unzerstörbarer Innigkeit. Bald konnte man in Zeitungen, welche der Hocharistokratie nicht wohlgesinnt waren, Andeutungen finden, dass der Familienstreit im Hause Villarocca, noch lange nicht zu Ende sei, sondern demnächst unglaubliche Formen anzunehmen drohe. ‚Wie gut muss es unserem Hochadel gehen, hieß es in einem Artikel, wenn er zu solchen Pläsieren Lust und Geld hat! Wieder ist es der jetzige Herzog, der den Spaniern, die da arbeiten und eine bessere Zeit erhoffen, demonstriert, was Adelsstolz, Anmaßung und Verachtung der Bürgerlichen ist. Ja, Spanien ist noch nicht frei von den Gespenstern der Vergangenheit, die wie Trichinen im mageren Fleisch des Volkes sitzen.‘ Kenner der spanischen Verhältnisse wunderten sich nicht darüber. Man wollte so der vorlauten Aristokratie auf die Finger klopfen. Bald erfuhr man auch, warum die Presse so böse auf Don Enrique war. Dieser Mann, der zuerst seinen eigenen Vater für verrückt erklären lassen wollte, dann dessen Witwe den dürftigsten Unterhalt verweigerte, nur weil sie ein Kind des überall gleich armen und braven Volkes war, wollte diesem bedauernswerten Weib nun gar den ehelichen Namen aberkennen lassen, weil es – um sein Leben zu fristen – zu seinem früheren Beruf zurückgekehrt war.

Madrid ist eine Stadt, die sich nie langweilt, wie das viele andere Städte tun. Das liegt zum Teil am Klima, zum anderen der Begabung der Menschen für Heiterkeit, Skandal und Tumult. So gut hatte sich aber die Stadt schon lange nicht mehr unterhalten. Die Zeitungen brachten, Donna Elviras Bild in hundertfacher Vergrößerung heraus und daneben ganz klein, Don Enriques Foto. Mit gefletschten Zähnen und wirren Haaren als boshaften Zwerg. Die Presse dachte dabei nur an ihre Auflagen. Aber es gab Leute, die sich durch das, was Donna Elvira angetan werden sollte, in ihrer Ehre getroffen fühlten. – Das waren die Artisten Spaniens! Die Iberische Halbinsel hatte die meisten internationalen Artisten. Ihre Zahl ist groß und über die ganze Erde verbreitet. Als die Madrider Zeitung da und dort gelesen worden war, hagelte es Protest-Telegramme an die spanische Sektion der Artistenorganisation. Sie verlangten entrüstet die Zurückweisung der Behauptung, dass der schwere Artistenberuf, gleichbedeutend sei mit liederlichem Lebenswandel. Man verlangte eine Ehrenbeleidigungsklage gegen Don Enrique und das persönliche Erscheinen des Präsidenten der Artistenorganisation vor Gericht. Seit Langem war die Artistenwelt nicht in solche Erregung versetzt worden.Aus allen Ländern kamen Sympathieschreiben für Donna Elvira. In aller Welt sammelten

Artisten Geld, um ihrer Kollegin, unter die Arme zu greifen. Auch im Zirkus Powolny fand eine Versammlung statt und man beschloss sofort, an die Madrider Zeitung zu schreiben: „Donna Elvira, Herzogin von Villarocca, seit drei Jahren Mitglied vom Zirkus Powolny. Von Kollegen hochverehrt wegen vorbildlicher, moralischer Haltung, Kameradschaftlichkeit und Hilfsbereitschaft. Oft aßen wir nur, weil sie es ermöglichte. Protestieren heftig gegen Madrider Schandprozess. Spanische Kollegen, duldet nicht, uns alle in Donna Elvira zu besudeln! – Direktor, Artisten und Arbeiter des Zirkus Powolny, derzeit Öster-reich. Die Zeitung veröffentlichte dieses Telegramm sofort. Die Wirkung war überraschend. Die spanischen Artisten beschlossen zu radikalen Mitteln zu greifen. Sie riefen alle erreichbaren Mitglieder zusammen und ließen sie vor dem Palazzo aufmarschieren. Das war ein Aufsehen. Man trug Spruchbänder mit der Aufschrift: „Schäme dich, Don Enrique! – Artisten sind kein Frei-wild! – Hoch Donna Elvira! – Wir sind arm aber nicht liederlich! usw. In Madrid, wo jeder Zeit hat, ballte sich das Volk zusammen. Viele wussten nicht, worum es ging, aber sie kamen mit. Die es wussten schrien besonders laut. Die Polizei schaute tatenlos zu, denn es war keine politische Demonstration. Mit den Artisten wollte man es sich nicht verderben, denn sie kamen ins Ausland und beeinflussten die Meinung der Welt über Spanien. So war bald eine riesige Demonstration vor dem Palazzo de Villarocca, wo im Nu alle Fensterscheiben eingeschlagen waren. Dann ging man friedlich auseinander. Don Enrique hatte sich – im Zimmer seines Kammerdieners versteckt, ja sogar, wie dieser später erzählte, dessen Livre angezogen. Aber nicht genug mit diesen turbulenten Szenen! Der

Vorsitzende der Artistenorganisation verlangte, als Sachverständiger gerichtlich einvernommen zu werden, was man ihm nicht verwehren konnte. Er schilderte das harte, entbehrungsreiche Leben der Artisten, betonte, welche körperliche und seelische Kraft ihr Beruf erforderte und welche Entbehrungen er ihnen auferlege. „Unser Beruf ist so ehrbar, wie jeder andere!", rief er. „Sollte das Gericht unsere angesehene Kollegin Donna Elvira, Herzogin von Villarocca, unwürdig ihres hohen Namens erklären, weil sie Zirkusartistin und Mitglied unserer Weltorganisation ist, dann werden wir Artisten in allen Zirkussen, Varietés und Kabaretts der Welt, gegen diese Fehlentscheidung protestieren und die spanische Justiz für unwissend, befangen und parteiisch erklären.

Die Sache stand verdammt schlecht für Don Enrique. Denn das Gericht begann einzusehen, dass es hier für eine private Meinung missbraucht werden sollte. Die Welt schaute auf Spanien! Mit den Urteilen Piff! Paff! Puff! die man noch vor zehn Jahren wagen konnte, war es vorbei. Sehr bald erschien, mit langem Gesicht, Dr.Ventosa im Palazzo und überbrachte das Urteil. Die Klage des Herzogs gegen seine Stiefmutter musste kostenpflichtig abgewiesen werden. „Was heute nicht ist, kann morgen sein!" versuchte er zu trösten. „Vielleicht hat Donna Elvira eines Tages doch einen liederlichen Lebenswandel. Dann können wir es neuerlich versuchen!" „Sie Tor!", rief Enrique. „ich habe sie beobachten lassen. Sie lebt wie eine Nonne und hat den Spitznamen „eiserne Witwe." „Aus einer eisernen kann eine lustige Witwe werden, sie ist ja noch jung ..." „Zum Teufel, ja!", fing er zu toben an. „Wäre sie alt, würde ich ihr gerne diesen Bettel von Unterhalt zahlen. Aber sie ist jung! Bedenken sie, was das bedeutet.

Sie ist sogar jünger als ich ... noch meine Kinder werden sie auf dem Hals haben." „Allerdings, Hoheit. Darum gibt es nur eines." „Und was°? „Man muss sich mit ihr vergleichen." „Wie?" „Ein Vergleich ist das Vernünftigste. Es macht kein Aufsehen, befriedigt beide Teile und kommt billiger als jeder Prozess!" Don Enrique betrachtete die Spitzen seiner Lackstiefel. „Wie stellen sie sich das vor?" „Einfach. Ihre Stiefmutter befindet sich, wie wir wissen, in übler finanzieller Lage. Ihr Erbteil ist noch immer gesperrt, so wie der ihre, Hoheit. Sie hat sogar schon ihre Juwelen verpfändet oder verkauft. Auch ihr Madrider Konto ist erschöpft. Der Zirkus vegetiert nur mehr dahin und kann jeden Tag zusammenbrechen. Was macht sie dann?" „Sie geht zu einem anderen Zirkus!" „Das wäre möglich. Aber Not macht müde! Ein gewisser Betrag ... sagen wir eine Million Peseten ... wird ihr willkommen sein!" „Eine Million? Sind sie verrückt?", schrie Don Enrique. „Eine Million Peseten sind in Österreich nur rund sechshunderttausend Schillinge. Das ist nicht viel. Für eine ruinierte Existenz." „Wofür soll ich ihr so viel Geld hinwerfen?" „Für den Verzicht, den Namen zu tragen!" „Kann man das rechtlich fixieren?" „Gewiss ... ein Privatvertrag!"

„Lassen sie mich überlegen ... ich glaube das geht ... wenn ich an Isabellas Heirat denke und an mein Haus ..." „Ermächtigen sie mich, dass ich mit Don Basilio Verhandlungen aufnehme?" „In Gottes Namen, ja! Irgendwie muss der Skandal aus der Welt geschafft werden!" Dr. Ventosa ging zu Don Basilio und schlug ihm den Vergleich vor. Der hatte das längst erwartet und zeigte sich spröde. „Auf den Bettel werden wir sicher nicht eingehen. Ihr Name ist ihr Kapital. Sie hat tolle Angebote, sie könnte sogar nach Amerika gehen. – Na schön ich werde es ihr schreiben. Sie hören von mir Kollege!"

Die Antwort kam nach zehn Tagen, aber sie verwunderte selbst Don Basilio. Elvira schrieb: „Bedingungen stelle ich, aber ich lasse sie mir nicht stellen! Meine Bedingungen sind: fünfzigtausend Peseten Jahresapanage lebenslänglich. Instandsetzung, der Casa Minor, damit ich dort, meinem Rang entsprechend, wohnen kann. Übergabe meines Erbteils, zur freien Verfügung, an mich. Erst wenn das erfüllt ist, werde ich über das Verlangen, des Herzogs, mit mir reden lassen. Lieber Don Basilio, ich muss in diesen Dingen konsequent sein, weil ich nicht daran denke, mich noch einmal zu verheiraten und bei meinem Beruf bleiben will, bis ich nicht mehr aufs Pferd steigen kann. Dann will ich ein gesichertes Alter haben." Don Basilio rieb sich die Hände. Er rief Dr. Ventosa zu sich und zeigte ihm den Brief. „Ich habe ihnen eine Kopie machen lassen!" „Besten Dank! Der Herzog wird sie noch heute erhalten!" Ein paar Tage später kam noch ein Brief. Don Basilio wurde gebeten, dringende Nachrichten an sie über den Marques de Arita zu senden, „da er immer weiß, wo ich mich gerade aufhalte und er die Liebenswürdigkeit hat, mir die Post sofort zu überbringen", schrieb sie. „Ich finde das Angebot von einer Million unverschämt!" Sehr bald kam er mit seinem Auto, um ein Schreiben zu überbringen. Er war über ihre Starrköpfigkeit bestürzt und sagte das auch. „Eine Million Peseten sind viel Geld", meinte er „was machen sie, wenn er die Verhandlungen abbricht?" „Das wirder nicht!" lachte sie. „Warum glauben sie das?" „Weil er es sich nicht leisten kann: – Lesen sie, was Don Basilio schreibt." Der Marques überflog den Brief. Eine Stelle interessierte ihn besonders. „Liebe Donna Elvira, bleiben sie fest. Ihre Bemerkung, dass sie lebenslängliche Witwe und Artistin bleiben wollen, hat auf ihren Stiefsohn großen Eindruck gemacht. Die Vorstellung, dass sein erlauchter Name niemals von den Zirkusplakaten verschwinden wird, bricht langsam seinen Widerstand. Dazu kommt, dass seine finanzielle Lage nicht günstig ist. Er, der alles für sich haben wollte, erkennt, dass er den großartigen aber praktisch wertlosen Besitz nicht zusammenhalten kann. Das hat unser lieber Don Ramon gewusst und danach gehandelt. Enrique möchte gut leben, ohne zu arbeiten. Seine Güter sind heruntergewirtschaftet, seine Schlösser und Palais verfallen, seine Kunstschätze überziehen sich mit Schimmel. Er weiß nicht, woher er das Geld nehmen soll, um seine Diener zu bezahlen und nach außen hin die gewohnte Pracht zu entfalten. Ich beobachte diese Entwicklung mit großer Zuversicht. Er braucht seinen Erbanteil immer dringender und wird seine Taktik bald aufgeben müssen. Dann wird auch ihr Anteil frei. Was nun den Namensverzicht betrifft, liegt es wie eine würgende Faust um seinen Hals. Noch immer ist die Ehe zwischen Isabella und Alfonso nicht zustande gekommen. Das ist aber nicht der einzige Grund, warum sie ihrem Stiefsohn ein Dorn im Auge sind. Er möchte nicht hinter den anderen Adeligen zurückstehen. Der einzige Schönheitsfehler ist seine Stiefmama. Früher hätte er ihnen Gift oder einen Dolch gesendet. Heute kann er nur Detektive senden und die haben ihn sehr enttäuscht. Don Ramon hätte darüber eine große Freude! Das wollte ich ihnen in aller Eile schreiben, damit sie sich danach richten können." Als der Marques so weit gelesen hatte, nahm sie ihm den Brief aus der Hand. „Halt! Bis hier her und nicht weiter! Das folgende dürfen sie nicht lesen!" „Das Vertrauen zu mir ist nicht groß! Warum kränken sie mich?" „Wenn das so ist, muss ich nachgeben! Lesen sie, was er am Schluss schreibt!" Erfreut nahm er den Brief wieder aber gleich überzog sich sein Gesicht mit flammender Röte. „Apropos! Was soll denn die Geschichte mit dem Marques de Arita? Die Sache kommt mir bedenklich vor, so natürlich sie auch sein mag. Als ergebener Freund, der ihnen von Herzen alles Glück wünscht, wäre es mir ein angenehmer Gedanke, sie mit diesem vorzüglichen jungen Mann verbunden zu wissen. Als ihr Rechtsanwalt muss ich aber dringend warnen. Sobald Enrique, den geringsten Verdacht schöpft, dass ihr Wort von der ewigen Witwe Flunkerei ist, wird er ganz andere Töne hören lassen und unser Kampf war umsonst. Für eine junge Frau gibt es keine größere Gefahr, als ein törichtes Herz." Der Marques legte den Brief behutsam vor sich hin. „Was werden sie antworten?", fragte er niedergeschlagen. „Ihre Neugierde ist heute groß! Ich werde antworten: Mein Herz wird erst töricht werden, wenn ich nicht mehr klug zu sein brauche!" – „Sind sie jetzt zufrieden?" „Ja, zufrieden und sehr glücklich!"

22

Wieder war es Herbst geworden und der Zirkus bezog sein Winterquartier. Ehe man auseinander ging, hielt der Direktor noch eine seiner berühmten Ansprachen: „Liebe Kinder! Die Schwalben sind in den warmen Süden gezogen, wie wir es früher auch gemacht haben aber jetzt nicht mehr können. Das hochverehrte Publikum sitzt in den geheizten Kinos und kommt nicht mehr in das kalte Zirkuszelt. Es ist ja in jedem Herbst dasselbe. Dass es uns dreckig geht, ist kein Geheimnis. Aber wir wollen den Mut nicht verlieren. Wenn wir unsere Elvira nicht hätten, ginge es uns noch dreckiger. – Sie hat ihren Schmuck versetzt, damit sie uns unter die Arme greifen konnte. Ihr habt gehört, dass gewisse Leute, das ein liederliches Leben nennen. – Pfui Teufel! – Ja! Ich freue mich, dass die meisten von euch eine Beschäftigung über den Winter gefunden haben. Dass mir aber keiner auf das Trainieren vergisst. Wer will, soll im Frühjahr wiederkommen. Noch mein seliger Vater hätte euch zum Abschied auf seine Kosten in ein Wirtshaus eingeladen. Ich kann das leider nicht, darum muss jeder sein Gulasch und sein Krügel Bier selber bezahlen. Servus alle! Hauptsache, die Tiere sind gut untergebracht. Wir Menschen müssen für uns selber sorgen!" Es gab Händeschütteln, Umarmungen und Küsse. „Was wirst du machen Dolly?", fragte Elvira, das junge Mädchen, das ihr eine gute Freundin geworden war. „Ich gehe nach Wien, zu meiner Tante." „Das ist fein! Nächstes Jahr setzen wir den Reitunterricht fort. Weiß Gott, vielleicht bin ich eines Tages nicht mehr da und dann braucht der Direktor eine gute Kunstreiterin."

Der Direktor überwinterte bei seinem Onkel, der ein gut gehendes Uhrmachergeschäft hatte. An manchen Abenden saßen sie beisammen und redeten von alten Zeiten. „Weißt du, Onkel Franz, wenn ich im Radio das Lied höre ‚Als Böhmen noch bei Österreich war‘, da erinnere ich mich jedes Mal, was das für schöne Zeiten waren. „Damals warst du noch ein dummer Bub", sagte der Onkel. „Das schon … Aber mein Vater war Zirkusdirektor. Ich weiß noch, wie er ganz in schwarz gekleidet und ganz weiß im Gesicht in die Manege ging. Das Publikum ist von den Sitzen aufgestanden, um ihm zu kondolieren und er hat nach allen Seiten gegrüßt. Am Tag darauf war das Begräbnis meiner Mutter. Warum ist sie so unglücklich vom Trapez gestürzt? – Na ja, es ist lange her – Schwamm drüber!" „War das nicht in Neapel?", fragte der Onkel. „Ja ich glaube … dort war es. Ich selber bin in Saloniki geboren. Darüber lachen sie immer, wenn ich meine Dokumente herzeige. Wir Zirkusleute sind Opfer der Geografie." „Wieso, Aurel?", fragte der alte Uhrmacher. „Weil die Politik – fortwährend die Grenzen ändert. Früher haben die Zöllner gar nicht hingeschaut, wenn ein Zirkus gekommen ist. Überall hast du Geld wechseln können. Der Artistenpass hat genügt, um von London bis Konstantinopel und von Sankt Petersburg bis Lissabon zu kommen. Aber heute! Frag mich nicht!" „Ja, Aurel! Was sind wir Menschen heute schon? Ein Dreck und eine Belästigung für die Behörden!" So redeten sie in der warmen Küche bei einer Tasse Tee mit Rum.

Elvira fuhr, wie jedes Jahr zu einer angeheirateten Verwandten ihrer verstorbenen Eltern, einer lieben, alten Frau, zu der sie „Tante" sagte. Ja, was täten die Menschen, wenn es weder Tanten noch Onkeln gäbe? Elvira ging es in München gut. Sie hatte noch etwas Geld und Hoffnung war für sie kein leerer Begriff. Die Tante hatte ein Restaurant, „Zum Harlekin" und eine gemütliche Wohnung. Die Tante wusste von der abenteuerlichen Ehe ihrer Nichte nur das Notwendigste. Sie hatte auch keine Zeit, sich mit solchen Dingen zu beschäftigen. Ihr Restaurant nahm sie ganz in Anspruch. Elvira war Tag für Tag alleine. Sie las viel, bummelte durch die Stadt und dachte über sich selbst nach. Was dabei heraus kam war immer dasselbe: Hier war Elvira und dort war das Leben. Das Leben schielte nach ihr, aber sie tat als merke sie es nicht. Auch, die Männer schielten nach ihr, aber sie misstraute ihnen. Erstens überhaupt und zweitens, weil sie Spione, Don Enriques sein konnten. Sie schrieb Briefe an: Don Basilio, der Zofe Joana und sogar dem Marques da Arita nach Wien. Selten enthalten Briefe alles, was man denkt und fühlt. Ein wenig davon enthalten sie doch. Man schickt sie auf Reisen und kann sie nicht mehr zurückholen und das erleichtert.

Mitte Jänner wurde sie von unerklärlicher Unruhe befallen. War das der Föhn? Jeder Pfiff einer Lokomotive weckte Wünsche und das Kursbuch wurde zum Begleiter. Bald saß sie im D-Zug. Sechsunddreißig Stunden später riss sie heftig am Glockenzug der Casa Minor, ehe ihr geöffnet wurde. Es war neun Uhr vormittags!

Joana, unfrisiert und im Nachthemd, fiel aus allen Wolken. Die faule Person hatte natürlich noch geschlafen, aber sie schämte sich deswegen nicht. Was machte man in Madrid während eines so strengen Winters? Man lag so viel und so lange wie möglich im Bett. Die Öfen waren gegen die Kälte machtlos. Also wärmte man sich so gut es ging und das war im Bett. Umso lauter war das Geschrei, das Joana anstimmte. „Sei still! – Man muss nicht gleich wissen, dass ich hier bin!" Zitternd vor Kälte und Freude schleppte Joana den leichten Koffer über die verschneiten Gartenwege zu dem Häuschen, wo Jose', in Unterhosen, gähnend am Fenster stand, um nach der Ursache des stürmischen Läutens zu sehen. Da fuhr ihm der Schreck in die Glieder. Die Kleider unter dem Arm, rannte er über die klappernde Holztreppe in den Keller, um dort in Jacke und Hose zu fahren. Auf dem Weg ins Stockwerk hinauf hörte Elvira, in der Küche ein kläg- liches Rufen: „Mama! Mama!" „Joana, das kann doch nur die kleine Elvira sein!" Schnell machte sie kehrt, um in die Küche zu gehen. Dort flüchtete ein kleines Mädchen hinter den Herd. Es hatte ein kurzes Hemdchen an und in der Hand eine Tüte mit Pfefferminzbonbons. „Das also ist die Kleine!" „Ja, Exzellenza!" bestätigte Joana stolz. „Heute ist ihr zweiter Geburtstag, darum hat sie auch Bonbons bekommen. Komm hervor, die Patronessa ist ge- kommen! Mach ein Knickschen und küsse ihr die Hand!" Die Kleine aber wollte nicht. Mit dunklen Augen lugte sie hinter dem Herd hervor und versteckte ihre Tüte hinter dem Rücken. Jose' tauchte aus dem Keller auf. Er tat so, als habe er stundenlang schwer gearbeitet, Kartoffel ge- klaubt oder gar Holz gehackt. Donna Elvira freute sich. Drei Jahre waren diese jungen Leute schon verheiratet und genauso lange war sie nicht mehr hier gewesen. In den dürftigen Räumen hatte sich nichts geändert. Sie waren aber sauber und in Ordnung gehalten worden.

Noch immer waren dunkle Flecken an den Wänden, über dem größten hing ihr Porträt. Die Dielen knarrten, die Türen schlossen schlecht und auch die Maus war noch da, die zu töten Elvira strengstens verboten hatte. Jetzt war es kalt und düster. Der Jänner war ein unbehaglicher Monat. In der Sierra schneite es heftig und der kalte Nordwind senkte die Temperaturen unter den Nullpunkt und darunter. „Ich bleibe nur ein paar Tage. Bring mir heißes Wasser und pack meinen Koffer aus, Joana. Ich muss gleich in die Stadt. Inzwischen kannst du im großen Kamin Feuer machen!" Um zwei Uhr war sie in der Kanzlei von Don Basilio. Der Bürovorstand traute seinen alten Augen nicht, als er sie sah. Aber schon stürzte Don Basilio aus seinem Zimmer. „Sie hier! Lassen sie sich umarmen, mein liebes Kind! – Wie schade um das Porto!" „Welches Porto?" lachte sie. „Um das Porto für den Brief, den ich gestern persönlich auf den Flughafen gebracht habe ... zwölf Kilometer mit dem Taxi, damit sie den Brief, einen Tag früher bekommen." „Nun und was steht drinnen? Jetzt können sie es mir erzählen." Er betrachtete seinen Besuch, als wollte er sich überzeugen, dass sie kein Traumbild war. „Haben sie geahnt, dass ich sie hier dringend brauche?", fragte er. „Nein, ich wollte wieder einmal hier sein!" „Ausgezeichnet! Ich brauche ein paar Unterschriften, die alles sehr beschleunigen werden!" „Warum schon wieder Unterschriften? Wie viele habe ich schon geleistet?" „Diesmal sind es die Letzten", lächelte er. – Ich gratuliere, Frau Herzogin ... Ihre Erbschaft ist freigegeben und wartet nur darauf, von ihnen eingesteckt zu werden!" „Wie? ... Ist das wahr?" Der Advokat nickte. „Es ist alles so gekommen, wie ich es vorausgesagt habe. Don Enrique hat die Geduld verloren, weil ihm das Geld auszugehen drohte. Drum ist es auch gelungen, ein tüchtiges Drittel für sie herauszuschlagen. Darunter die große Glasfabrik in Valencia und den ganzen Gesellschaftsanteil Don Ramons an der Handelsgesellschaft „Mediterrana." Elvira zitterte: „Das verdanke ich ihnen! Ohne sie, wäre ich hilflos gewesen!" „Danken sie mir nicht! – Sie wollen gar nicht wissen, wie reich sie jetzt sind? Don Ramons Privatvermögen ist endgültig auf zweiundsiebzig Millionen Pesetas geschätzt worden. Auch schwache Kopfrechner bekommen bald heraus, wie viel ein Drittel ist!" „Das sind vierundzwanzig Millionen!" „So ungefähr", nickte der Advokat. Darunter befinden sich allerdings ein paar Sachen, Papiere, die im Sinken begriffen sind, einige kleine Unternehmen, die man erst wieder hoch bringen muss, ehe sie ertragreich werden." „Und das ist wirklich wahr und ganz sicher?" „Bei so ernsten Angelegenheiten pflege ich nicht zu scherzen! Die Unterschriften aller Erben sind notariell beglaubigt, darunter meine, als Generalbevollmächtigter. Es bleiben nur noch einige Formalitäten bei den Banken und dem Grundbuch. – Nun etwas anderes: Wie geht es unserem lieben Marques de Arita?" „Danke gut!" „Soll er weiter unser Verbindungsmann bleiben?" „Natürlich, denn ich muss ja nach Österreich zurückreisen!" „Haben sie schon etwas mit dem Marques ausgemacht?" „Noch nicht, Don Basilio, er ist mir ein lieber Freund. Ich mag ihn sehr, weil er eine Eigenschaft hat, die nicht alle Männer haben." „Hm ... und welche?" „Er kann warten!" „Wer wartet, erwartet auch, Donna Elvira!" „Glauben sie nicht, dass ich Don Ramon vergessen habe. Noch trage ich seinen Ring und ich habe noch nicht alles getan, um seine Rache zu erfüllen."

Wieder betrachtete Don Basilio diese prächtige, junge Frau, aus der selbst er nicht klug wurde. Es fielen ihm die Worte des Sophokles ein: Viele Wunder gibt es, aber der Wunder größtes, ist der Mensch! Wer, so dachte er, kann der Wunder größtes verstehen? Das konnten selbst alte Juristen, die tief in die Abgründe menschlicher Leidenschaften geschaut hatten nicht. Seufzend stand er auf, um aus seiner Hosentasche den Tresorschlüssel zu angeln. „Brauchen sie Geld? – Das ist eine dumme Frage. Natürlich brauchen sie Geld! – Bitte! – Die Quittung schreibe ich morgen." Freudig lief sie zur Casa Minor zurück. Unterwegs machte sie einige Einkäufe. Für Klein-Elvira, ein Kleidchen, viele Bonbons und eine große Puppe. Für Joana ein Dutzend dünne Strümpfe und eine Spitzenbluse, für Jose' eine Pfeife mit Tabakbeutel. In einem Geschäft ließ sie einen Korb mit Schinken, Würsten, Pasteten, Brathühnchen und mehreren Weinflaschen packen und nach der Casa Minor liefern. Sich selbst kaufte sich eine schwarze Mantilla und einen Schildpattkamm. Sie ließ sich eine rote Nelke ins Haar stecken. Als die Verkäuferin rief: „Senora! Senora! Sie haben ihr Hütchen vergessen!" Lachte sie: „Behalten sie es, ich brauche es nicht mehr!"

23

Nach einigen Tagen fuhr sie nach München zurück. Einen größeren Geldbetrag konnte sie nicht mitnehmen, aber sie hatte einige Schmuckstücke gekauft, welche die Grenze anstandslos passierten. Bei ihrer Tante lebte sie bescheiden, wie bisher. Don Manuel schrieb einen Jubelbrief, als er erfahren hatte, dass sie nun Hauptaktionärin der „Mediterrana" geworden war. „Ich bin zwar nur Direktor, der Wiener Niederlassung und kenne, die Bilanz unserer Madrider Generaldirektion nicht, glaube aber, dass sich die Handelsgesellschaft günstig entwickelt. Don Ramon hat Weitblick gezeigt, als er sie gründete. Sie können sich denken, dass ich mich jetzt doppelt bemühen werde, die Geschäfte ertragreich zu gestalten. Darüber müssen wir persönlich sprechen. Darf ich zu ihnen nach München kommen? Wann ist es ihnen angenehm? Denken sie –, so wie ich nur an die Geschäfte und sonst nichts! Elvira trug seinen Brief drei Tage lang mit sich herum und las ihn unzählige Male. Dann schrieb sie zurück: „Ich denke –, so wie sie, lieber Marques – nur ans Geschäft und sonst nichts. Darum glaube ich, dass ihre Anwesenheit in Wien dringend nötig ist.

Wenn ein Mann wirklich und wahrhaftig liebt, ist er bereit, sein Gewissen zu erforschen. Er forschte gründlich und fand dabei mehrere dunkle Punkte. Er hatte sie zwar schon vor einiger Zeit aus seinem Gewissen entfernt: zuerst seine reizende Freundin, eine junge Schauspielerin und dann die attraktive Industriellengattin, die sich in ihrer freudlosen Ehe so unverstanden fühlte, dass sie nur so ein Adonis wie er, sie zu trösten vermochte. Peinlich für jeden Mann, wenn in der Stadt Frauen herumlaufen, die man zu gut kennt, um an ihnen gruß- und wunschlos vorüberzugehen. Von all der gebotenen Liebe, nicht Gebrauch zu machen, fiel ihm sehr schwer. Aber er hielt es durch mit der Beharrlichkeit eines Sparers, der Groschen auf Groschen legt. Er war in sein Stammlokal gegangen, deshalb wunderte sich auch der Ober nicht, über den spanischen Herrn Direktor, der murmelnd Selbstgespräche führte und fortwährend einen Brief hervor zog, las und wieder einsteckte. Geschäftliche Sorgen halt! dachte er. Vielleich ist eine Schiffsladung mit Orangen untergegangen, vielleicht treiben ihn die hohen Steuern zur Verzweiflung. Das Glas Wein wird er ja noch bezahlen können. Aber er wusste aus Erfahrung, dass niemand leichter Geld ausgibt, als einer der keines mehr hat. Endlich stand Don Manuel auf, er hungerte nach frischer Luft. „Ich muss ihr ein Telegramm schicken! beschloss er. Ich muss ihr sagen, wie glücklich ich bin, obwohl sie mich so an der Kandare hält wie ihren Achilles. „Gehorche und bleibe – Stopp – Beides mit größter Selbstüberwindung – Stopp – Manuel de Arita." Auf dieses Telegramm gab sie keine Antwort. Das stürzte ihn ins Grübeln. Hatte er etwas missverstanden? War er deutlicher geworden, als das süße, begehrte Weib in München es wollte? Vor Arbeitswut saß er zehn, ja zwölf Stunden in seinem Büro, sodass sogar seine Sekretärin, die sich schon lange Hoffnungen machte, sich wunderte. Er war der vierte Chef, dessen Seelenleben sie studierte. Zwei, ihr bekannte Frauenstimmen riefen seit Monaten nicht

mehr an, aber es waren keine anderen an ihre Stelle getreten. Das gab jeder Chefsekretärin Rätsel auf, die sie
gerne lösen wollte. „Sie müssen nicht hier bleiben, bis
ich gehe!", sagte er öfter. So reden nur Chefs mit Fisch-
blut in den Adern oder verschlagene Naturen, die nicht
wollen, dass Sekretärinnen, Mitwisserinnen ihres Doppel-
lebens werden. Das Fräulein Sekretärin, mit beinahe
echtem, blonden Haar, lauerte mehrmals gegenüber,
auf die Entwicklung der Dinge. Aber sie wurde jedes Mal
bitter enttäuscht. Keine verschleierte Dame huschte
aus einer geheimnisvollen Limousine in das Büro, um
dem Herrn Direktor bei seinen Überstunden zu helfen.
Der Marques kam jedes Mal alleine, um nach Hause zu
gehen. Das Fräulein seufzte verächtlich und beschloss
sich einen anderen Arbeitsplatz zu suchen. Bei einem
so verlockenden aber ach so keuschen Josef wollte sie
nicht länger Sekretärin sein!

Nicht zu Unrecht, heißt es Geduld bringt Rosen. Zuerst aber musste das Frühjahr kommen.Der Marques
sah Donna Elvira nur einmal ganz kurz in Wien, als sie
ins Waldviertel fuhr, um sich dem Zirkus wieder anzuschließen. Er traf sie in einem Kaffeehaus, voller Neugier, ob sie so aussah, wie in seinen Erinnerungen. Sie
war betörender, denn je! Sie war ausgeruht und blühte
wie eine Rose, voll süßem Duft und voller Charme. Aber
sie war sehr nachdenklich. Sie redete wirklich von ge-
schäftlichen Dingen. Er erklärte die Organisation und
die Funktion der Niederlassung. Legte die Jahresbilanz
vor, aus denen sie die Aktivitäten sehen konnte.

Plötzlich aber schien das alles nicht mehr zu interessieren. „Ich habe meinem verstorbenen Gatten versprochen, die Villaroccas zu bedrängen, sosehr ich nur

kann und all die Niedertracht, die er von seinen eigenen Kindern erfahren hat, zu vergelten. O, wie ich Don Ramon nach all dem, was ich selbst erlebt habe, verstehen kann! Seine Rachsucht ist längst zu der meinen geworden. – Lassen sie mich noch eine, die letzte Schlacht schlagen, Don Manuel!" „Wann wird sie gewonnen sein?", fragte er. „Ich weiß es nicht, aber ich wünsche, dass das bald geschieht. Ich werde müde! Wenn sie mich mögen, dann helfen sie mir, meine Schwäche zu überwinden. Wenn sie mehr wollen als ein Treffen im Kaffeehaus oder im Zirkuswagen, dann drängen sie nicht. Ich habe einen Plan ... den möchte ich noch verwirklichen." „Ich mag sie so sehr, dass ich alles für sie tun könnte. Bedenken sie aber, dass jeder Tag, den ihr Plan braucht, für mich ein verlorener Tag ist. Ich bin jung ... ich will leben und glücklich sein!" „Ich auch!" sie seufzte tief und schwieg. „Plötzlich rief sie, nach einem Blick auf die Uhr: „Ich muss gehen. Um fünf geht mein Zug!" „Ich bring sie zum Bahnhof ... in zehn Minuten sind wir dort!" „Das ist fein!" „Brauchen sie Geld?", forschte er unterwegs. „Jetzt nicht ... vielleicht später." „Ihr Geschäftsanteil hat Geld gebracht, ich kann es sofort auszahlen!" „Gut, dass ich das weiß. Es kann sein, dass ich plötzlich eine größere Summe brauche!" Sie erreichten den Bahnhof bequem und der Marques stand auf dem Bahnsteig und winkte ihr nach. „Spring ab und bleibe da!", rief es in ihr. „Spring auf und fahre mit ihr!", rief es in ihm. Der Schaffner knallte die Türen zu.

Sie sprang nicht ab. Er sprang nicht auf. – Der Zug fuhr in die Dunkelheit, sein rotes Schlusslicht verschwand im Rauch. Elvira traf ihre Kollegen wieder. Auch Dolly war da und umarmte sie stürmisch. Direktor Powolny hatte sich von seinem Onkel gut füttern lassen und war recht dick geworden. Natürlich hielt er wieder eine Ansprache: „Lieber Kinder! Der Frühling ist gekommen, was man daran erkennt, dass die Schwalben aus dem Süden zurück sind. Auch wir sind wieder da. Ein paar fehlen noch, aber sie werden schon kommen. Von den Viechern ist uns keines krepiert. Wir fahren über Wien und holen dort, der Elvira ihren Achilles aus dem Stall, wo er eingestellt ist. Die Elvira ist auch wieder gekommen, worüber wir uns alle freuen. – Beifall – Ich habe mir über die kalten Tage ein Programm gemacht. Mit den Auslandtourneen ist es Essig, weil ich das Kapital dazu nicht habe. Hier aber können wir noch einmal davon kommen, wenn wir auf Eisenbahntransporte und solchen Luxus verzichten und gemütlich über die Landstraße von einem Städtchen zum anderen ziehen. Wir fangen an, wo wir schon lange nicht mehr waren. Noch mein seliger Vater hätte euch zur Begrüßung, auf seine Kosten in ein Wirtshaus eingeladen. Ich kann das leider nicht, weil ich jeden Groschen für Benzin und Futter brauche. Darum muss jeder sein Gulasch selber zahlen und sein Krügel Bier." – So begann die Saison!

Der Zirkus Powolny, einmal ein mittelgroßes internationales Unternehmen, rollte dem Abgrund entgegen und konnte sich nur mehr mühsam über Wasser halten. Aber die Artisten hängen fanatisch an ihrem Beruf. Eher trennt sich ein Schauspieler von der Bühne, als ein Artist von der Manege. Tagsüber war man ein armer Teufel, aber am Abend, wenn das Orchester schmetterte, im Flitterkostüm, das klatschende Publikum sah, fühlte man sich wie ein König. Im Zirkus werden Ehen geschlossen und Kinder geboren und die verfallen wieder dem Zauber der Manege und kommen davon ihr Leben lang nicht los. Von all dem weiß das Publikum so gut wie nichts. Sie sehen: schöne Frauen, komische Clowns, Bändiger zähnefletschender Bestien. Aber es stellt sich nie die Frage, welches Problem es ist, wenn ein Artist krank und fiebernd in seinem Wagen liegt oder eines der Tiere krank wird. Das Zirkusleben ist ein fortwährender Kampf um den nächsten Tag, die allernächste Zukunft. Auch Powolny führte ihn seit vielen Jahren. Eine seiner vielen Ängste war, Elvira zu verlieren. In schlaflosen Nächten wunderte er sich, dass er sie noch nicht verloren hatte. Unbegreiflich war, dass sie alle Angebote, großer, internationaler Zirkusse abgelehnt hatte und bei ihm geblieben war. Ich weiß nicht warum sie das tut? beendete er seine Überlegungen. Sie wird doch auch nicht jünger! Wenn sie jetzt nicht zugreift, ein günstiges Engagement oder einen Heiratsantrag annimmt, wird es ihr bald leidtun. Meist knöpfte er sich dann seinen Rock zu, um sich Haltung zu geben und sagte zu seinem Star: „Elvira, ich brauch ein Geld! Ich kann die Gagen, das Futter oder die Steuern nicht zahlen, wenn du mir nicht noch einmal hilfst!" Niemand ahnte, dass eine Herzogin von Villarocca, an den Schaltern der Pfandleihen stand. Sie selbst dachte nie daran. Hier unter den armen Menschen, die dem Schätzmeister, oft ihre letzte Habe hinschoben, war sie nur die Kratochwil, das Kind kleiner Leute. Manchmal aber stellte sie sich vor, dass Don Ramon dabei war und ihr ins Ohr flüsterte: Sei stolz meine liebste, geliebte Elvira! Wirf hin, den glitzernden Tand, den ich dir einst geschenkt habe. Mach dich teuer ... so teuer wie es nur möglich ist!" So war sie mit dem Zirkus auf mühsamer Wanderschaft von Madrid nach St. Kunibert gekommen. Nun zeltete man auf der schönen Festwiese des Wirtshauses „Zum Bock."

Hier war auch überraschend der Marques de Arita aufgetaucht, um ihr die neuesten Nachrichten von Don Basilio
zu überbringen. Don Enrique bot nun – für den Namensverzicht, einenhalb Millionen Peseten – ein kleines Vermögen, mit dem man sich ein behagliches Leben machen
konnte. Aber Donna Elvira wies es in einem Zirkuswagen
bei Petroleumlicht lächelnd zurück. „Können sie bis morgen
bleiben?", erkundigte sie sich. „Ich will den Brief in Ruhe
lesen. Vielleicht enthält der Dinge, die auch sie interessieren." „Ich bleibe gerne! Morgen ist Eröffnungsvorstellung
und ich möchte sie wieder einmal reiten sehen!" „Gute
Nacht, für heute. Meine Kollegen werden mich schon
vermissen! Wo werden sie wohnen?" „Im Gasthof am
Hauptplatz!" „Dort sind sie gut aufgehoben!" „Darf ich
sie wiedersehen, Elvira?", fragte er gepresst. „Kommen
sie morgen um elf. Da bin ich mit meiner Morgenarbeit
fertig und wir können einen Spaziergang machen." Er
war glücklich. „Einen Spaziergang durch die Gegend?
Das haben wir noch nie gemacht!" „Eben darum! Umso
schöner wird es sein, Don Manuel. – Nein … Nicht jetzt
und nicht hier!" So wehrte sie, seinen schüchternen Versuch, sie zu küssen ab. „Wir sind erwachsen und wollen
nicht naschen wie Kinder. Kennen sie den alten Wappenspruch der Villaroccas nicht?" „Nein", sagte er beschämt
zurückweichend. „Alles oder nichts! – Was halten sie
davon?" „Stolze spanische Worte! Erlauben sie mir, dass
ich ihn auch zu meinem Spruch mache!"

24

Don Manuel war am anderen Tag pünktlich zur Stelle. Es war ein wunderschöner Sommertag. Die warme Luft war voller Blumenduft. Ein Bach, in dessen Wellen muntere Forellen spielten, rauschte klar und kühl dahin. Schlanke Bachstelzen hüpften über den weißen Kiesel. Behaglich nahm der Marques das Bild dieser friedlichen Landschaft in sich auf. Er konnte es mit keinem anderen vergleichen, das er irgendwo gesehen hatte. Sein Herz war von jenem traurigen Glück erfüllt, das dort seine Heimat hat, wo es auf Liebe hofft.

Früh war er aufgestanden und in dem alten Städtchen herumgewandert. Wie aus einer Spielzeugschachtel schien im St. Kunibert, mit seinen Giebelhäusern, Brunnen und Laubengängen. War es hier in diesem schönen Land, das ihm beinahe zur zweiten Heimat geworden war, anders als daheim in Spanien? Zog sich nicht auch hier die alte Kultur in die kleinen Provinzstädte zurück, wohin die Zerstörungswut der Moderne noch nicht angekommen war? Don Manuel hatte hier studiert und lange genug gelebt, um das alles mit brüderlicher Liebe zu verstehen. Auch hier war das alte Europa, als dessen Bürger er sich fühlte. An einer Wegbiegung lag plötzlich der Gasthof, stattlich und breit. Bunte Blumenkästen vor den blinkenden Fenstern, aus denen weiße Gardinen wehten, vor ihm. Dahinter ragte die graue Pyramide des Zirkuszeltes auf, mit Fähnchen, Girlanden und Lämpchen. Plötzlich, wie zu seiner Begrüßung – leuchteten die Lichter auf. Ein Motor bellte und stotterte, um dann in einen surrenden Rhythmus zu kommen. Der Clown, dem die technischen Dinge unterstanden, hatte die Maschine montiert und probeweise eingeschaltet. „Hui! ... Jö! ...", riefen die Buben und Mädchen, für die das ein Feiertag war. Sie hingen am Zaun, kletterten darüber, schlüpften durch seine Stäbe. Aus dem Tor schritt jetzt, so würdevoll wie zur Zeit des Propheten, Ali, das Kamel. Auf ihm saß Simsalabim, der Zauberer in seinem orientalischen Kostüm. In seiner Hand hatte er eine Tüte aus Papier, aus der er unglaubliche Dinge hervorholte. Dahinter kam das putzige Eselchen Puck, herrlich aufgezäumt. Auf ihm ritt Dolly, in einem Elfenkleid. In ihren Händen hielt sie eine Tafel auf der stand: „Heute große Gala-Eröffnungsvorstellung! Beginn 20 Uhr!" So sollten sie durch alle Gassen des Städtchens reiten, um Reklame zu machen. Don Manuel blieb am Weg stehen und zog den Hut. Dolly lächelte ihm, mit ihren Kirschenaugen zu und deutete zum Zelt. Das bedeutete: Sie ist dort! – Sie wartet schon! Er zwinkerte ihr dankbar zu und ging zum Zirkusplatz. – Es war Punkt elf. Elvira stand vor dem Stallzelt und sattelte ihren Achilles ab. Sie hatte ihre Morgenarbeit beendet. Jetzt lief Tschock mit seinen Schimpansen in die Manege, um mit den Rollschuhen und Fahrrädern zu üben.

Don Manuel fühlte wieder den Stich im Herzen, wie immer, wenn er Donna Elvira sah. Dort stand sie in Reitstiefeln, grauen Breeches und weißer Bluse, die Gerte in der Hand. Ihr rotes Haar funkelte in der Sonne und spielte mit dem leichten Wind. Er fand sie einfach hinreißend! „Donna Elvira!" Sie drehte sich um und lachte ihm entgegen. „Guten Morgen! ... Haben sie gut geschlafen?"

„Danke, ja!" „Ich bin frei! Wenn sie eine Stunde für mich Zeit haben, können wir auf den Föhrenhügel gehen!" Dorthin, deutete sie mit der Gerte. Langsam gingen sie über die Festwiese, zwischen den Wagen durch und einen schmalen, steilen Weg hinauf. Man hatte Mühe, um auf den glatten Föhrennadeln nicht auszurutschen. Sie redeten lange nichts. Es war ein wunderbares Gefühl, mit dieser Frau, an die er seit Jahren dachte, alleine zu sein und still neben ihr gehen zu dürfen. Ihr Parfum mischte sich mit dem Duft des Harzes. Irgendwo rief ein Kuckuck. „Hören sie?" „Ja!" Auf dem höchsten Punkt des Hügels stand eine Bank. „Setzen wir uns!", schlug sie vor. Sie lehnte sich zurück und streckte ihre Beine aus. „Hier ist es hübsch, finden sie nicht Marques?" „Ja ... sehr hübsch. – Warum titulieren sie mich, Frau Herzogin?" „Weil ich mit ihnen als Direktor reden will. Als Gesellschafterin zum Gesellschafter. Das schließt Vertraulichkeit aus." „Bitte wie sie wünschen", sagte er gekränkt. „Ich habe mich auf diesen Spaziergang so sehr gefreut. – und jetzt reden sie von Geschäften!" „Wollen sie mit mir noch öfters spazieren gehen?" „Wie können sie fragen?" „Na also! Das Wann und Wo ... sogar das Wieoft hängt vom Ergebnis einer Unterredung ab, welche zwei Gesellschafter der „Mediterana" miteinander führen müssen." „Hier auf dieser Bank?" „Auf dieser Bank oder wo anders. Darauf kommt es nicht an. – Ich bin heute Nacht zu dem Entschluss gekommen, die lächerliche Komödie, die nach Don Ramons Tod gespielt wurde, zu beenden." „Darüber bin ich sehr froh!" „Aber sie soll nicht umsonst gespielt worden sein. Was ihr noch fehlt, ist der letzte, wirkungsvolle Akt. Ihn zu spielen sehe ich eine Möglichkeit, wie sie günstiger nicht mehr kommen wird." „Sprechen sie!"

„Heute Nacht habe ich wenig geschlafen, denn der Brief Don Basilios, hat mir viel zu denken gegeben. Als er den Brief schrieb, wusste er noch nicht, dass mein Herr Stiefsohn, eineinhalb Millionen als sein allerletztes Angebot bezeichnete, über das er, unter gar keinen Umständen hinausgehen würde." „Warum nehmen sie dieses letzte Angebot nicht an?"

„Weil es mir nicht gefällt", rief sie und schlug sich mit der Gerte an die Stiefel. „Eineinhalb Millionen sind mir zu wenig. Können sie sich denn nicht in meine Lage versetzen?" „Ich bemühe mich, das zu tun." „Es war der absolute Wille Ramons, dass ich die Universalerbin seines Privatvermögens sein sollte. Aber jetzt habe ich nur ein Drittel davon bekommen!" „Das ist ungerecht, aber immer noch ein Haufen Geld!" „Ein Haufen Geld ist es für die Artistin Kratochwil ... für die Herzogin ist es zu wenig. Mein lieber, guter, unvergesslicher Ramon würde schäumen. Er war ein Mann der Tat und hat sich immer genommen, was ihm gehörte." „Können sie ein Gerichtsurteil umstoßen?" „Nein ... aber es gibt Dinge, über die ein Urteil nicht gesprochen wurde und auch nicht gesprochen werden kann. Kein Gericht der Welt kann feststellen, welchen Wert ... in Bargeld ... der Titel einer Herzogin von Villarocca hat." „Gewiss, es ist ein ideeller Wert. Hier entscheidet die Selbsteinschätzung."

„So ist es! – Ich verlange für diesen Titel, drei Millionen. Dieser Preis ist dem Vermögen Don Enriques durchaus angepasst. Ich werde diese drei Millionen auch bekommen. – Bald!" „Was wollen sie tun? Bitte, fragen sie mich, lassen sie sich von mir beraten. Ich fühle, dass sie nicht so kühl sind, wie es scheint. Sie verstecken ihr Temperament ... „„Ach tu ich das?" „Ich habe Angst, dass es ihnen schadet." Elvira schnellte hoch. „Gehen wir!", sagte sie. „Ich habe das Gefühl, dass man uns von unten mit dem Feldstecher beobachtet. Gehen wir weiter in den Wald." Der Marques folgte ihr verwundert. Endlich kam man auf eine kleine Lichtung. In der Mitte stand eine alte Buche. Unter ihr ein Teppich aus Moos, aus der eine Menge kleine Pilze hervor lugten. Elstern stritten unweit im Gebüsch und rundum summten und brummten Käfer. „Still!", befahl Elvira, die Hand mit der Gerte hebend Sie lauschte. Aus dem Tal klangen die Mittagsglocken der Kirche. Zwölf Uhr! „Don Basilio hat diesmal sehr viel von meinen lieben Verwandten geschrieben", sagte sie, nachdem die Glocken verstummt waren. Sie warf sich ins Moos und schnupperte an den Pilzen. „Darf ich mich neben sie setzen?", fragte er. „Aber natürlich! Ziehen sie den Rock aus und lockern sie ihre Krawatte. – Ja, von meinen lieben Verwandten, schreibt er sonst nicht, weil er weiß, dass es mich ärgert!" „Was schreibt er?" „Dass sich Don Enrique in den neuen Verhältnissen des Erbes, das er mir entzogen hat, sehr wohl zu fühlen scheint. Er lässt den Palazzo, auf Glanz herrichten, hat sich einen neuen amerikanischen Wagen gekauft und die alte Zucht von Kampfstieren, die Ramon aufgelassen hat, wieder ein-gerichtet." „Das sind Sorgen!" „Aus Portugal und Brasilien hat er sich erstklassige Zuchtkälber kommen lassen." „Er will eben mit Don Ramons Geld, in der Gesellschaft eine Rolle spielen." „Im September soll auch die Hochzeit von Isabella und Don Alfonso stattfinden." „Ei … Also doch!" „Obwohl ich immer noch Stiefmutter bin, die man dazu wird einladen müssen."

„Damit rechnen sie?" „Warum nicht", lachte sie. „Don Enrique hat nämlich einen großen Plan, am fünfzehnten

September will er als Chef des Hauses ein großes Fest machen, den siebenhundertsten Jahrestag der Erhebung des Hauses in den Herzogstand." „Da werden die Villaroccas aus allen Gegenden zusammen kommen."

„Das hofft er. Daher der Aufwand und das Fest. Die Hochzeit soll der Höhepunkt sein." „Das alles weiß, Don Basilio?" „Was weiß er nicht? Er hat sogar einen Zeitungsausschnitt beigelegt, in dem auf dieses prächtige Ereignis hingewiesen wird. – So zu prahlen, war dumm von ihm." „Von Don Basilio?" „Nein, von meinem Herrn Stiefsohn. Er muss sich sehr sicher fühlen. Aber da unterschätzt er mich!" Elvira drehte sich auf den Rücken, schob die Arme unter den Kopf und schaute zum Himmel. Ihre Lippen zuckten, ihre Brüste hoben und senkten sich in tiefen Atemzügen. Jetzt müsste ich sie küssen! durchfuhr es Don Manuel. Bestimmt wartet sie darauf. Warum hat sie mich hierher geführt? Es ist kein Ort für geschäftliche Gespräche! Aber er verlor allen Mut, als er sah, dass Elviras Gesicht seine träumerische Lieblichkeit verlor und zur grimmig entschlossenen Miene wurde.

„Ja, ... er unterschätzt mich!", sagte sie laut. „Er wird seine Stiefmutter kennenlernen, dieser feine Herr ... so oder so ... und er wird noch lange an sie denken!" „Ist es wahr, dass sie ihn noch nie gesehen haben?" „Dieses Vergnügen habe ich noch nicht gehabt. Er ist weder zu meiner Hochzeit erschienen, noch hat er mir nach Don Ramons Tod, sein Beileid ausgesprochen. – Er ist nicht nur stolz und geizig, sondern auch ungezogen." „Mein alter Vater hat sich für Don Enrique geschämt ... Jetzt schäme ich mich!" „Warten sie ab! Ich werde ihm noch begegnen! ... wenn sie wollen, können sie mir dabei helfen", sagte sie schalkhaft. „Dazu gäbe es einen Grund: Werden sie meine Frau! – Vor einer Marquise' de Arita kann er sich nicht verstecken. Er wird sich beugen und ihr die Hand küssen müssen!" Elvira lachte laut. Blitzschnell rollte sie ein paar Schritte weit, um hinter einem Büschel Farnkraut nach dem Marques zu schauen. „Soll das, ein Heiratsantrag sein?" „Ja, ... Aus ehrlichstem Herzen.Ich habe es sagen müssen, hier und jetzt. Ich wünsche nichts mehr, als dass sie meine Frau werden. Gut, ich stehe im Rang eine Stufe niederer, auch besitzen wir Aritas nicht ein so ungeheures Vermögen wie die Villaroccas. Ich habe drei Brüder, zwei Schwestern und meine liebe Mutter, die lebt und gesund ist. Ihr wird es eine große Freude sein, sie als Tochter in die Arme schließen zu dürfen. Ja ... sie war ein Bauernmädchen, als mein Vater sie heiratete, aber sie ist die Liebe seines Lebens gewesen." „Das ist schön!", flüsterte sie. „Ich weiß natürlich, dass sich von einem alten Wappen, kein Stück Brot herunter schneiden lässt. Darum habe ich etwas gelernt und darum arbeite ich. – Elvira! Liebste Elvira! Kommen sie aus ihrer Rache hervor, in die sie Don Ramon gesponnen hat. Geben sie alles auf, ihren Trotz, ihre Kränkung, ihre Rachepläne ... und werden sie meine Frau!" Elvira kroch langsam näher, ganz nahe an den bebenden Mann und schaute in seine fragenden Augen. „Wir sind schon lange gute Freunde, aber ich habe sie noch nie um etwas gebeten. Heute wollte ich die erste Bitte an sie stellen, darum bin ich mit ihnen da heraufgegangen. Jetzt muss ich zwei Bitten an sie stellen: Warten sie auf die Antwort, die sie hören wollen, bis sie mir leichter fällt als heute." „Gut – dann will ich warten. – Welche ist die zweite Bitte?" „Ich brauche Geld!" „Es liegt für sie bereit." „Ich brauche aber viel, Don Manuel!" „Beiläufig?"

„Genau kann ich das erst am Nachmittag sagen. Ich denke, dass eine Viertelmillion Schillinge genügen wird." Der Marques lachte. „Ich kann das Geld haben, falls ich es brauche?" „Binnen drei Tagen." „Danke ... das wollte ich wissen. Es beruhigt mich sehr."

Eine halbe Stunde später wurde Direktor Powolny durch heftiges Klopfen aus seinem Mittagsschläfchen aufgeschreckt. Das war eine Frechheit, denn jeder wusste seit Jahren wie heilig ihm dieses Schläfchen war. Ärgerlich fuhr er in Schlafrock und Pantoffel und riss die Türe auf. Draußen stand Elvira mit dem Marques. „Pardon! Direktor!", sagte sie. „Gleich können sie wieder weiter schlafen. Nur eine Frage! – Kommen sie herein Don Manuel. Ich wünsche, dass sie dabei sind." Powolny rieb sich die verschlafenen Augen. „Muss das jetzt sein, Elvira?" „Ja, Direktor!" „Also dann frag' schon!" „Was kostet der Zirkus ... komplett mit ihnen als angestellter Direktor und mir als erste Nummer?" „Wieso?" rief Powolny perplex. „Bist du blöd geworden?" „Ich glaube nicht!" „Warum fragst du dann?" „Weil ich den Zirkus kaufen möchte. – Einen Vorschuss können sie übermorgen haben!"

25

Der August ist der heißeste Monat in Madrid. Darum flüchten die Leute, die viel Geld, aber wenig zu tun haben an kühlere Orte. Auch Don Enrique pflegte diese Zeit mit Frau und Tochter in seinem Jagdschloss in Maladetta zu verbringen. Die Vorhänge im Palazzo waren dann geschlossen und nichts regte sich im Haus als unbedeutende Diener, die die Motten zu bekämpfen hatten. In diesem August aber waren die Fenster offen und bis in die Nacht hinein beleuchtet. Am Tor war ein Kommen und Gehen, als wäre Karneval. Ja, Don Enrique musste diesmal auf seine Kühlung verzichten, denn die Vorbereitungen für das große Fest, im September erforderten seine Gegenwart. Die bevorstehende Feier erregte schon jetzt Aufmerksamkeit, denn nicht alle Tage konnte eine Adelsfamilie darauf hinweisen, siebenhundert Jahre lang den Herzogstitel zu tragen. Es war eine Ausstellung mit den ältesten Dokumenten geplant, in der Kunstakademie sollte eine Sonderschau mit den wertvollsten Kunstschätzen des Hauses stattfinden. Schon jetzt bewarben sich Fotografen um die Erlaubnis, Familienmitglieder und Innenansichten der Paläste zu fotografieren. Reporter vieler Zeitungen ersuchten um Interviews mit dem Chef des Hauses. Bis jetzt waren vierundsechzig Familienmitglieder, Angehörige der näheren und ferneren Zweige, als Gäste angemeldet, sodass Enrique für sie, eine ganze Etage im Hotel Emperador reservieren lassen musste.

Die Fremdenzimmer im Palast waren für die engsten Blutsverwandten bestimmt und vorzüglich eingerichtet. Don Enrique dachte an Hand einer langen Liste an alle Villaroccas, die entferntesten Vettern und Cousinen dritten Grades. Nicht im Mindesten aber, an Donna Elvira, die Witwe seines verstorbenen Vaters.

Dieses Frauenzimmer hatte ihm über Don Basilio sagen lassen, dass er sich schämen soll, den eigenen Namen so billig kaufen zu wollen. Was für ein schäbiges Haus müsse dieses heruntergekommenen Villarocca sein, wenn es seinen Namen so gering schätzt. Auch Donna Elvira schäme sich, nur drei Millionen für ihn zu verlangen, aber sie sei eben keine geborene Adelige, sondern Kratochwil und es fehle ihr daher der natürliche Stolz, sich um so einen Pappenstiel zu verkaufen. Don Enrique lachte, sooft er sich daran erinnerte. Er war durch seine Spione gut unterrichtet. Ihr großartiger Zirkus saß fest und war so gut wie pleite. Der kam über Österreich garantiert nicht mehr hinaus. Eines Tages würde sie sich wahrscheinlich den Hals brechen, dann war sie tot. Brach sie aber was anderes, würde sie vom Zirkusleben genug haben und sich gerne zurückziehen. Für ihn stand fest, dass seine Stiefmutter wahnsinnig war, denn wer in Spanien solchen Reichtum hatte und in Österreich mit einem Zirkus herum zog, musste das sein. Die Affäre wuchs ihm schon beim Hals heraus. Gewiss, er war als Chef der Familie dazu verpflichtet Differenzen beizulegen und Skandale aus der Welt zu schaffen. So was kam gelegentlich in den besten Häusern vor. Man musste eben klug genug sein, um erotische Entgleisungen und Geschmacklosigkeiten, lieber Verwandten kaltblütig, wenn unvermeidlich sogar unter Opfern, zu vertuschen. Don Enrique wollte an die

Sache gar nicht mehr denken, denn er hatte besseres zu tun. Soeben war ein Telegramm von einer Herzogin aus London gekommen, die ihren Besuch ankündigte.

In diesem Sommer war es ungewöhnlich heiß und er brauchte viel Whisky mit Soda, um seine Erhitzung zu bekämpfen. Erst am Abend ging er aus, um vor einem Kaffeehaus in den Zeitungen zu blättern und zu hören, was man über sein Fest sagte.

Der zehnte August wurde ein Tag, an dem es keinen Sinn gehabt hätte, vor ihm die Zeitungen zu verstecken. Was er aus ihnen hätte erfahren können, war an allen Litfaßsäulen und Plakatwänden angeschlagen. Unter größtem Aufsehen hatte man am Vormittag in der Stadt überall leuchtende Plakate angebracht, auf denen in Riesenlettern stand:

ZIRKUS VILLAROCCA
Voranzeige: Voranzeige
Am 12. September Gala-Eröffnungsvorstellung
Die besten Artisten! Die schönsten Frauen!
Die edelsten Pferde!
Elvira, Herzogin von Villarocca, erscheint persönlich auf ihrem Hengst-Achilles
Kommt alle in den ZIRKUS VILLAROCCA –
Madrid hält den Atem an!

Der Haushofmeister war in der Stadt unterwegs gewesen und es gelang ihm, ein solches Plakat von einem Anschläger zu kaufen. Er stürzte sich in das nächste Taxi und kam bebend vor Aufregung in den Palazzo und ins Arbeitszimmer. „Was gibt es?", fragte der Herzog indigniert. Der Haushofmeister aber konnte nicht antworten. Er zog das zusammengefaltete Plakat unter dem Rock hervor und breitete es auf dem Teppich aus. Dann wischte er sich mit dem Taschentuch den Schweiß von der Stirne. Er wunderte sich, dass ihn noch immer nicht der Schlag getroffen hatte, trotz seines hohen Blutdrucks. Der ziemlich kurzsichtige Don Enrique bewahrte seine Ruhe nur so lange, wie er brauchte, um seine Brille aufzusetzen. Dann allerdings stand er sprachlos und wie angewurzelt auf seinem Teppich. Er schaute den Haushofmeister an und der schaute zurück. So schauten sie beide hin und her, während ein Sonnenstrahl heimtückisch über das Plakat kroch und die Farben, hell aufleuchten ließ. „Wo hast du das her?", fragte er endlich. „Um zehn Pesetas gekauft. Das wird überall in der Stadt angeschlagen." „Das ist unmöglich!" „Ich habe es mit eigenen Augen gesehen. Die Leute stauen sich davor." In diesem Augenblick stürzte die Herzogin, bleich wie Tafelkreide herein eine Zeitung in der Hand und schrille Töne ausstoßend. „Enrique, hast du das gesehen?", kreischte sie. „Was?" „Dieses Inserat!"

Wahrhaftig! – Da war das Plakat, das angeblich überall angeschlagen wurde, als ganzseitiges Inserat auch in dem Blatt. Zweimal dick umrahmt und mit zahlreichen Rufzeichen. Der Satz: Madrid hält vor Staunen den Atem an! War rot und extra fett gedruckt. „Haben der Herzog diese Frechheit bemerkt? Die Farben sind goldgrün-rot, die Wappenfarben ihres hohen Hauses?" Don Enrique machte eine Handbewegung, die den Haushofmeister verschwinden ließ. „Da haben wir die Bescherung, Anna!", raunte er kraftlos. „Jetzt hat die Elvira sogar einen eigenen Zirkus ... und will damit in der Stierarena eine Vorstellung geben. Das werde ich nicht dulden. Das muss verhindert werden!" Die Herzogin schwenkte die Zeitung. „Das Wichtigste hast du noch gar nicht bemerkt. Diese Elvira will mit ihrem Zirkus am Vorabend unseres Festes und der Hochzeit Isabellas, nach Madrid kommen!"

„Nein", murmelte der Herzog, „das darf nicht geschehen! Beruhige dich, Anna, ich werde diesen teuflischen Plan vereiteln. Ich werde zum Bürgermeister gehen und zum Polizeipräsidenten … Nein, zuerst werde ich mit Dr. Ventosa … Er soll sofort kommen und sagen was ich tun soll." Er konnte ihn aber nicht sofort erreichen, weil er irgendwo bei Gericht war. Enrique verfolgte ihn telefonisch und es dauerte lange, bis er ihn am Draht hatte. „Wissen sie nicht, was geschehen ist!" schrie er ihn an. „Ich sitze seit drei Stunden hier im Gericht. Inzwischen kann einiges passiert sein. Hier weiß man nichts davon." „Die Welt geht unter … kommen sie sofort zu mir!" „Schön! Wenn die Welt untergeht, wozu braucht man da noch einen Rechtsanwalt?" Nach einer halben Stunde kam er. Er hatte unterwegs alles erfahren und kämpfte fortwährend mit Lachkrämpfen. Deshalb brauchte er etwas länger. „Was kann man gegen diese Niederträchtigkeit machen?", fragte der Herzog und zeigte auf das Plakat, das immer noch auf dem Teppich lag. „Erkundigungen einziehen!", antwortete Dr. Ventosa, das Taschentuch auf den Mund drückend …" ehe man nicht weiß, woran man ist …" „Also gehen sie schon, aber kommen sie zurück, sobald sie was erfahren haben." Die nächsten zwei Stunden waren für Enrique wie eine Ewigkeit. Endlich kam der Anwalt zurück. „Es ist alles in Ordnung, Hoheit!", berichtete er. „Bravo! Haben sie der Kanaille das Handwerk gelegt?" „Sie missverstehen mich, Don Enrique. Ich meinte, dass mit ihrem Madrider Gastspiel am zwölften September alles in Ordnung ist." „Was soll das heißen?" brauste der auf. „Die Bewilligung für die Einreise des Zirkus, wurde ordnungsgemäß erteilt „. „Wie konnte man das genehmigen?" „Weil sich der Zirkus Villarocca, im Besitz einer spanischen Staatsbürgerin befindet, der man ein solches Ansuchen nicht verweigern kann!" „Skandalös! – Was noch?" „Dann war ich im Rathaus. Dort hat mir der zuständige Stadtrat – es ist leider ein Marques de Arita – den Akt mit allen Beilagen gezeigt. Die Platzfrage ist geregelt. Man freut sich schon jetzt auf die Steuern, die der Zirkus einbringen wird."

„Eine unerhörte Schweinerei!", schrie Don Enrique. „Wo waren sie noch?" „In der Stierarena. Der Direktor hat mir den Vertrag gezeigt, den die Frau Herzogin durch ihren Generalbevollmächtigten, Don Basilio, hat unterschreiben lassen. Er lässt drei Stierkämpfe aus, weil er sich vom Zirkus besondere Einnahmen verspricht, an denen man ihn großzügig beteiligt hat. Er ist voller Eifer und lässt ein ungeheures Transparent malen, das er rund um die Arena spannen und abends beleuchten will." „Das wird ja großartig werden", stöhnte Don Enrique. „Jetzt begreife ich, warum mein Vater dieses Frauenzimmer geheiratet hat: weil es genau so verrückt, pervers und rachsüchtig ist, wie er es war!" „Jetzt ist der Augenblick gekommen, wo man wieder mit Don Basilio reden müsste! ... Wollen Hoheit, das vielleicht selber machen?" „Ich? – Mit diesem Fuchs? – Wieso ich?" wehrte sich Don Enrique. „Dann werde ich es tun müssen, falls Hoheit mich ermächtigen?", seufzte der Anwalt. Der starrte abermals auf das Plakat, in den Farben seines Wappens hinunter. Der Anblick verursachte ihm Übelkeit! Wie stand er da? Wenn seine vierundsechzig Gäste statt zu seinem Galaempfang, spaßhalber zu der Galavorstellung des Zirkus Villarocca gingen? Eigentlich müsste ich mich jetzt erschießen, dachte er, um diese Schande abzuwaschen. Gewiss erwartet man das von mir, aber es gefällt mir nicht. Noch nie hat sich ein Villarocca, wegen einer Kratochwil erschossen! Alleine die Vorstellung war lächerlich! Langsam hob er den Kopf und sagte mit großer Mühe: „Ich bin das Opfer einer Erpressung!" „Das ist richtig. Ihr seliger Herr Vater hätte es nicht besser machen können, als seine Witwe. Sie hat viel von ihm gelernt." Der Herzog setzte sich hinter seinen Schreibtisch, ein gebrochener Mann. Über seine blassen Wangen rannen Tränen. Schade, dass ich diese Elvira nie gesehen habe, dachte er, so kann ich mir nicht einmal vorstellen, wie sie mich auslacht." „Gehen sie zu Don Basilio. Machen sie ihm klar, dass der Zirkus Villa ... also, dass er nicht nach Madrid kommen darf. Verhindern sie das um jeden Preis!" „Um jeden Preis? Habe ich richtig verstanden?"

„Gehen sie und schlagen sie mir den billigsten Preis heraus!" Solche Aufgaben übernahm der Anwalt gerne. In einer Kanzlei redete es sich besser mit einem Kollegen als bei Gericht, wo man sich wie zwei Kampfhähne gegenüber stand und pflichtgemäß die Federn sträubte. Er ging also zu Don Basilio, der ihn schon seit Stunden erwartete. Genauso lange stand eine Flasche Malaga im Eiskübel bereit. „Jetzt können sie den Wein und zwei Gläser bringen", sagte Don Basilio zu seiner Sekretärin. „Dr. Ventosa und ich möchten jetzt ungestört sein!" Der Anwalt hängte seinen Strohhut an den Haken. „Bitte, setzen sie sich, Kollege und sagen sie mir, was sie her führt", heuchelte Don Basilio. „Nein ... trinken sie zuerst und sagen sie es dann." „Ich wundere mich", meinte er, nachdem er das erste Glas hinuntergestürzt hatte, dass sie, bei meinem Anblick nicht in schallendes Gelächter ausbrechen." „Warum sollte ich das?", erkundigte sich Don Basilio. „Ja", meinte sein Gegenüber kopfschüttelnd, „Ich bewundere sie seit jeher, mein lieber Freund. Sie sind der genialste Heuchler Madrids. Aber ihre Fähigkeiten möchte ich haben." „Aber! Aber! Sie können es ja auch ganz gut, Herr Kollege." Er zeigte auch jetzt ein völlig unbewegtes Gesicht, obwohl er es gewesen war, die Plakate und Zeitungsinserate in Auftrag gegeben, alle behördlichen Bewilligungen bewirkt und den Vertrag mit der Stierkampfarena geschlossen hatte. „ich habe keine Ahnung, was mir die Ehre, ihres Besuches verschafft!" „Ausgezeichnet! Dann kann ich mir ja die Einleitung ersparen. – Sie haben dem Herzog von Villarocca eine Falle gestellt, aus der er nicht heraus kann. – Welche Bedingungen stellen sie?" „Bedingungen?" „Es muss sich doch verhindern lassen ... Dieser Zirkus Villarocca ... am Vorabend von Don Enriques Fest." „Ach ... das meinen sie! Das Gastspiel hat doch mit dem Fest gar nichts zu tun! Ich glaube kaum, dass die Frau Herzogin von diesem Familienfest im September überhaupt etwas weiß." „So, das bezweifeln sie? Was aber hat Don Enrique von dieser naiven Ahnungslosigkeit? Was er wünscht, ist, dass dieser verdammte Zirkus mit den Gold-grün-roten Plakaten, nicht nach Madrid kommt." „Ach so! – Ja, wer hätte das gedacht!Was könnte man da machen? Lassen sie mich nachdenken. Ei, ei, ei ... das wird schwierig sein." „Wieso?" „Bedenken sie: Die Arena ist gemietet, alle Gebühren sind bezahlt, der Eisenbahntransport von Wien bis Madrid ist bestellt. Eine Menge erstklassiger Artisten engagiert, Pferde und Raubtiere gekauft" „Ist sie denn verrückt geworden?", entfuhr es Dr. Ventosa. „Warum verrückt? Das Madrider Gastspiel entscheidet über die weitere Zukunft des Unternehmens. Der Zirkus will nämlich in Spanien bleiben." „Machen sie Witze, Herr Kollege?" „Aber nein, Kollege! Gerade bin ich damit beschäftigt, Abschlüsse mit Cordoba, Sevilla, Burgos, Valencia, Malaga und anderen großen Städten zu machen. Die Nachfrage ist groß. Wollen sie meine Korrespondenz sehen ...?" „Danke, ich sehe klar und will wissen, was dieser ganze Schwindel kostet?" Don Basilio war empört: „Erstens ist es kein Schwindel! Wir sind keine Erpresser! Merken sie sich das. Man hat uns erpresst, darum müssen wir unser Brot ehrlich verdienen." Don Basilio stand auf, rannte durch die Kanzlei, rang die Hände, schaute zur Decke und sagte: „Ach wie froh wäre ich, diese Klientin los zu werden!" Dr. Ventosa staunte. „Wieso? Warum? Weswegen? – Sie müssen doch an ihr einen Haufen verdienen!" „Ach", jammerte Don Basilio, „darauf würde ich gerne verzichten. Was sie treibt, wird selbst mir zu bunt. – Im Vertrauen: Sie ist gar keine Frau mehr! – Pst! – Sie hat sich, wie ich hörte, gerade die Brust wegoperieren lassen und will künftig nur noch als Amazone in kurzem Röckchen auftreten." „Das ist ja entsetzlich!", stöhnte Dr. Ventosa." Sie wird doch wenigstens das Gefühl für gutes Geld nicht verloren haben?" „Das weiß ich nicht. Sie will für den Namensverzicht drei Millionen haben." „Ich glaube, dass sie sie jetzt bekommen wird!" „Aber wie bringen wir sie dazu, auf ihren Zirkus zu verzichten? Denken sie an die Unkosten? Wer zahlt die Strafgebühren für gebrochene Verträge, wer die aufgelaufenen Spesen, wer ersetzt Donna Elvira den unschätzbaren Wert, zerstörter Hoffnung?" „Nun, darüber ... „Soll sie etwa heiraten, wo sie sich doch hat operieren lassen?" „Diese Hoffnung hat Don Enrique schon aufgegeben." „Nun, sehen sie, ich glaube, dass wir uns bald wieder bei Gericht sehen werden. So ist der Lauf der Dinge. Wovon könnten wir Anwälte besser leben als von den Streitereien unserer Klienten?" „Klienten können sich andere Anwälte nehmen." „Donna Elvira macht das ganz bestimmt nicht. Ich habe ihren Erbschaftsprozess so gut wie verloren ... sie ist mir treu geblieben. Ich habe ihr keine standesgemäße Apanage herausschlagen können ... sie ist mir treu geblieben ..." Dr. Ventosa schaute tiefsinnig in das vierte oder fünfte Glas. „Sie haben es leichter als ich. Sie kämpfen für eine Klientin, die etwas bekommen will. Ich vertrete einen Klienten, der nichts hergeben will. Das ist ein großer Unterschied. Ihre Klientin hat schon etwas bekommen, mein Klient hat noch nichts hergeben. Jetzt wird er das wohl tun müssen. Das erhöht seine Sympathie für mich nicht." Don Basilio hob sein Glas: „Hören sie, die Aristokraten sind ein Stand und die Rechtsanwälte sind ein Stand. Unser Stand bringt es zu nichts, weil er sich fortwährend, im Interesse anderer zerstreitet. Wenn wir eines Tages nicht mehr weiter können, weil der Kalk rieselt, werden unsere ehemaligen Klienten, nicht einmal einen Teller Suppe für uns über haben." „Das ist richtig!" „Darum müssen wir der brüderlichen Stimme des Blutes lauschen, aber nicht dem rieseln des Kalks. – Ich habe bezüglich des vorliegenden Falles, weder Informationen noch Vollmachten. Jeder eigenmächtige Abschluss mit ihnen belastet mich mit großer Verantwortung. Aber trotzdem möchte ich einen Vergleich vorschlagen, den ich dann bei Donna Elvira, mit meiner ganzen Autorität vertreten werde." „Nennen sie ihre Bedingungen." „Drei

Millionen für den Namensverzicht und drei Millionen für die Verpflichtung, nicht nach Spanien zu kommen und den Zirkus an einen anderen zu verkaufen." „Das sind in Summe sechs Millionen. – Ist das nicht etwas viel?" „Kann sein! Aber das macht nichts. Was wir bei Donna Elvira ersparen können, teilen wir brüderlich unter vier ehrlichen Augen!" „Der Vorschlag gefällt mir! Ich bin nicht abgeneigt, ihn zur Grundlage meiner Vorschläge an Don Enrique zu machen." „Das Offert gilt zum Kurs von heute. Jeder Tag kostet dem Zirkus Geld. Beeilen sie sich, Kollege … in unserem persönlichen Interesse!" – Eine Woche später erhielt Elvira durch Don Manuel ein Telegramm aus Madrid: „Sechs Millionen akzeptiert – Stopp – Frist zur Liquidierung von Artistennamen und Zirkus Villarocca erster September – Stopp – Vertragskopie folgt – Stop – Dr. Basilio."

„Und jetzt, liebste Elvira?", fragte Don Manuel. „Was werden sie jetzt machen?" „Jetzt gehe ich zu Direktor Powolny." „Was werden sie ihm sagen?"

„Das ich seinen Zirkus nicht mehr brauche und er ihn – ohne mich – zurückhaben kann!"

26

Am 20. August fand die letzte Vorstellung des Zirkus-Powolny in St. Kunibert statt. Am nächsten Morgen sollten die Zelte abgebaut werden. Dann ging es weiter. Die Abschiedsvorstellung auf der Festwiese war bemerkenswert, weil sich die Kunstreiterin, ohne dass es das Publikum ahnte, in ihr von diesem Zirkus und wohl auch von ihrem Artistenleben verabschiedete.

An diesem Abend waren alle, vom Direktor bis zum jüngsten Stalljungen, seltsam erregt. In den letzten Tagen hatte sich so viel ereignet, das nun seinen Abschluss fand. Um Donna Elvira, die Zierde des Unternehmens trauerten sie. Sie ging fort und kehrte bestimmt nicht wieder. Gegen acht füllte sich das Zirkuszelt. Alle waren gekommen: Jung und Alt, der Herr Bürgermeister und der Bäckermeister an der Spitze, aber auch Bauern und Arbeiter aus der näheren Umgebung. Hier, in dem ehrenwerten Städtchen, wusste man noch, was sich gehörte, gegenüber den Artisten, die wochenlang, für Leben und Unterhaltung gesorgt hatten. Pakete, die gute und nahrhafte Dinge enthielten, wurden über den Zaun gereicht, den Herren spendete man Zigarren und Likör, für die Damen Bonbonnieren und Blumen. Die schönsten Souveniers, aber waren für Donna Elvira. Alle ihre Blumen hatte man aufgestellt und ihr Duft war betäubend. Es ist, wie bei einem Begräbnis! Dachte sie, während sie auf ihren Hengst wartete, der vom Stallmeister gebracht wurde.

„Ist es war ... du willst den Achilles hierlassen?", fragte Dolly. „Ich kann ihn leider nicht mitnehmen. Ich wollte es dir erst später sagen, aber du sollst es jetzt schon wissen. Achilles soll dir gehören. Er kennt dich und liebt dich und wird daher mich nicht vermissen." Dolly war stumm vor Freude. „Ja ... du hast reiten gelernt und wirst mich gut vertreten. Der Direktor hat mir versprochen, dass du schon bald dein Debüt hast." Jubelnd flog sie Elvira um den Hals. „Ich verspreche, der Achilles wird es gut haben bei mir!" „Aber etwas musst du mir versprechen: Wenn er zu alt, für die Manege wird, dann schreibe mir. Ich lasse ihn zu mir kommen und gebe ihm das Gnadenbrot." Elvira wunderte sich, dass sie so ruhig war. Sicher wie immer, hinreißend schön, mit stolzer Haltung und charmantem Lächeln absolvierte sie ihr heute besonders reichhaltiges Programm. Achilles hatte einen guten Tag und zeigte sich von seiner besten Seite.

Während sie ihre Runden machte, musste sie an den Abend in Madrid denken, wo das Schicksal in der Loge gesessen war und sie aus den Sägespänen fortgeholt hatte. Auch heute saß dort das Schicksal: ein gut aussehender, eleganter, junger Herr. Er saß ganz alleine in der Loge. Hinter der Brüstung versteckt lag ein Bukett langstieliger blutroter Nelken, die Lieblingsblumen Elviras. Der Marques de Arita saß ganz still und versuchte, sich möglichst unauffällig zu benehmen. Schon kannte man ihn, in St. Kunibert und hielt ihn für Elviras hartnäckigsten Verehrer. Interessiert richteten die Damen ihre Operngläser nach ihm. Es fiel auch auf, dass sie ihren Hengst, vor der Loge, seine schönsten Verbeugungen machen ließ, worauf der Herr in die Manege stieg und seine Nelken überreichte. – Es gab Tusch und Applaus!

Jetzt wurden Elviras Blumen hereingebracht und rund um sie aufgelegt. „Auf Wiedersehen!" Auf Wiedersehen!" rief sie lächelnd, verneigte sich und warf Kusshändchen rundum. Dann ging sie schnell und ohne zurückzuschauen, hinaus. Ihre Augen waren voller Tränen. Alle schauten weg, um es nicht zu bemerken. Sie ging in ihren Wagen, schloss sich dort ein und weinte heftig. Diesmal ist es für immer! Dachte sie. Darum fällt es mir heute viel schwerer als vor zehn Jahren.

Aber es war die alte, schöne und beherrschte Donna Elvira, die nicht viel später über den Zirkusplatz zum „Bock" ging, in dessen größtem Gästezimmer von ihr und dem Marques ein Abschiedsessen arrangiert worden war. Man hatte alle Blumen dorthin gebracht und es sah aus, wie in einem Garten. Zwanglosigkeit war erwünscht. Es sollten auch keine Reden gehalten werden, die doch nur traurig stimmten. Man wollte fröhlich sein, um einander in bester Erinnerung zu behalten. Direktor Powolny aber wäre an dem guten Essen erstickt, hätte er nicht wenigstens ein paar Worte reden dürfen. Er schaute, ob alle Gläser gefüllt waren, nahm die Serviette aus dem Kragen, klopfte an sein Glas und erhob sich: „Liebe Kinder! Liebste Elvira! Sehr geehrter Herr Marques! – Zuerst möchte ich bitte, dass man die Türe zu macht. Erstens zieht es und zweitens wollen wir unter uns sein!" „Ich geh' schon, Herr Direktor!", sagte der Kellner beleidigt. „Ja, tun sie das!" nickte Powolny herablassend. Dann fuhr er fort: „also, liebe Kinder! Vor sechs Wochen, als wir über die staubige Landstraße, hier her gefahren sind, waren wir, viel dümmer als heute. Ich glaube, dass nicht einmal unsere liebe Elvira damals schon das gewusst hat, was sie heute weiß." „Nein", rief Elvira, „keine Ahnung habe ich gehabt!" „No eben! Heute aber hat sie einen Haufen Ahnungen." Alle an der Tafel lachten. „Sie weiß nämlich, was ihr bevorsteht und rennt, mit offenen Augen in ihr Glück. – Klatsche nicht, Dolly! Wir wissen, dass du neidig bist. – Also, was habe ich sagen wollen? Die liebe Elvira ist unglaublich launenhaft. Einmal geht sie vom Zirkus weg und wird eine spanische Herzogin. Dann kommt sie zurück und bringt ein Ross mit, um das jeder König sie beneiden könnte. Bald darauf macht sie eine Millionenerbschaft, aber kein Mensch hier erfährt etwas davon. Aber das ist noch nicht alles! – geh' Tschock, treib die Buben da vom Fenster weg! ... Auf einmal, gerade als ich mein Mittagsschläfchen halte, kommt sie zu mir in den Wagen und fragt, was mein Zirkus kostet, weil sie ihn kaufen und auf Zirkus Villarocca umtaufen will. Also, dass mich nicht der Schlag getroffen hat, war ein Wunder. Schlecht war mir schon, aber mir ist es besser geworden, als ich das Geld gesehen habe, das sie mir als Anzahlung auf den Tisch gelegt hat. – Das war vor drei Wochen. Gestern kommt sie wieder daher und sagt, dass sie den Zirkus nichtmehr braucht, weil sie genug davon hat und lieber heiraten möchte." „Was ist mit der Anzahlung?", riefen die Artisten. Powolny wurde verlegen. „Ich weiß nicht, ob ich das sagen darf", meinte er. „Jetzt bin wieder ich der Direktor und meine Geldangelegenheiten gehen euch ... na, eh schon wissen." „Sagen sie es, Direktor! Ich will, dass die Kollegen es wissen." „Also gut! Die liebe Elvira hat die Anzahlung nicht zurückverlangt, sondern will ihr Geld als Kapitals Beteiligung mir überlassen." „Nennen sie auch meine einzige Bedingung." „Nicht gerne, Sie hat nämlich verlangt, dass ich von diesem Geld zuerst die Gagen und das Futter für die Viecher be-

zahle." „Bravo! Hoch Elvira! Gut, dass wir das wissen!"
„Nicht frech werden, liebe Kinder! Wir alle haben oft ge-
hungert. Ich mit euch. Ich habe aber als Direktor nicht
nur Hunger, sondern auch Sorgen um das ganze Unternehmen gehabt. Oft habe ich aufhören und zusperren
wollen. Dann habe ich mir die Fotos von meinem Großvater und Vater angeschaut und mir vorgestellt, was sie
zu so einer Feigheit sagen würden. – Was wollen sie denn
schon wieder? Während einer Tischrede serviert man
nicht!" „Das Schlagobers auf der Torte fällt zusammen,
sagt die Frau Wirtin." „Wenn sonst nichts zusammen
fällt, sind wir zufrieden. Ich lass die Frau Wirtin um die
Erlaubnis bitten, dass ich noch vor der Torte ausreden
darf. – Was habe ich sagen wollen? Ja, was für Glück es
für uns alle war, dass mir damals in Madrid die Elvira
zugelaufen ist. Ohne sie säßen wir heute nicht so fröhlich da und die Buben könnten nicht schon wieder in
die Fenster schauen. – Tschock, geh und jage sie fort. –
Dass Elvira eine Zierde unseres Berufes ist und was sie
für uns alle getan hat, das wissen wir und werden es nie
vergessen. Darum nehme ich mir noch vor der Torte die
Freiheit, im Namen aller Kolleginnen und Kollegen zu
sagen: Liebe Elvira, wir danken dir! Wir alle haben dich
sehr lieb gewonnen, denn du bist nicht nur eine große
Nummer, sondern auch ein prächtiges Frauenzimmer,
von dem wir alle noch viel lernen können. Es ist recht
traurig, dass du fort gehst. Aber können wir deinem Glück
im Wege stehen? Nein, das nicht! Das kann überhaupt
kein Zirkus. Komm ja nicht wieder, auch wenn du das
schönste Ross mitbringst. Das wäre ein großer Unsinn
von dir, denn bis dahin bin ich bestimmt wieder pleite.
Heute, an deinem Abschiedsabend, hätte ich gerne eine

Rede gehalten, wenn wir nicht ausgemacht hätten, dass ich nicht soll. Werde also recht glücklich und denke manchmal an den Zirkus-Powolny zurück. – No, ich glaube, jetzt können's die Torte bringen!" Er setzte sich und ließ den Beifall bescheiden über sich ergehen. Dann umarmte, drückte und küsste man Elvira und schwor ihr ewiges Erinnern. Später schlich Dolly zu ihr. „Es ist nicht wahr, ich bin dir nicht neidig, um dein Glück. Ich freue mich ja so, dass du mit Don Manuel einig geworden bist. Viel, viel Glück und Freude!" „Ich danke dir, Dolly! Du warst mir eine gute Freundin!" „Aber ich möchte wissen, wie bekommt man einen Herzog oder Marques?" „Möchtest du einen haben?" „O ja!" „Dann musst du halt während jeder Vorstellung in die Loge schauen, ob einer drinnen sitzt!" „Das ist gut! Bei dir war es ja auch so!"

Elvira und Don Manuel fuhren mit dem Zug nach Zürich, um von dort nach Madrid zu fliegen und kamen in der Nacht in Barajas an. „Ich habe telegrafiert und bin neugierig, ob jemand herausgekommen ist", sagte Don Manuel. „Wenn nicht, müssen wir ein Taxi nehmen." Er hielt in der Ankunftshalle Ausschau. „Manuel!", rief eine Männerstimme. „Manuel ... hier bin ich!" „Du, Roberto? Das ist nett von dir!" „Die Mutter hat mich gebeten, euch abzuholen. Sie wartet zu Hause." „Das ist mein älterer Bruder, der Stadtrat! – Und das ist Donna Elvira!" „Willkommen, Hoheit! Wir müssen fahren sonst wird man daheim unruhig und besorgt." Als man vor dem Palazzo del Arita ankam, stand das große Tor schon offen. Don Roberto lenkte den Wagen in die hell erleuchtete Vorhalle. Man hatte sie mit Orangenbäumchen, Palmen und Azaleenstöckchen festlich geschmückt. Auf der Treppe stand eine stattliche Dame und hinter ihr gruppierten sich einige jüngere Herren und Damen. Sie schauten den Ankömmlingen freundlich entgegen. Don Manuel nahm Elvira bei der Hand und führte sie hin. „Das ist unsere Mutter ... die beste Mutter der Welt!" „Und du bist Elvira!" lächelte die Marquise. „Ich erkenne dich wieder, ich habe dich schon einmal gesehen!" „Gnädigste Marquise!" Elvira knixte tief und versuchte, die Hand der Dame zu küssen. „Nicht so! – Du musst mir die Wangen küssen und Madre zu mir sagen. Als Manuels Mutter bin ich jetzt auch die deine, mein Töchterchen!" Don Manuel stellte nun die anderen vor: Bruder Rodrigo, Chef des Hauses, seine Gattin Angela, den jüngeren Bruder Philippo und seine Stiefschwester Carlotta. „Meine Tochter Paulina konnte nicht kommen und lässt sich entschuldigen. Sie lebt in Burgos und erwartet in den nächsten Tagen ihr drittes Baby." Elvira war von diesem herzlichen Empfang überwältigt. Alles hier erinnerte sie an den Palazzo Villarocca, mochte es auch bescheidener sein als dort und nicht von so erdrückender Pracht. Aber auch hier lag über den Dingen der müde Schleier einer längst vergangenen Zeit und ihrer überholten Lebensart. Gewiss war der gute, alte Marques de Arita der letzte seines Hauses gewesen, der sich hier wohl und am Platz gefühlt hatte. Seine Kinder aus erster und zweiter Ehe waren moderne Menschen, die auf sich selbst stolz sein wollten und nicht auf ihre Ahnen. Von ihnen allen gewann Elvira den besten Eindruck. Nichts deutete darauf hin, dass Manuels Entschluss, eine Zirkusreiterin zu seiner Gattin zu machen, Verwunderung oder Empörung ausgelöst hätte. Don Rodrigo, besaß eine Reederei und hatte stets mehrere Frachter unterwegs. Don Roberto war Jurist, Politiker und amtierte als Stadtrat von Madrid. Don Philippo hatte ein Architektenbüro und erzählte von einer Siedlung, die jetzt eben, von ihm erbaut wurde. Ihre Frauen stammten aus den besten Madrider Familien. Bürgerlicher Herkunft war nur Robertos Gattin, aber sie unterschied sich in nichts von ihren adeligen Schwägerinnen. „Du bist sehr schön, Elvira, mein Töchterchen!", rief die Marquise unvermittelt. „Darüber bin ich froh, denn ich mag nur schöne Menschen um mich. Meine Söhne sind schöne Männer und sie alle haben schöne Frauen geheiratet. Darum sind auch meine Enkelkinder schön und darüber bin ich sehr glücklich!" „Ja, Madre", lachte Rodrigo, „zuerst wollte ich eine ganz hässliche Frau nehmen, dann habe ich aber doch Angela geheiratet, um dir eine Freude zu machen." „Das war richtig von dir", sagte die Marquise ganz ernst. „Auch euer gottseliger Vater war ein großer, manchmal allzu großer Verehrer der Schönheit. Er hat Frauen gepflückt wie Blumen. Mich hat er direkt ausgerissen, obwohl ich nur sehr bescheiden am Wegrand geblüht habe." „Du hast wie seine Lieblingsblume geheißen ... Margarita." „So wird es wohl gewesen sein. Er ging nie aus, ohne eine Margerite im Knopfloch zu tragen. – Sprechen wir von anderen Dingen. Wir wollen Elvira, unser Töchterchen nicht traurig machen, indem wir von geliebten Toten reden."

Don Manuel hatte sich in einem Hotel ein Zimmer genommen, denn er fand es unschicklich, mit Elvira unter einem Dach zu leben. Ehe man auseinander ging, flüsterte die Marquise: „Bleib noch ein Weilchen wach! Ich werde dich besuchen und dir etwas mitbringen, was dir bestimmt Freude macht."

„Ja, Madre, ich werde auf dich warten!"

27

Etwas später kam die Marquise in ihr Schlafzimmer. Sie brachte eine große Pappschachtel mit, die sie mit geheimnisvoller Miene neben die Tür stellte. Hinter ihr kam ein Mädchen, mit einem Tablett auf dem, eine Kaffeekanne, Tassen und Zuckerdose standen. „Schlüpf ins Bett, mein Töchterchen", sagte sie. „Ich setze mich daneben und trinke mit dir ein Schälchen Kaffee. Du erlaubst, dass ich rauche?" „Bitte, Madre!" Die Marquise holte sich einen Sessel zum Bett, zog aus der Tasche ihres Schlafrockes ein Etui hervor, aus dem sie mit Bedacht, eine dicke, schwarze Zigarre wählte, deren Spitze sie mit den Zähnen abbiss. Dann betrachtete sie die junge Frau wohlwollend und sagte: „Ich habe deine Erlebnisse verfolgt, seit der Herzog von Villarocca dich zu seiner Frau gemacht hat. Darüber ist in unseren Kreisen viel geredet worden, denn es war interessant und aufregend. Ich weiß noch, wie mein Gatte, eines Tages nach Hause kam und rief: „Was sagst du nun, Margerita, Don Ramon hat noch einmal geheiratet ... Nein, du kennst die neue Herzogin nicht ... sie ist Ausländerin und soll Artistin in einem Zirkus gewesen sein. Ja, so rief er!" „Er war darüber gewiss empört." „Im Gegenteil", versicherte die Marquise, „es hat ihn erheitert. Obwohl er die Villaroccas nicht leiden konnte, freute er sich, weil er nun nicht mehr der einzige Hocharistokrat war, der eine nicht ebenbürtige Frau – nämlich mich – hatte. Sie lachte und blies den

Rauch ihrer Zigarre zum offenen Fenster hinaus. „Als dein Gatte dann so plötzlich starb und es zu dem hässlichen Prozess kam, brachte er jeden Tag alle Zeitungen mit nach Hause, in denen darüber zu lesen stand. – Du hättest hören sollen, wie er dann tobte und schrie. Mit den schrecklichsten Ausdrücken beschimpfte er Don Enrique und alle Villaroccas, unfassbar schien ihm ihr Verhalten. Stundenlang erklärte er mir, welche Schande damit dem gesamten Hochadel angetan werde. Ja! So habe ich nun, ob ich wollte oder nicht, alles über dich, gelesen und vieles gehört. „O, nie werde ich vergessen, wie der Herr Marques für mich eingetreten ist. Das war mein einziges schönes Erlebnis, in dieser Zeit." „Ja … das zu tun, fühlte er sich verpflichtet. Denn siehst du, er hat dasselbe gemacht wie Ramon. Ich war die Tochter eines ganz armen Bauern und erst siebzehn Jahre alt, als er mich vom Fleck weg heiratete." „So ist das wirklich wahr?" „Ganz wirklich. Er war damals drei Jahre Witwer und zweiundfünfzig Jahre alt. Ich wusste nichts von der Welt und kannte nur die nächste Umgebung. Eines Tages stand ich am Brunnen, um Wasser zu holen. Da kam er in seinem schönen Auto daher, blieb vor mir stehen und fragte: „Kannst du mir dein Wasser verkaufen? Ich brauche es für mein Auto." „Warum verkaufen? Das Wasser kostet nichts und jeder kann davon nehmen." „Gut, dann borg mir deinen Krug." Er schraubte den Kühlerdeckel ab und ließ den Dampf entweichen. „Siehst du, wie sehr sich mein Auto geplagt hat, welche Mühe ihm der Weg gemacht hat! Wie heißt du?" wollte er wissen, während er das Wasser nach füllte. „Margerita!", sagte ich. – „Ei, wie hübsch! Und wo wohnst du?" – „Dort im Haus meines Vaters." „Kann man bei euch ein Glas Wein bekommen? Auch ich bin durstig, wie mein

Auto." „Gewiss Senor, mein Vater ist zwar kein Gastwirt, aber es wird ihm eine Ehre sein, sie zu bewirten." Sie lachte bei der Erinnerung an dieses Treffen. „Ja, so fing es an. Der Marques blieb drei Tage bei uns. Am dritten Tag hatte er meinen Vater, der eigentlich wollte, dass ich Adriano, den Krämer, heiraten sollte, herumgebracht. Mich selber haben die Beiden gar nicht gefragt, ob ich die Marquise de Arita werden möchte." „Aber du bist es geworden!" „Was hätte ich machen sollen? Der Marques war der eleganteste und stattlichste Mann, den ich bisher gesehen hatte." „Du musst ein sehr schönes Mädchen gewesen sein, Madre." „Das ist möglich. Aber ich dachte nicht daran, dass die Schönheit einen Wert haben könnte. Wir fuhren zu dritt, nach Madrid und wurden dort in aller Stille getraut. Dann fuhren wir hier her in den Palazzo. Der Marques ließ seine Kinder kommen. Sie stellten sich in einer Reihe, vor mir auf und er sagte: „Das ist Donna Margarita, eure Stiefmutter. Sie ist selbst noch jung und wird mit euch gern durch Haus und Garten tollen. Aber merkt euch eins: was eure neue Madre sagt, ist so gut, wie wenn ich es gesagt hätte. Kommt her und küsst ihr die Hand. – Dann ließ er die Dienerschaft kommen. Dies ist die Marquise de Arita, meine zweite Gattin!" verkündete er. „Wer darüber lacht oder spottet, dass ich noch einmal geheiratet habe und zwar eine so junge, ungewöhnlich schöne Dame, der soll das vor dem Palazzo machen, denn er ist entlassen. Küsst eurer neuen Herrin die Hand. – Ja, so war es!" „Hast du ihn sehr geliebt?" „Sehr, mein Töchterchen. Aber er mich auch! Genau nach neun Monaten, habe ich ihm deinen Manuel geboren und zwei Jahre später Paulina. Aber auch die anderen Kinder waren, wie die meinen. Zum fünften Hochzeits-

238

tag fuhren wir nach Paris. Dort kaufte er mir ein Kleid, aus wunderbaren alten Spitzen, das einst die Pompadour getragen haben soll. Es kostete ein Vermögen. Ich musste es immer tragen, wenn wir in den königlichen Palast oder zum Herzog von Alba geladen waren. Ich habe bestimmt, dass es von meinen Töchtern und Schwiegertöchtern am Tag der Hochzeit getragen werden soll. Jetzt bist du an der Reihe … hier ist das Kleid!" Sie zog den Karton heran und entnahm ihm ein zauberhaftes Kleid aus barocker Spitze. Als sie es schüttelte, schwebte es wie eine Sommerwolke und füllte fast das ganze Zimmer. Elvira sprang aus dem Bett und bestaunte dieses Wunder. „O, Madre, das ist schön! Ich soll das tragen dürfen?" „Ja, freilich! Die Pompadour währe darüber entzückt. Du musst es natürlich etwas modernisieren lassen. Das war noch jedes Mal recht schwierig, weil es nicht zerschnitten, sondern nur gelegt werden darf. – Schnell ziehe es an und lass dich betrachten!"

Graziös wie ein Mannequin ging Elvira in diesem einzigartigen Kleid ein paarmal Auf und Ab, obwohl der Raum fast zu eng war. Die Marquise nickte zufrieden. „Es gibt in Spanien, wie ich gehört habe, nur zwei Kleider von gleichem historischem Wert. Eines besaß die Königin Viktoria Eugenia, das andere ist die Staatsrobe der Herzogin von Alba. – Ich hörte aber von Manuel, dass ihr beide, so wie damals mein Gatte und ich, eine stille Hochzeit halten werdet." „Ja, das haben wir beschlossen. Wir fahren bald nach Wien, wo wir uns ein Heim einrichten wollen!" „Gott mit euch!"seufzte die Marquise, „Ich hätte euch gerne lange hier gehabt, aber ich sehe ein, dass es nicht möglich ist. Aber einmal musst du das Kleid tragen, die Schneiderin ist schon bestellt!" „Ja, wenn ich dir und

Manuel damit Freude mache ...!" „Jetzt gehe schlafen! Ich habe dich im Negligé gesehen und bin sehr zufrieden. Weißt du, Mütter wollen wissen, wie die Frauen aussehen, die ihre Söhne kriegen. Merke dir: Hier wird es dir nicht so ergehen, wie bei den Villaroccas. Wer dich beleidigt, beleidigt mich und unser ganzes Haus. Schau, dass du Kinder kriegst! Kinder sind für eine Frau, der beste Schutz. Vieles wäre dir erspart geblieben, hättest du Don Ramon einen Prinzen geboren. – Ja, ich weiß, ... Es geht nicht immer, wie man möchte. Schlaf gut, mein Töchterchen!" – Am 15. September fand die Trauung statt. Anwesend waren nur die alte Marquise und ihre Kinder und Schwiegerkinder. Die Trauzeugenwaren Don Basilio und der Stadtrat Roberto de Arita.

Abends kam Don Manuel in Elviras Zimmer. „Wie ... Im Frack, Manuel?" „Ja, Liebste! Bitte, zieh das Kleid der Pompadour an und mach dich so elegant wie möglich. Hier ist die Schatulle mit unserem Familienschmuck. Nimm, was dir gefällt." „Wohin führst du mich ... In die Oper?" „Warte ab und lass dich überraschen. Gönne mir die Freude, mit dir in Madrid gesehen zu werden." Eine Stunde später im Auto: „Du hast vergessen, dem Chauffeur zu sagen, wohin er uns bringen soll", meinte sie. „Er weiß es!" „Mein Gott Manuel!! – Zum Palazzo Villarocca?" „Ja, Liebste! – Hast du vergessen, was heute für ein Tag ist?" Elvira erschrak und wurde blass, aber sie faste sich sofort und stieg an Don Manuels Arm die Galatreppe des Palastes hinauf. Hier war es heute strahlend hell. Lakaien standen Spalier, erlesenes Publikum füllte die Räume. Blumen überall, funkelnde Kronleuchter, prächtige Toiletten und goldbestickte Uniformen ergaben das Bild einer großen Festlichkeit. Am Vormittag hatte, unter großem Gepränge in der Kathedrale die Trauung von Isabella und Don Alfonso stattgefunden. Jetzt war der Adel hier versammelt, ein Fest, wie es in dieser Stadt schon lange keins mehr gegeben hat.

Der Marques und die Marquise de Arita betraten den Saal, an dessen Wänden die Ahnenporträts der Herzöge und Herzoginnen aus barocken Rahmen schauten. In der Mitte unter einem riesigen Kristallluster stand Don Enrique im Glanz aller Orden, die auf ihn, den Chef des Hauses, übergegangen waren. „Don Manuel!", rief er verwundert. „Welche Freude, dich hier zu sehen!" Der Marques umarmte den Herzog förmlich. „Ich bin beauftragt, dir die Gratulationen meiner Familie zur Siebenhundertjahrfeier deines hohen Hauses zu überbringen." „Das macht mich überaus glücklich!", heuchelte der Herzog. „Wäre das nicht ein willkommener Anlass, die uralte Rivalität zwischen den Aritas und Villaroccas zu begraben?"

„Gewiss, lieber Don Enrique. Wir Aritas haben den ersten Schritt gemacht, unsere Häuser auch verwandtschaftlich näher zu bringen. – Darf ich dir meine Gemahlin vorstellen?"

„Wie, ... Du bist vermählt, Don Manuel? Welche reizende Neuigkeit!" „Ja ... seit heute, zehn Uhr Vormittag. – Das ist die Marquise de Arita, das neueste Mitglied unseres Hauses und die schönste Frau in unserer Familie!" „Ich bin entzückt und beneide dich, Don Manuel!", sagte Don Enrique. Tief beugte er sich über die Hand der Marquise.

„Warum so förmlich?" rief Don Manuel. „Du wirst es deiner ehemaligen Stiefmutter, Donna Elvira, doch nicht verübeln, dass sie deinen alten Namen gegen meinen ebenso alten vertauscht hat?"

„Wie? – O, ich verstehe! – Pardon!"

Der Herzog von Villarocca starrte, erblassend in Elviras lächelndes Gesicht. Er taumelte, als würden ihm von links und rechts Ohrfeigen gegeben. „Ich habe bisher nicht die Ehre gehabt, meine ... deine ... die Frau Marquise persönlich kennenzulernen", stotterte er. „Da ist dir ein großes Vergnügen entgangen!", lachte der Marques. „Das ist nun nachgeholt und ich hoffe, dass wir uns jetzt, nach der Versöhnung zwischen unseren Häusern, recht oft sehen werden.

Die Ahnenporträts im Saal hatten lauschend ihre Köpfe geneigt. Sie lächelten und blinzelten einander zu. Die Gäste aber merkten das nicht, denn sie waren zu sehr mit sich selbst und dem glänzenden Fest beschäftigt.

Die Autorin

Brigitte Nueber wurde in Wien geboren und
besuchte dort ein Gymnasium. Danach machte
sie eine Ausbildung zur Fotografin und arbeitete
einige Zeit als Pressefotografin. Als ihre vier Kinder
erwachsen waren, starb ihr Mann. Da sie schon
in der Schule gerne gedichtet hatte, begann sie
wieder zu schreiben.

Der Verlag

Wer aufhört
besser zu werden,
hat aufgehört
gut zu sein ...